文創風 494

貴妻揚進門 2

半巧 著

風 文創 494

目錄

第三十一章　一對話癆子

亓三郎與佟析秋回到鎮國侯府，已是未時一刻。

兩人去清漪苑請安，明鈺公主見自家兒媳一臉鬱鬱，以為她捨不得娘家，便與亓三郎商量道：「要不，你看哪日得閒，再帶秋兒回家一趟？」

佟析秋聽罷，當即搖頭。「婆婆誤會兒媳了，兒媳並不貪戀娘家。」卻是欲言又止。

見她垮下小臉，明鈺公主明白了幾分。不過，若非惦念娘家，那是怎麼了？

亓三郎抽了抽嘴角。這女人，真敢拿自家母親的好脾性來使手段。只得開口道：「秋兒還有一雙弟妹，乃一母同胞。」

明鈺公主恍然，亓三郎接著又道：「如今秋日正好，兒子想帶秋兒去莊子上小住幾日，一來可散散心，二來，剛好嚐嚐秋果。」

明鈺公主笑了。「倒是可行。待晚上時，你再跟你父親商量商量吧。」

「兒子明白。」

亓三郎應下，與佟析秋一起行禮，出了清漪苑。

在衡璽苑吃完晚飯後，亓三郎便去雅合居找鎮國侯。

大房也剛用過晚膳，正坐在偏廳飲茶閒聊。

聽聞亓三郎來稟報的事情，董氏坐在下首，忍不住笑了聲。「還是三哥疼嫂嫂，知嫂嫂想家鬱悶，就急著帶嫂嫂去散心呢。」

亓容錦不屑地冷哼。「爺倒是想帶妳跟雪丫頭去玩，但也得有空不是？如今軍營裡每日繁忙，哪有多餘工夫？人家有閒情，那是人家吃得起白飯！」

鎮國侯聞言，看著亓容錦皺眉，對旁邊未出聲制止的蔣氏也有了幾分不滿。「看來本侯疏於教導兒子太久，倒是讓慈母敗壞了！」

蔣氏臉色一變，鎮國侯則將茶盞重重放在桌上，抬眼看著亓三郎，和緩道：「且勿聽了那混帳的話。趁著傷未好全之際，多陪陪自己的夫人。之後想陪，也未必有空閒。」

「謝父親體諒。」亓三郎拱手。

蔣氏聽得心驚，而亓容錦被父親當著敵人的面說成混帳，氣得滿面通紅，對亓三郎暗恨不已。

待亓三郎出了主院，鎮國侯看看蔣氏，又看看亓容錦，不再多說什麼，起身出屋。

蔣氏見狀，驚得跟著站起。「侯爺，你要去哪裡？」

鎮國侯回頭，冷眼看她。

蔣氏愣住，隨後委屈地哭道：「知道了，你是去那邊！」說罷，賭氣地恨恨坐下。「去吧去吧，終究是要吃醋酸死的。」

鎮國侯並未理會她的小性子，轉身出了偏廳。

蔣氏暗下眼色，亓容錦則滿臉恨意地問道：「娘，爹剛才的話是什麼意思？」

蔣氏冷眼，哼笑一聲。「不過是二房要起復罷了。」話落，氣急地將茶盞摔落在地，罵道：「這麼多年，我處處被壓制，憑什麼要我退讓？就因為那賤人的身分比我高？」

董氏見她有些口無遮攔了，趕緊小聲提醒。「婆婆，小心隔牆有耳。」

蔣氏聽罷，轉頭恨恨瞪著她。「妳少拿這話來堵我。妳也是個不爭氣的，進門這般久，雪姊兒都一歲了，肚子居然還沒有動靜！如今那邊也娶了妻，若趕在前頭生下男胎，這世子之位，你們還要不要了？」

亓容錦聽得面色鐵青，董氏卻委屈不已。「不是還有半個月後的家宴嗎？」

「休再提此事！」蔣氏低吼。「未成之前，不得洩漏半句出去，聽到沒有？」

「媳婦知道了。」董氏哽咽，心中懊悔。早知道就不開口了，這不是討罵嗎？

這日，佟析秋一早就起床梳洗打扮，眼角眉梢帶著怎麼也掩飾不住的喜意。

亓三郎看得暗自冷哼，她對他可從沒笑得這般燦爛過。

桂嬤嬤照例端來補湯，佟析秋硬著頭皮灌下時，本以為過了今日便可以停個幾天，卻聽坐在身邊的亓三郎淡聲問：「方子可配好了？等會兒打包好送來，帶去莊子喝。」

佟析秋無言了，待桂嬤嬤點頭出屋後，便對站在他身後服侍的婢女吩咐道：「紅菱，綠蕪，妳們倆先出去，我有事與夫君相商。」

綠蕪福了身，紅菱卻未動，一雙水眸定定看著亓三郎。

亓三郎輕皺眉頭。「出去！」

「是。」紅菱嗓音微顫，委屈地退下。

佟析秋挑眉，但亓三郎卻無半點表情。

待人走後，佟析秋伸手挾了小菜給亓三郎。「壯士可知催熟的果子，與自然成熟的果子有何不同？」

亓三郎的鷹眼淡淡掃來，有些不屑地道：「如何不同？不照樣是熟。」

佟析秋笑著，又將一只水晶蝦餃送進他的碟中。「壯士家境富裕，想來未吃過催熟的果子，那我舉個例子吧。」放下銀箸，說道：「像桃子，若用藥催熟，初嚐是甜，可越接近桃核，味道就會越酸，讓人想丟棄。不但如此，桃核還黏著桃肉，更加可惜。」

見亓三郎不動聲色，佟析秋又輕執銀箸，挾了塊黃瓜蝦仁給他。「若是自然成熟，長於樹端，受充足的日光照射，用力扒開，核心即與果肉分離，吃時再無一絲酸意，甜脆爽口。」

「所以？」

佟析秋咬牙扯笑。「所以，強行催熟之物，雖覺得它熟，可心稚嫩未長，長此以往，必有所傷；若是自然成熟，雖然花費的時日較長，只要有耐性，滋味會比催熟要美妙多倍。」

所以，你別再對老娘用藥催經，催得過快，到時老得也快，你要的性福生活，也不一定痛快。收手吧，壯士！

亓三郎認真細想了下，點點頭。「如此，就不用秘藥了，改燉烏雞湯補。」說罷，又瞄她平板的身子一眼，只覺越發礙眼得慌。

佟析秋無語了，深深吸氣後，看著一桌子美食，只嚐兩口，肚子就再無盛裝的空間。

吃完早飯，佟析秋命婢女們開始打包行李，她則隨亓三郎去清漪苑請安辭行。

來到清漪苑，桂嬤嬤站在屋簷下迎他們，說昨晚鎮國侯留宿，明鈺公主正在補眠，交代了，讓他們好生去玩，不必擔心家裡。

佟析秋明瞭，亓三郎則面無表情地頷首後，拉著她回去，腳步變得異常之快。

回到衡璽苑，婢女們已將要攜帶的東西備好，請他們去二門處坐車。

看著塞了整整三輛馬車的行李，佟析秋只覺得頭大不已。古人出趟門真是不容易，連恭桶都得單獨用一輛馬車拉著，也不嫌累贅。

她無語地上車，吩咐先去南寧正街接佟硯青跟佟析春後，便與亓三郎出發了。

兩小兒上車後，就開始不停嘮叨著。

尤其是佟硯青，看到亓三郎後，立刻恢復以前的性子，打開的話匣子怎麼也收不住。

「三郎叔，你現在能教我功夫了嗎？如今我吃得好、跑得快，身子骨也比以前好了不少，你何時要教我啊？」

亓三郎。「……」

「如果你教我功夫，我就不用擔心了。你不知道，我來京都時，被奶奶押著，表面對我笑嘻嘻，背後卻老用手掐我。我那時便想，要是會功夫就好了，一拳揍暈她……」

他嘮嘮叨叨將未曾出口的話全說出來，佟析秋與佟析春聽得愣怔，怎麼也沒想到，朱氏居然還用了這一手。

亓三郎注意到姊妹倆的變化，在佟硯青嘮叨的話中插了句。「去莊子就開始教。」

「真的？那我是不是要拜你為師啊，這樣你還能成為我的姊夫嗎？我以後要叫三郎叔還是師傅？要不叫姊夫吧！我沒叫過你姊夫呢……」

「噗哧！」看著臉色越來越難看的亓三郎，佟析秋跟佟析春很不厚道地笑出聲。

這一幕與去歲在鄉下時的日子，真的好像……

一行人來到小小的果莊，看守莊子的是一對年約四十多歲的夫婦。

跟著婦人來到打掃乾淨的廂房後，佟析秋便命隨行的婢女們將箱籠整理好，她則帶著佟析春挽了小籃子去林子裡走走，摘點秋果。

亓三郎則換上短打，帶佟硯青去後面的小山，說是去打獵，幫晚膳加菜，順道教教他功夫。

當天晚上，一家四口圍桌而坐，吃著獵來的野味，配著農家小菜，倒別有一番風趣。飯後，婢女們端上新採摘的果子，讓他們享用。

佟析春靠在佟析秋的肩頭，笑得很溫婉。「二姊，來京都這般久，就數今兒玩得最開心！」

佟析秋摸摸她被曬紅的小臉，跟著笑道：「若妳喜歡，以後有空閒，咱們就來可好？」

「嗯。」佟析春點頭，隨即又覺不妥。「那姊夫家……」

「無妨。」亓三郎剝鮮桔給佟析秋。「可在春秋兩季來。」頓了下，又道：「到時也帶母親散散心。」

佟析秋頷首輕笑。「不如明日你們再打點野味，咱們來個燒烤宴？到時坐在院子裡，一邊賞夜色、一邊吃烤肉……」

「美哉美哉！」不待佟析秋說完，佟硯青突然拍手道。

瞧他閉著眼睛、搖頭晃腦的模樣，眾人忍不住哈哈大笑，笑聲充斥在果莊裡，顯得溫馨一片……

待在果莊的日子過得輕鬆快活。

每天，亓三郎領著佟硯青上山，而佟析秋則帶著佟析春去林子裡轉轉。上午各自忙，下午便聚到荷塘涼亭野炊。其間，佟析秋除了指點佟析春的繡工外，還教佟硯青寫生。

對於作畫，佟硯青倒是有著極大的興趣。這日，他試畫荷葉時，突然仰頭看著佟析秋道：「二姊，學會畫畫後，我想揹著包袱，畫遍大越江山！」

佟析秋一愣，見他滿臉認真，遂問：「你喜歡到處跑？」

「喜歡！悶著多無趣？待我學會，定要遊盡山川河嶽，畫好多好多的名畫。妳說，我會不會成為一代大師？」

「噗！」佟析春聞言，很不厚道地笑點他的腦袋。「你倒是敢說。跑得這般遠，可有想過我和二姊？還不讓人擔心死。」

「對喔……」佟硯青小臉黯然，耷拉了腦袋。

佟析秋卻不在意地笑了笑。「你若喜歡，跑跑倒是無妨。只一點，每月得寫信回來，三十歲之前必須回家成親。」

對於別人的夢想，她無權干涉。雖然這個世界不像前世那般方便，可以隨時聯絡，但也不能因此就扼殺他人的理想。

佟硯青不敢相信，問道：「真的？」

佟析秋笑著點頭。「不過，為著安全，你只能去太平富饒之地。」

佟硯青興奮地叫好，嘻笑著將硬木板上的畫紙取下來，遞給她瞧。「二姊，妳看看我畫得如何？」

佟析秋無言，卻很給面子。「樣子不錯，但還須勤加練習。」

佟硯青聽了，認真點頭。「嗯，那再練練。」說罷，當真又取一張紙，開始畫起來。

佟析春在旁邊瞧著，完全沒了刺繡的心情，看向佟析秋，有些焦急。

佟析秋拍拍她的手，輕輕搖頭。「妳我都無權干涉他的自由和前程。」

佟析春愣怔。亓三郎則轉眼望著佟析秋，眸光漸深……

來果莊的第八天，逢秋風小雨，天氣轉涼。

今日亓三郎沒帶佟硯青上山打獵，一家四口平靜地坐在亭中，賞著秋雨，喝茶烤肉。

他們正吃得興起，卻見莊子的管事匆匆跑來，對亓三郎耳語幾句。

亓三郎聽得眉峰輕皺，對佟析秋道：「等會兒的來客，妳也見見。」說罷，轉頭看佟硯青。「正好湊一對了。」再吩咐管事。「不用管他，讓他自己進來。」

他話落，就聽哀怨的聲音傳來。「哎呀呀，什麼叫不用管我？表哥當真心狠，果然有了新人，便忘卻昔日舊人啊！」

唸叨的同時，一名著白色銀紋直裰的男子出現在跟前。

佟析秋看一眼，就不想再看第二眼，這樣的妖豔臉，又有那樣的瀲灩桃花眼，除了那個家族的人，還能是誰？

「話說這般久了，我還沒正式見過小表嫂呢。新婚那日，表哥一臉殺氣，愣是弄得我等心驚膽戰，未敢前去鬧洞房，當真可恨……」

「姊夫，這人是誰，為什麼他長得比女人還美？還有，他話好多喔！」佟硯青皺了皺小鼻子，朝無語的亓三郎問道。

明子煜傻住，原本正風騷地搧著灑金扇，聽了這話，當即收回扇子，指著佟硯青，不悅道：「你這小兒說誰是女人呢？似爺這般的男子，哪一點像女人了？你可知……」

「哎呀，好吵喔！」佟硯青捂耳起身，跑到佟析秋後面躲著。佟析春則拿絹帕捂臉，喚來藍衣幫她戴上帷帽。

看著躲在佟析秋身後的佟硯青，明子煜的臉抽得扭曲起來，又要開口，卻聽亓三郎淡淡幫佟析秋介紹道：「這是七皇子明子煜。」

佟析秋點頭，起身行禮。「七皇子。」

明子煜只得收住話，還了半禮。「見過嫂嫂。」

佟硯青見狀，好奇地放開捂耳的雙手，歪著腦袋從佟析秋背後跳出來，看著他問：「你是皇子？皇子都長得像你這樣好看嗎？你是不是住在皇宮啊？皇宮大嗎？皇上威嚴嗎？皇后娘娘漂亮嗎？我聽戲文裡講，皇上有好多好多妃子，你的母親是妃子還是皇后呢……」

他嘮嘮叨叨囉嗦一堆，明子煜完全無言了，看著亓三郎：表哥，你從哪裡找來這話癆子當小舅子？

亓三郎淡淡挑眉，心情頗為舒爽地指指旁邊的凳子，讓明子煜坐下。

佟析秋見狀，便讓佟析春告退，先回房去了。

而佟硯青還在不依不饒地追問：「哎呀，你為什麼不回答啊？我都問好些問題了！」

佟析秋噗哧一聲，忍俊不禁，亓三郎則勾唇淡笑。「我可有說錯？」

佟析秋搖頭，總算明白他前些時候說的「有空讓子煜跟他說說話」的意思，敢情這七皇子也是個話癆子？

明子煜無語地坐下，剛要挾肉，佟硯青居然又開口了。這還不算，亓三郎夫妻倆不但不幫他解圍，居然任小話癆子問著，當真是看戲不嫌事大。

好不容易，佟硯青問煩了，吃飽撒手跑出去玩，明子煜這才鬆口氣，開始吃起佟析秋蘸好醬料的烤肉，再喝杯酒，嘆了聲。「怪不得你不待在侯府。烤肉配酒，悠哉度日，真是賽神仙啊！」

亓三郎腿疾未癒，並未喝酒，聽了這話，只無語地瞥他一眼。「如今正是選秀之時，你為何來這裡？」

明子煜嘻嘻一笑。「選秀與我何干？不過是愛哭包聚在一起，無趣得緊，哪及這裡快活。」

見他猥瑣地挑眉，亓三郎甚是不悅，看看佟析秋，見她平靜異常，便對明子煜小聲斥道：「說話得正經才是。你這樣，如何對得起皇子身分？」

呃……明子煜愣怔，連說話的方式都變了？以前不管他如何嘮叨都會置之不理的亓三郎，何時變得這般嚴肅，還開口訓他？難不成是因為成婚了？要真是的話……

唉！某人默默哀怨了。

自那天後，明子煜便住下來，成日裡纏著亓三郎他們，像跟屁蟲一樣。

人家跑步，他也跑；人家打獵，他也去；一家人沒事，坐在亭子裡烤肉、寫生，他也來！去到哪裡都有他，搞得佟析春要麼只戴著帷帽作陪一會兒，要麼便不來湊熱鬧了。

佟析秋對此甚是不滿，好幾次要跟亓三郎分開玩，奈何這冷面之人就愛往她身邊湊。無奈地鬧了好幾天後，最後大家乾脆放下規矩，玩個痛痛快快。

來莊子的第十三天，又迎來兩位大人物，一位是明鈺公主，另一位居然是鎮國侯。

彼時，佟析秋一行人正待在亭中，又是烤肉、又是作畫，好不愜意，待聽到管事來報，便趕緊前去相迎。

明子煜聽聞鎮國侯來時，立即變了臉色，待見到鎮國侯一臉冷淡地看著他時，立刻上前陪笑。「姑父。」

「原來躲到這裡來了。玩得可開心？」

明子煜搖頭。「我也是剛來，剛來。」

「哦？」鎮國侯不理會他，逕自向亭子走去。

見鎮國侯盯著烤得甚香的烤肉，佟析秋趕緊過去，拿起一串遞給他。

鎮國侯滿意地嚐了一口，緩下臉色，對明鈺公主說道：「妳也來嚐嚐。難得出府一趟，就別拘禮了。」

「好。」明鈺公主笑得明媚，含情脈脈地看著他。

佟析秋挑眉，日前勸婆婆的話有效果了？

她正想著，明子煜卻突然拍額。「哎呀呀，本皇子忽然想起，還有大事要辦。姑父、姑母，我不擾你們難得的閒情逸致了。」說完，便趕緊作揖，溜之大吉。

鎮國侯看了，冰寒眼中生出點點笑意。「倒是一如既往的機靈。」

亓三郎坐到下首，問道：「父親是來抓他的？」不然以鎮國侯的忙碌，哪有工夫逛莊子？

「皇上拿這逃避選妃的孩子沒辦法，命本侯休沐半日，前來捉人。」鎮國侯說罷，笑著搖頭。「還是這樣任性不改。」並未急著去追，只悠閒地品酒，看著亭外景致。

此時，佟析秋拉著佟硯青與佟析春過來，給鎮國侯及明鈺公主行禮。

明鈺公主見是一雙小兒女，笑看自家兒媳道：「這就是妳的弟弟、妹妹？」

佟析秋頷首。「他們是跟著兒媳一同從雙河鎮過來的。如今住在南寧正街，離侯府不遠。」

明鈺公主愣住，這是離了佟府？隨即回神，臉色未變地招手讓兩人上前，取下一只玉鐲幫佟析春戴上。「看著是個柔弱好性的人兒，往後待在家中乏悶了，就來侯府找妳姊姊說話。」

佟析秋聽得欣喜，趕緊福身道謝。「多謝婆婆恩典。」

明鈺公主瞋她一眼。「一家人，哪來那麼多的規矩？」

佟析秋含笑點頭。「媳婦知道了。」

此時，鎮國侯被跟前的一幅畫吸引了，看著畫板，輕攏眉峰問道：「這是何人所畫？」

「是我二姊！」未待佟析秋發話，佟硯青便一臉驕傲地挺起小胸脯回答。「二姊畫得可漂亮了。我將來也要成為一個畫師，畫遍山川河嶽！二姊已經同意了呢！」

聽著他嘮叨的話語，鎮國侯跟明鈺公主不但不嫌煩，還很驚奇地轉頭看佟析秋。「妳同意了？」能作這畫已是難得的巧手，還允了七歲小兒出遊的想法？這得有多大的見識，才能放心任小兒出去闖？

「嗯。」佟析秋點頭，並不覺得奇怪。「我雖是姊姊，需在他無力保全自己時，盡力護他周全，卻不能一輩子把他藏在我的羽翼之下，也沒有權力左右他的前程。」

鎮國侯聽得目光轉深，點頭道：「這想法倒是與眾不同。」

明鈺公主卻摸著畫紙，笑道：「幾個月前，姊姊送給我一幅畫，說是我將來兒媳畫的。

當時只覺得不可思議，孰料那日敬茶，妳又送我一幅。如此畫功，讓我對妳喜愛更甚，真是撿到寶了。」

佟析秋恍然，難怪當初敬茶時，明鈺公主未打開那幅畫，原來是不想引起麻煩。

鎮國侯沒理會她們的笑語，令亓三郎斟酒，父子倆就著烤肉，開始說起男人間的話題。佟析秋則拉了明鈺公主，說要給她畫肖像畫。

明鈺公主欣然同意，一下午未動雖是累人，但見到如真人般的畫像時，驚喜得嘴裡連說值得。聽說著色更佳後，便更加期待起來。

當天，未時三刻，佟析秋等人跟著坐上了回府的馬車。原來鎮國侯府的族人已到，後日便要開家宴，正式介紹佟析秋給大家認識，得先回去準備。

馬車行至南寧正街，眾人與兩小兒辭別後，即回了鎮國侯府。

第三十二章　外家

晚上，鎮國侯府的大房與二房聚在雅合居吃飯，飯後便到偏廳喝茶閒聊。

蔣氏和氣地看著佟析秋，笑道：「兩日後的家宴，是介紹族人與妳入族譜的日子。到時事多，人手怕有不足，少不得會讓妳幫點忙。」

「大娘有事儘管差遣，析秋聽命就是。」

見她恭敬，蔣氏甚為滿意地連連點頭。

接著，眾人又問些莊子上的事，話幾句家常。散時，蔣氏見鎮國侯還要跟明鈺公主走，有些心急，想相留又不敢開口的委屈樣子，終是惹得鎮國侯起了憐心，對明鈺公主道：「妳先回去。」

「妾身告退。」明鈺公主福身，眼中滑過苦澀。

佟析秋見狀，暗暗搖了頭。

鎮國侯留下後，蔣氏便趕緊命婢女抬水，準備洗漱。

見鎮國侯表情淡淡地坐在榻上，她走過去，把頭靠上他的肩。「我知你惱了我，怪我沒將錦兒教好，寵他太過，我已經知錯了。」

鎮國侯挑眉。「知錯了？」

蔣氏噘起嘴，眼中生出幾分委屈。「你冷落我這般久，可想過我有多傷心？本就矮人一截，兒子也比人卑賤，我寵著也是理所應當，不過想讓兒子心裡安慰些罷了。」

鎮國侯聽得皺眉。「我亓無愎的兒子，何曾是卑賤的？都是我的兒子，自然一視同仁。」

蔣氏咬牙，心裡暗啍：都是你的兒子沒錯，可我的兒子卻只有一個！

想到這裡，她越發氣惱，恨不得明兒就是家宴……

雖說蔣氏吩咐讓佟析秋幫忙，但不過是來衡璽苑借兩個人而已。

待到正式家宴那日，藍衣特意幫她裝扮，著正紅刻絲牡丹衣裙，梳飛天髻，簪上珠翠，最後點花鈿，戴水晶額鍊。

看著鏡中比赴宮宴還來得誇張的妝飾，佟析秋很無語地看了藍衣一眼。

藍衣嘻嘻一笑。「讓那群人瞧瞧咱們侯府少奶奶的氣勢！」

佟析秋聞言，抽了抽嘴角，亓三郎則過來牽她的手。「倒是應該。」雖這般說，可看著看著，還真擔心那纖細的脖子會不會被壓斷，遂皺眉扶她起身。「頸子可是會痠？」

佟析秋本想搖頭，又覺得矯情，便看著他道：「壯士不如試試？」見他無語，心情愉悅。

早膳的湯換成了普通補湯，桂嬤嬤沒來，就沒了明鈺公主這座大山壓著。佟析秋見狀，就偷懶少喝幾口湯，多吃幾道美食。亓三郎雖有些不滿，卻也任由她去。

兩人吃完飯，上清漪苑給明鈺公主請安後，便隨她去了雅合居。

一路上，各等婢女、婆子行色匆匆。辰時未到，就忙亂不已。

三人來到雅合居時，蔣氏剛送鎮國侯去前院，見到他們，笑得格外開懷。佟析秋看了，總覺得蔣氏是故意露出羞紅臉色，向明鈺公主炫耀。

亓三郎給蔣氏行禮後，便去前院。

蔣氏跟著哎呀一聲。「我得趕緊去發放對牌，不然等會兒族人上門，府中還亂成一團，就不像話了。公主，老三家的，妳們先坐啊。」說著也出了正廳。

明鈺公主滿臉嘲諷，佟析秋只覺這蔣氏也是好手段，利用明鈺公主不當家的事，故意彰顯她才是正牌夫人呢。

佟析秋看向明鈺公主，見她亦是看過來。「妳覺得本宮委屈？」

聽見明鈺公主難得在自家人面前用了本宮二字，佟析秋連忙搖頭。「不會。看婆婆似隨興之人，怕是懶得理這些俗事？」

明鈺公主撐著額頭，哼道：「本宮為何要替別人打理俗務？真當人人都看重那個位置？」說罷，眼露苦澀。「有時無心，卻硬被人當成有意。多言無益，不如不說。」

佟析秋愣怔，垂眸輕語。「或許日久見人心呢。」

「人心沒看到，人性倒是見識不少。」明鈺公主恢復了冷情模樣。「時辰不早了，隨我前去迎客吧。」

「是。」

佟析秋起身，恭敬地跟在她身後，向二門行去。

巳時初，開始有馬車駛進鎮國侯府，粗使婆子忙抬軟轎去迎。

見到等在二門處的明鈺公主，一些族中夫人惶恐難安，下了車，便趕緊福身行禮。

明鈺公主也不在意，和氣地上前搭話，介紹佟析秋給她們認識。

佟析秋恭敬聽著，對那些長輩一一行了正禮。

董氏等人來晚一步，看到這一幕，雖有些咬牙切齒，明面上仍裝得很親熱。

亓容泠姊妹也來了，見佟析秋行禮，交換別有深意的眼神後，便拉著董氏，幫忙招待賓客。

她們領著人進了內宅，蔣氏這才出屋相迎，笑得分外親切，指揮婢女上茶，又向已熟識的族裡長輩噓寒問暖。

被冷落在一邊的明鈺公主並不著惱，靜靜看著蔣氏表演。

接著，有婆子跑來稟報，說是前院已熱鬧開戲，問蔣氏可還要備些什麼？

蔣氏聽罷，這才停了表演，告罪道：「我先過去瞧瞧。大家隨意就好。」

待蔣氏一走，董氏便接著招呼眾人，又暖起了場子。

明鈺公主放下端著的茶盞，看向立在身後的佟析秋，問道：「可覺得悶？」

佟析秋搖頭。對於大房宣示主權的方式，她聽得正有趣呢。

正午時分，蔣氏匆匆行來，招呼女眷去另一座正院用膳，一邊走著、一邊道：「今兒場地大，咱們便吃酒聽戲。我已命人請了京都最好的戲班，看各位喜歡哪齣，就唱哪齣。」

大家連聲稱好，一路笑著進了院子。

待來到開席處，佟析秋幫忙招呼眾人落坐，卻見蔣氏走過來，對她道：「我這裡缺個人手，老三家的，妳能去廚房瞧瞧嗎？要上菜了，不能讓那些粗枝大葉的下人馬虎行事。」

佟析秋應道：「析秋這就前去。」

說罷，她讓花卉帶個話給明鈺公主，便領著藍衣，轉身走向大廚房。

佟析秋到了廚房，檢查完吃食，又與管事們商量好順序後，等前院一聲令下，便令他們趕緊上菜。

看著手端菜盤匆匆行走的婢女們，佟析秋懶得去前面湊熱鬧，找了處清靜角落站著。

待酒席正酣，卻見上菜回來的婢女們神神秘秘、交頭接耳，目光又不時往她這邊瞥來，表情鄙夷不已，遂給藍衣使眼色，讓她去探聽出了何事。

藍衣點頭跑走後，有婢女匆匆上前，小聲問道：「三少奶奶，前院有人鬧事，可還要接著上菜？」

佟析秋沈吟。「且等一會兒，先打聽清楚再說。」

藍衣這一去就是一刻鐘，回來時，看著佟析秋，面色有些古怪。

佟析秋挑眉。「怎麼了？」

藍衣搖頭，附耳過去道：「少奶奶，妳的外婆跟舅舅來了。」

外婆？舅舅？那個跟原身斷了關係的外家？

佟析秋正疑惑，卻見桂嬤嬤一臉嚴肅地走過來。「三少奶奶，公主請妳過去。」

佟析秋一凜，心裡隱約猜到了什麼……

不一會兒，佟析秋隨著桂嬤嬤進了宴客的院子，那裡鬧得正歡。

桂嬤嬤高聲道：「三少奶奶來了！」

眾人回頭，或審視、或鄙夷、或輕慢，各種眼神混在一起，向佟析秋看去。

佟析秋不動聲色地穩下心神，向明鈺公主行去，卻見明鈺公主臉色青白交錯，渾身顫抖地指著屏風道：「後面的人說是妳的舅舅和外婆。妳去認認，看看是不是？」

佟析秋點頭，轉過身子，緩緩朝被婢女守著的屏風走去。

見一名華服婦人向這邊走來，屏風後的男子立時驚得大叫。「二丫，真的是妳？妳還真成少奶奶了？」

他旁邊的老婦人更是想越過屏風跑出來，卻被粗使婆子拉住，在那裡喊得急切。「二丫，妳怎麼會在京都做少奶奶？去歲我聽村人說妳撿了個男人成家，難不成就是這富貴公子？」接著便合掌跪地。「要是這樣，那真是老天保佑，讓妳撿到這麼大的便宜！沒想到，我那不守婦道的女兒竟生個有出息的外孫女給我，老天爺待我不薄啊！謝謝老天爺！」

老婦人一邊說、一邊磕頭，待磕完頭，又跳腳指著拉她的婆子吼道：「我外孫女是這府中的少奶奶，那我就是太夫人了，還不快放開我?!」見掙脫不掉，就轉臉瞪著佟析秋。「二丫，妳不認得人了嗎？我是妳外婆啊！還不趕緊讓她們鬆手！」

佟析秋站在那裡，自始至終未說過一句話，在腦中尋著原身記憶，確認兩人的身分。

男人見她不說話，不由皺眉斥道：「怎麼，這是攀上高枝兒，就不認窮親戚？別忘了，我們可是有妳娘通姦的把柄在手！」

嚇！眾人驚呆，這是怎麼回事？親娘與人通姦，小的也在鄉下無媒苟合，那還能是清白之身嗎？隨即轉首望向臉脹成豬肝色的明鈺公主，有心思的人，表情彷彿在說：有好戲看了！

「放開我！二丫，妳這殺千刀的，有人說妳在京都大戶人家當少奶奶，老娘還不信，沒想到是真的。妳這是不想認了我們是不是？」

見佟析秋仍不吭聲，老婦人死命掙扎，不知是不是婆子手滑，竟讓她順利掙脫開來。接著，她氣急地跑上前，撞倒屏風，伸出雞爪般的尖利指甲，朝佟析秋刮去。「妳不認，我也不會讓妳好過！勾引男人的小妖精，妳娘就是跟人通姦才被沈塘！既然不認血親，我就把妳們的醜事全宣揚出去，看妳這死丫頭如何待在這富貴家中！」

屏風一倒，外男就露了面。眾女眷見狀，急急用絹帕捂臉，又捨不得這般精采的戲碼，遂命自家婢女去取帷帽來，戴上後繼續觀戲。

佟析秋看著跑近的老婦人，勾了勾嘴角，對藍衣吩咐道：「抓住她！」

「妳敢?!」老婦人尖叫，男人亦是大吼。「二丫，妳想殺人滅口不成？」

佟析秋不理，示意藍衣動手。

藍衣點頭，立即快步上前，一個長腿側踢，將老婦人踢翻在地。

老婦人哎喲痛呼，人群中又傳來抽氣聲，有人尖叫。「真是不孝，連長輩也敢踢！」

佟析秋向發聲處看去，見是站在蔣氏身後的亓容泠，哼笑一聲，並不理會，回頭下令。「把人綁了，再堵住嘴！」

「是！」

老婦人尖叫。「小賤人，妳勾引男人攀了高枝，還不讓人說……啊——」話沒來得及吼完，只能唔唔不停。

接著，藍衣拿出汗巾子，就要綁老婦人，不想旁邊的男人見狀，紅了眼，跑來狠推她一下。

藍衣被推得身子一晃，厲眼瞪向男人，二話不說，抬腳狠狠踹在他的肚子上。

男人疼得站不穩，哀號大罵。「二丫，妳以為殺了我們，就能掩得住惡行？妳跟妳娘的醜事，人人皆知，妳會遭報應！唔……」

不待他再喊，藍衣綁好扭動的老婦人後，反手就把自己的繡花鞋脫下，堵了他的嘴。

正待她要綁人時，上首已氣得面孔扭曲的明鈺公主突然大吼。「夠了！都給本宮停下來！」

眾人頓時止了議論，藍衣也停手，朝佟析秋看去。

佟析秋搖頭，示意她繼續。

藍衣點頭，抽出腰帶綁住男人。

「本宮說停下來！」明鈺公主尖叫，看向佟析秋的眼神，是從未有過的厭惡。

佟析秋對她福身一禮，終於出聲道：「婆婆，可否聽兒媳解釋？」

「哎呀！老三媳婦，妳怎麼能頂撞婆婆？妳是做媳婦的，這樣回嘴，可是不孝呢。」蔣氏假意訓斥。

看夠戲的董氏亦笑著勸說。「是啊，三嫂。這般綁人，就沒辦法對質了。」

佟析秋沒理會她們，見藍衣已把人綁好，正要說話，卻見明鈺公主指著她，恨極地對桂嬤嬤尖聲叫道：「把這女人綁了！本宮要把她捉進皇宮，讓皇兄砍了她，再抄她九族！」

佟析秋頓住，忍著心涼地轉身，看著那對被綁的母子，輕勾嘴角。「抄了正好。我的九族內有外婆、舅舅、舅母、表兄弟，還有舅母的娘家；有爹爹、大伯、大伯母、析玉姊、硯墨弟弟、佟家族人；有繼母、王大學士府……」不慌不忙地唸著，越唸，嘴角笑容越大。

眾人看得奇怪，哪有人要被抄九族還這般快活的？

待唸完最後一句，佟析秋便跪下。「若公主真能抄了析秋九族，析秋感激不盡！」

明鈺公主愣住，正要說話，卻見佟析秋再忍不住地嚶嚶哭泣。「抄了正好，抄光這群見死不救、泯滅良心之人……」

忽然，一道威嚴的聲音傳來。「發生了何事？」

大家回首望去，紛紛福身行禮。

「見過侯爺！」

第三十三章　請求

鎮國侯皺眉，掃了亂哄哄的院子一眼，眸光冷冽至極，向蔣氏看去。「聽說有人私闖內宅，究竟是誰這般大膽，敢隨意放人進來？」

蔣氏眼神飄忽，隨即尷尬一笑，解釋道：「婆子說府外有人報著老三媳婦外家的名號，要找老三媳婦，妾身怕他們在大街吵鬧，丟了侯府顏面，這才讓人帶進來。未承想，才剛進門，就鬧得不可開交。」說罷，作勢嘆了一聲。

鎮國侯不說話，盯著她良久，蔣氏被看得有些發毛，便轉開眼去。

眾人默默交換眼色後，歇了看戲的心情，等著結果。

亓三郎自跟過來就看到佟析秋跪在那裡，見她垂首哭得傷心，心中亂極地上前，伸手就要扶她。

明鈺公主驚道：「卿兒別去！髒！」

亓三郎抬眸望向臉色難看的母親，眸光深沈如墨，冷道：「她是我妻！」

只一句話，讓明鈺公主愣怔不已，隨即搖頭。「不，不再是了！她是個骯髒的女子，無媒苟合，早已在鄉間成過親。我的兒啊，你被騙了！」

亓三郎並不理她，轉頭去扶佟析秋。佟析秋搖頭，不肯起身。

明鈺公主抖著手，從上首快步下來，抓住亓三郎，想把他拖離佟析秋身邊。「卿兒，過來為娘這裡！」

「夠了！」亓三郎掙開她，強行拉起佟析秋，聲音凍得嚇人。「什麼無媒苟合？若不是為了救兒子，她何至於被那群無知村人冤枉？何至於被逼說出成親謊言，只為自保？要沒有她，兒子早在去歲便凍死在山林了！」

他定定看著已經呆掉的明鈺公主，將佟析秋緊緊護於身側。「母親，秋兒沒有無媒苟合，兒子已經光明正大把她娶回來了。」

「嗚嗚……」佟析秋聽到這裡，再顧不得什麼，倒在亓三郎懷裡，痛哭起來。

來這裡大半月了，她一直是單打獨鬥，何曾被人這般護著？人心都有軟弱之時，這一刻，她有些想示弱，想要一點點溫暖了。

明鈺公主半張了嘴，指著兒子，驚訝道：「你是說，是她救了你？」

亓三郎點頭。明鈺公主深深吸氣，看向哭得傷心不已的佟析秋，又轉頭問他：「那個與她在鄉下成親的也是你？」

亓三郎並未頷首，只沈聲道：「那是秋兒為自保而不得已說出的謊話。一個十多歲的大姑娘，家中又住著兒子這麼個大男人，可想而知，流言會有多可怕。」

明鈺公主恍然，再望向佟析秋時，眼中有了歉意。「我兒，為娘錯怪妳了，為娘給妳賠禮。」

佟析秋搖頭，正想說話，不想有人陰陽怪氣地開口——

「這算是碰巧。但別忘了，她還有個通姦的娘呢！這樣的身家背景，如何配得上三弟？」

亓三郎冷眼掃去。「無須大姊擔心，秋兒自是配得上我。」

佟析秋拭淨眼淚，將亓三郎推開，撲通一聲對明鈺公主跪下，磕頭道：「婆婆，兒媳有一事相求。」

明鈺公主一驚，還不待讓佟析秋起來，卻又見她大力磕頭。「兒媳家中，原本一家六口還算和樂，不想三年前爹爹上京赴考，不到兩個月，我母親就被人傳出通姦之事。村人不分青紅皂白，直接將我母親和所謂的姦夫沈了塘。自此，我們姊弟被族人孤立，被外家拋棄。

「幼弟不足五歲，三妹又自娘胎帶病，斷不得藥。家中田地被沒收後，生計擔子全落在大姊佟析冬身上。為著我們的口糧與藥錢，大姊不顧秀才女兒身分，將自己賣了死契，進兒子有瘋癲之症的人家當婢女，我們姊弟才能拖著半條命活下來。」

說到這裡，她哽咽難耐。「可這樣勉強過活，也只維持兩年工夫。去歲冬天，大姊被瘋癲主子折磨至死，抬回家時滿身青紫、高腫不下。我等姊弟因此斷了糧藥，曾一度餓得挖山裡的凍菜維生。如此窘迫之境，竟無一人相幫。」

佟析秋一邊說、一邊哭，很多人被她的敘述牽動，不由泛淚，只覺這家人實在可憐至極，再看被綁著的母子倆，頓時覺得要這樣才能解氣。孩子快餓死了，卻不願伸手，如今見人家富了，又想來撈好處，當真可惡。

佟析秋並不在意眾人的態度，又磕了頭，說道：「既然今兒有人將這事翻出來，析秋怎麼說也是府裡的半個主子，為著鎮國侯府的顏面，求婆婆幫析秋重查當年之事。我母親是個見到生人都會臉紅躲藏的羞澀婦人，我父親又是秀才，而那所謂的姦夫，不過是令人憎恨的潑皮無賴，如何能讓我母親看上？還請婆婆徹查，還我母親清白！」

蔣氏在一旁聽得變了臉，只覺劇情好似走偏了，趕忙說道：「妳如何知妳母親是清白的？若查出來還是這般，豈不是再丟一次臉？」

佟析秋不為所動，篤定道：「若真如此，便是給析秋一個警醒，讓析秋永遠謹記這個教訓，以此為戒。」說罷又磕頭。「還請婆婆成全析秋！」

明鈺公主看鎮國侯一眼，想起佟析秋說的做自己，遂冷哼道：「怕是有人要安錯心了。這事兒，本宮管定了。待本宮去求皇兄，讓他無論如何都要還本宮兒媳一個清白！」

「謝婆婆。」佟析秋磕頭道。

蔣氏站在那裡，表情明明滅滅，怎麼也沒想到，戲唱了這麼久，成全的居然是另一人。她本想讓那小賤人入不了族譜，還狠狠搧明鈺的臉。可為什麼變了樣？哪裡出紕漏不成？

突然，一道寒光射來，讓想得入神的蔣氏不由一凜，抬眼看去，見鎮國侯掃過她後，亦冷道：「此事，本侯也可插手。明日本侯便上摺子求皇上，若得允許，卿兒，你親自跑雙河鎮一趟，畢竟這關係著你岳父和妻子的名聲，由自家人處理比較好。」

「是。」亓三郎頷首，拉起落淚不止的佟析秋，對在場的女眷拱手。「秋兒心緒難穩，三郎先送她回院，再過來向族中長輩賠禮道歉。」說罷，扶著佟析秋，逕自離開了。

回了衡璽苑，亓三郎命下人端水進來，看著佟析秋額上的紅腫，不由蹙緊眉頭。
「如何磕得這般重？」說著，他接過紅菱遞來的巾子，小心地幫她擦臉。
佟析秋搖頭，看著他。「我沒事。」
亓三郎愣了下，只覺這會兒的她竟比以往少了些疏離感。似想到什麼，無聲地勾起唇，眼裡有絲愉悅滑過。
接著，他替她摘下沈重的髮釵，理順一頭青絲後，溫聲道：「妳先躺一會兒，我去主院把事情處理完。」
佟析秋點頭，順著他的手躺在榻上，看著他出去後，才閉了眼。
今日之事，既然有人硬要塞梯子給她，那正好，她可以收拾一些人了。
佟析秋勾唇，不想多想，睡了過去。

一覺醒來，天色已是微黑。
藍衣掀簾進屋，上前道：「少奶奶醒了？」
佟析秋皺眉下榻。「我睡了多久？」
「這會兒已是酉時三刻，三少爺不讓人吵少奶奶，讓妳安心歇息。下午散席，公主進宮，三少爺也去了。」藍衣說著，替她整理衣裳。
亓三郎也去了？佟析秋暗自沈吟。
待重新梳妝好，藍衣讓人送上飯食。見只是清粥小菜，佟析秋來了胃口，拾箸輕嚐。

她吃著，突然看向藍衣問道：「對了，我外婆跟舅舅呢？」

「侯爺命人送回去了。」藍衣說完，瞧了瞧她的臉色，輕道：「好似不願把這事鬧大呢。」

佟析秋點頭，心中冷笑。

這事兒，怕是鎮國侯想包庇某些人吧，左不過跟蔣氏那房有關。鄉野之人要進高門大院，談何容易？就算打著她外家的名號，在沒查明白之前，能這麼隨隨便便地領進來？何況今天是什麼日子，居然還讓他們當場鬧事？

佟析秋想著，便揮退藍衣，繼續品嚐清粥，靜候亓三郎回府。

雅合居內，鎮國侯看著蔣氏的眼中生了冷意。「既然當不好家，不如移權吧。」

蔣氏心驚，以為耳朵出了毛病，不可置信地看著他道：「侯爺，你說什麼？」

鎮國侯起身。「本侯不喜凡事說第二遍，送走那兩個鄉下人，已是給妳留了最大的顏面。」看著驚得眼珠子要凸出來的蔣氏，又道：「老三媳婦不錯，應該能勝任掌家之事。明日妳便將管家權交給她吧。」說罷，便要出屋。

蔣氏大駭，驚叫出聲。「侯爺！」再顧不得形象地痛哭。「妾身錯了，可我也是為著我的錦兒啊！嗚嗚……」

鎮國侯面色鐵青，瞪著她的眼中寒意更甚。「老三跟錦兒同是本侯的兒子，本侯說過，會一視同仁，為何妳還執迷不悟？往日裡小打小鬧，本侯只當是生活調劑，可今日這齣，不僅弄得侯府顏面全無，若傳出去，老三媳婦有何臉面在京中立足？」話落，見蔣氏眸裡閃過不甘，不由冷哼。「別忘了，她是奉旨成婚。若查不清白，污的可不只她，還有皇上的眼睛！」

蔣氏驚呆，鎮國侯則失望地搖頭。「爭來爭去，不過為著權、利二字；世子之位，當真這般重要？」見她不語，又哼笑一聲。「這位置，本侯誰也不傳，若有本事，自己掙去！」

「那我的錦兒豈不沒了希望？」亓三郎的舅舅可是當今皇上，想要爵位還不簡單？真要做得這麼絕嗎？

蔣氏不甘，眼神怨恨，大吼道：「為什麼總要我們這房相讓？妾身不服！」

她的喊叫，惹得鎮國侯心中生火。「無人要妳讓。若是草包，再扶也是爛泥。真當皇上會為著一點親緣就任意放權？愚蠢！」罵完，臉色鐵青地負手走出去。

蔣氏呆在那裡，看著他離去的背影，眼裡陰鷙得可怕。

酉時末，得知亓三郎和明鈺公主回來後，佟析秋便領著藍衣和花卉去二門候著。

待看到一身正裝的明鈺公主走來，她趕緊迎過去，福身行禮。「婆婆。」

「我兒，快快起來。」明鈺公主見到佟析秋，忙招手讓她上前，待她走近，便一把抓住她的纖手輕拍。「苦了妳了。今日之事，是為娘不好，妳可千萬別放在心上。」

佟析秋搖頭，心中明白不過是巧合才救了她的命，沒什麼好怪的。又轉過去，望向一旁的亓三郎。

明鈺公主以為小倆口在眉目傳情，又笑著拍拍佟析秋的手。「今兒嚇著妳了，這幾日好好在院子裡休養，不必來請安了。」

「謝謝婆婆。」佟析秋福身道謝。

明鈺公主擺擺手，命桂嬤嬤扶著她，回了清漪苑。

待明鈺公主走遠後，亓三郎才近身上前，看著佟析秋已然青紫的額頭。「可還疼？」

「不疼。」佟析秋搖頭，見他伸來大掌，便回以笑容，將手覆上去。

亓三郎把她的小手包在大掌裡，與她相攜回蘅璽苑。

進了房，揮退婢女後，佟析秋親自去淨房服侍亓三郎更衣。

亓三郎看著她忙碌的身影，不由挑眉道：「不問問？」

佟析秋聽罷，抬眼衝他笑得好不明媚。「夫君說過，這事由你來解決。」

這聲夫君叫得亓三郎的心瞬間一緊，且還是佟析秋頭回在沒有外人的情況下叫出口。平日裡，她可是喚他壯士呢。

他壓了壓嗓子，故作淡然地開口道：「這是報酬？」回報今日他為她說話？

佟析秋淡笑不語，將他換下的直裰放於一旁，拿起雲紋銀絲常服。「可算可不算。」

亓三郎沒吭聲，把手張開，任她幫他穿上，又道：「怕是要出門一個月。」

「嗯。」

「妳放心，此事必會還妳清白。」

佟析秋停了手，知其中的意思。為著洪誠帝的顏面，就算不清白，也要扭成清白的。

佟析秋淺笑著搖頭，替亓三郎繫衣帶。「從來都是清白的。」

見她篤定，亓三郎又挑眉。「妳捨得？」如果清白，少不得會牽扯到她父親。

佟析秋替他撫平衣上皺褶，並不接話，只道：「好了。夫君可要用消夜？」

亓三郎見狀，頓覺沒了說下去的必要，便點點頭。「還未用晚膳呢。」

「那妾身去吩咐廚房準備好送來。」

亓三郎更是納悶，還用上妾身了？這是要接納他的意思？隨即不爽地皺眉，難道以前沒被接納過？

這個想法令他更為不爽，跟著出了淨房，端坐在桌邊，等她回來。

另一邊，佟百里得到大學士府傳來的消息後，震驚不已。

王氏小聲地問他。「不是說那件事毫無破綻嗎？」

佟百里搖頭。「這事兒，如今不清白也得弄清白了，怕是要找人頂替。」

「這是何意？」

佟百里煩躁道：「此事是大哥作主，當著全村的面，下令將郝氏沈塘。如果沒有證據，少不得拿他來當證據。若一個不慎，妳我都會被牽連進去。」

這事本就有他們的分兒，若佟百川被抓，少不得受刑，若到時把他招出來……

後面的，佟百里不敢想，看著王氏急道：「馬上要秋闈了，聽說岳父大人是這屆的監考？」

「你想幹什麼？」王氏大驚。

佟百里紅起雙眼，低吼道：「若無好處，誰願意為妳賣命？」

「你、你是說……」

見王氏白了臉，佟百里又道：「此事不能隨便下手，一查人就死，怕是會露出破綻，只能以利相誘。」

王氏驚顫，卻無可奈何地點頭。「既如此，把硯墨的戶籍遷來吧，明日我便與父親說。」

佟百里頷首，嘆息著摟住她。「此事，有勞夫人多費心了。」

聞言，王氏內心苦澀不已。為什麼接個人上京，會鬧出這麼多事？她實在想不通……

第三十四章 脾氣

隔天是亓三郎去雙河鎮的日子，寅時未到，佟析秋便跟著起身，幫忙打點行裝。

「中秋節能回府嗎？」

「若是快的話，應該能趕上。」亓三郎坐在鏡檯前，讓她幫他束髮。

佟析秋取玉簪穿過他頭頂的鏤空玉冠，待固定好，望向鏡中，看著他臉上已經淡了不少的疤痕，說道：「怕是會有替死鬼。」

「嗯。」他點頭看她。「失望？」

佟析秋搖頭，放下手。「替得也不冤，死了正好。」佟百川本就是劊子手，死是應該的，只不過主謀不好抓罷了。

亓三郎捏捏她的纖手，輕嗯道：「此去一月，想來府中會有些變化。妳若不願攪和，就裝病吧。」

昨日放走那對鄉下母子，想來父親會暗地斥責蔣氏。為了懲戒，怕是得讓那邊付出代價。只是，如此一來，他們這房就有麻煩了。

「要不，我去求求母親，讓妳帶著弟弟妹妹去果莊避避？」

佟析秋好笑。「哪裡就那麼弱了？你安心去便是。」

見她如此，亓三郎只好皺眉點頭。

接著，婢女們送上吃食，用完早飯，兩人便相攜去清漪苑請安。

亓三郎與佟析秋到清漪苑時，意外發現，鎮國侯也在。

亓三郎向父母叩首辭行，明鈺公主拿出昨兒向洪誠帝求來的信函。「卿兒，雖說以你之力，能輕鬆辦成此事，但一人奔波難免費功夫。這是從你皇舅舅那裡求來的，用得著的地方，就儘管用。別去得太久，佳節時盼著你歸來團聚呢。」

「兒子明白。」亓三郎伸手接過。

眾人送亓三郎出去，回轉時，鎮國侯交代明鈺公主吃罷早飯後，去雅合居一趟。

明鈺公主口中答應，面上卻對鎮國侯生了幾分冷淡。

鎮國侯不解，正待相問，卻見她轉身，拉著佟析秋，自行與他分了道。

看著遠去的背影，皺眉的鎮國侯這才意識到，他可能被嫌棄了。這般多年，明鈺公主未曾與他紅過臉，怎會突然與他生氣？難不成是因為昨兒之事？

鎮國侯沈吟，卻未追上問個明白，轉身朝前院行去。

用過早飯，佟析秋與明鈺公主依鎮國侯的吩咐來到雅合居。

一進正廳，佟析秋便感覺幾道不同尋常的目光射過來，遂先福身行禮。「給父親、大娘請安。」

鎮國侯揮手讓她起身，明鈺公主則似笑非笑地去上首落坐。

待佟析秋也坐下後，鎮國侯才看向眼腫如核桃的蔣氏，對佟析秋說：「妳大娘近來身子不適，府中又繁忙，不能無掌事之人，想讓妳暫代兩天。妳可願意？」

佟析秋沒接話，只抬手輕撫額頭的瘀傷。

明鈺公主見狀，不由冷哼。「昨日秋兒受了驚，卿兒走時吩咐過，讓她好生歇息呢。侯爺這是怎麼了？姊姊不舒服，不還有老四家的？侯府這般大，秋兒才來多久，哪會比進門快兩年的老四家的熟悉？」

聽見向來溫順的明鈺公主難得開口說這麼多話，鎮國侯更覺詫異不已。「老四家的如何能及老三家的？」

這話一出，董氏立即白了臉，看向佟析秋的眼神，不免生出幾分怨念。

佟析秋低頭，這種時候，她才不想接手燙手山芋。再說鎮國侯用暫代一詞，明顯是為了懲罰蔣氏，拿她作筏子罷了。

見狀，明鈺公主未再多言，看佟析秋摸額角，就有些緊張地問：「我兒，是不是頭暈？」說著又一嘆。「唉，昨兒妳太過悲戚了。等會兒本宮讓桂嬤嬤拿腰牌去宣太醫，好好給妳看看。」一副慈母表情，疼愛之狀溢於言表。

眾人訝異不已，但大房的人卻暗中鬆了口氣，覺著二房還算識趣。若二房真想接下管家之職，到時夠她們受的，畢竟這個家早已被蔣氏盤踞多年了。

佟析秋聞言，趕緊起身道謝。「多謝婆婆關懷。」

明鈺公主笑得和藹。「當然得多多關懷。本宮還等著抱孫兒呢。」說到這裡，又有些可惜地搖搖頭。「唉，卿兒這一走，又得晚了不少。」

「婆婆！」佟析秋扭捏羞臊，逗得明鈺公主哈哈大笑。

在旁邊看她們裝糊塗的鎮國侯，眉頭已經皺得不能再皺了。

聽見明鈺公主這般肆無忌憚地大笑，他好奇地轉頭看去，不想明鈺公主也正好抬眸，兩道目光對上，她卻冷哼著偏過頭。「這事兒，侯爺還是另選他人吧。本宮的兒媳，如今身子可虛得很呢。」

鎮國侯無語，明鈺公主起身走出正廳，揮手讓佟析秋跟上，自顧自地與她說話。

「卿兒走後，妳要覺得悶，不如把令妹接來府裡住幾天？對了，令弟有沒有上學？」

「沒有。」

「是沒找到合適的學堂？」

「是……」

待兩人漸行漸遠，聲音消失後，蔣氏回頭看鎮國侯一眼，見他皺眉沈思，不由暗自心驚……

當天晚上，鎮國侯再次不顧蔣氏的道歉挽留，去了清漪苑。

見明鈺公主依舊表情冷淡，他疑惑地問道：「妳這是對本侯有不滿？」

明鈺公主勾唇。「妾身不敢。」

「哦？」

見鎮國侯挑眉，明鈺公主冷聲道：「侯爺以為，妾身天生就是好欺負的？」

「何出此言？」鎮國侯擰眉，不悅地看她。

明鈺公主轉身，揮退桂嬤嬤，這才看著他道：「侯爺要護誰，妾身從不爭辯；要幫誰，也從無不悅。可此事關係的是我兒與兒媳的名聲，更甚者，是我皇家的顏面。如此，侯爺還能不聲不響護著某人，妾身當真佩服至極！」

話落，她冷笑連連。「妾身也是有脾氣的，不是回回都能淡然處之，回回都能以禮相讓。

「小手段、小陰謀使了一個又一個，侯爺護了一次又一次，怎麼，真當妾身是泥人不成？不過是小小的世子之位，若妾身想要，哥哥會不給？」

她說得不疾不徐，鎮國侯卻聽得眼色深沈。「所以，妳想讓本侯給個公平？」

「公平？」明鈺公主哼笑，眸光晦澀難懂。「自妾身生下卿兒差點死掉那天開始，就再無公平可言了。」定眼看著鎮國侯，嘲諷至極。「這個秘密，侯爺還打算讓妾身替她瞞多久？真當神不知鬼不覺嗎？」說完，淚已盈眶。

多年來，她哪來的公平？當年下藥、使計層出不窮，真以為他會對她憐惜幾分。結果，受寵幾日，不過是他替某人彌補虧欠罷了。

鎮國侯一驚，看著明鈺公主瞬間濕了的眼睛，正要開口，不想明鈺公主忽然冷臉拭淚，喚了桂嬤嬤進來。

「今日本宮身子不適，還請侯爺另尋去處吧。」說罷，不再相理，掀簾朝內室走去。

鎮國侯沈思良久，直到桂嬤嬤幾次催促，才起身離開。走之前，眸中生出些許愧疚，看了內室一眼。

而內室裡的明鈺公主，聽到桂嬤嬤稟報鎮國侯走後，終是忍不住，發出斷斷續續的嗚咽……

七月下旬，佟百川接到信，心緒不寧。

晚上，關起房門後，他將家中積蓄與戶籍文書拿出來，塞給劉氏。「二弟來信，讓咱們把兒子的戶籍遷去京都。」

「真的？」劉氏吃了一驚，隨即一喜。「那我們大房是不是要發達了？」

佟百川沒理會她的興奮，沈下臉，又道：「二丫嫁進鎮國侯府當少奶奶了。」

「喔。」劉氏不以為意。「就是那個瘸子？也只是個好看的身分，不是說在京都沒人敢嫁，讓二丫去替？咱們女兒以後可是要進宮的，到時候，哪房依著哪房還不一定呢。」

「夠了！」

佟百川暴吼，嚇得劉氏直拍胸口驚叫。「你這是怎麼了？突然發瘋，嚇了我一大跳。」

「都死到臨頭了，還歡喜個啥？」

「什麼？死到臨頭？」劉氏懵懂。

佟百川眼中出現從未有過的悲戚。「我怕是活不到中秋了。」

「啊?!」劉氏大驚，心慌道：「呸呸呸，說什麼胡話？這種話哪能亂說！」

佟百川頹然地癱在炕上。「如今事情沒那麼簡單了。聽說那人治好腿，又起復了。」

「啥意思？」

「啥意思？意思是那起復的瘸子要來徹查當年郝氏的案子，二弟在信裡說得清清楚楚，希望我頂罪。」

「我怎麼聽不懂呢？」劉氏還是不解。

佟百川無力解釋了，只吩咐道：「明日妳收拾收拾，去鎮裡遷戶籍，給京都送去。還有，我寫封信，妳定要謹慎保管。秋闈過後，若兒子沒中，或女兒沒跟著入王府，妳就把這信交給兒子，或是官府。」

他滿臉恨意，讓劉氏徹底慌了心神。「當家的，到底怎麼了？你別嚇我啊！」

「聽不明白就別聽，記得每年來給老子上香便行！」

「當家的，你說的是啥話啊？」

劉氏嚇得大哭起來，佟百川臉色青白灰敗，卻又無可奈何……

隔天一早，劉氏便進鎮，去衙門辦遷戶，然後抹著眼淚與佟百川揮手道別，坐上往京都的馬車。

佟百川目送馬車駛遠後，便含恨轉回了村裡。

七月底，亓三郎趕到了雙河鎮。

他一來，便拿出洪誠帝給的親筆信函，命衙門全力協助查案。

因為姦夫已被沈塘，又無其他人證，亓三郎無法，只好從佟家村的村民下手，押著他們一個個審問後，才得知當年發現通姦之事的人，正是里長夫人劉氏。

得了這條線索的亓三郎，又派人去捉拿劉氏。

不想，劉氏已出遠門，去了親戚家。而衙役們因為沒抓到劉氏，便把佟百川捉來了。

佟百川被押進衙門，看到亓三郎時，表情變化莫測。

亓三郎看到他時，笑道：「大伯，好久不見。」

這句話，弄得佟百川心驚不已。

接著，亓三郎速審速決，將佟百川打入大牢，直接定罪，再去佟家村，當著一眾村民的面，宣布結果。

佟家村的人在被亓三郎審問時，便知他就是去歲那個留在佟析秋家裡的男子，見他是官身，又聽說當年郝氏是被人冤枉，而劊子手正是佟百川時，紛紛大罵，唾棄不已。佟家族老們也出來給郝氏正了名，下令讓郝氏遷入祖墳。

遷墳那天，亓三郎親自去扶靈，村人得知他真與佟析秋成了婚，佟析秋如今已是高門少奶奶，羨慕不已，只覺這是幾輩子才能修來的好福氣。

給郝氏正完名，亓三郎去當初到京都鬧事的郝家，給了百兩銀票，又對那家人嚴厲警告一番。見他們還有些不服氣，直接以滅口威脅，才終使這家安分下來。

辦妥這些，八月初二晚上，也就是準備押佟百川上京的前一天，衙役來稟，說佟百川用鎖鍊自縊了。

聽到這個消息，亓三郎並未有太大驚訝，命人把他抬出去埋了，便立刻啟程，快馬趕回京都。

八月初十，劉氏到了京都。一進城門，便被佟百里派人悄悄接進府。

自下車後，劉氏就開始嚎啕大哭。彼時，佟析玉跟佟硯墨，一人在鴻鵠書院，一人充作婢女陪謝寧進了宮，來迎接劉氏的只有佟百里夫婦跟朱氏。

至於朱氏，她已被佟百里說服，為了繼續享受榮華富貴，只得犧牲另一個兒子。是以，她與劉氏抱頭痛哭時，倒是真情實意。

當晚，劉氏被安排住在福安堂，朱氏攬著哭得上氣不接下氣的劉氏道：「若有辦法，我也不會讓大兒去死。現在，死一個，總比去兩個強。如今玉兒和墨兒的前途，正到關鍵時候，不得不捨大保小啊！」

劉氏亦是連連點頭，哽咽道：「當家的就是讓我來京都瞧著。二弟可不能忘恩負義，我們大房犧牲這麼多，不能一點好處都沒有。不然的話，如何對得起當家的一條鮮活性命？」

朱氏聞言，眼皮跳了下，隨即趕緊點頭。「我知道，我知道，定叫老二好好將妳那雙兒女捧起來。咱們佟家的血脈，都要出人頭地，不會讓老大白白去了這條性命。」

劉氏聽得嗚咽，又再次哭得喘不上氣。

朱氏見狀，連忙命人端來茶水，讓她喝了順順氣。

劉氏拍著胸脯，抽噎著喝了一口，痛哭兩聲後，突然倒地，瞬間失去了知覺。

佟百里夫婦早早便等在外面，聽到房裡沒了動靜，趕緊推門走進來。

朱氏按著心口，看著佟百里，滿臉痛苦道：「老二啊，咱們這麼做，是不是太過分了？」

佟百里流著兩行眼淚，看向自家母親，悲哭道：「娘，但凡有辦法，兒子也不會下此狠手。如今萬不能留了大嫂，她是發現郝氏通姦的第一人，大哥雖去了，可大嫂上京都的事定會被查到。到時亓三郎捉了她，她能受得了刑罰？咱們一家都要搭進去啊！」

朱氏聽罷，無奈地嘆氣，看著倒在地上的劉氏，同情道：「好歹留條命，給墨兒跟玉兒做個念想。」

「兒子知道，不過是送去庵堂藏著，無事的。」

朱氏無奈地點頭，揮了手，讓他們去辦。

當日夜裡，王氏對從學士府借來的護院悄聲吩咐兩句，讓他們偷偷把劉氏送去京郊偏僻的庵堂。

佟百里坐立難安，待王氏回房，便趕緊起身，上前問她。「辦妥了？」

「嗯。」王氏看向他，又道：「不過，怕是還要唱齣戲。」

佟百里青白著臉，點點頭，兩人這才上床歇下。

第三十五章 戲

自拒了掌家之事後，佟析秋就稱病，在衡璽苑中躲懶。

為怕她無聊，明鈺公主允她將佟析春接進府住幾天。除此之外，又幫忙找了一家清貴人家開的族學，讓佟硯青去念。因子弟眾多，教授的學問繁雜多樣，佟硯青依著興趣學，也慢慢適應了。

八月十二，明鈺公主派人請佟析秋去清漪苑，拉著她的手，將一封信遞給她。

「卿兒寫了兩封家書，這封是給妳的。說是初二晚上從雙河鎮啟程，不知能不能趕上中秋節。」

佟析秋伸手接過，見到上書「吾妻析秋親啟」幾個字時，不覺微紅了臉。

待回到衡璽苑，她拆開那封信，除了寥寥幾句問候，便是將辦案過程詳述一遍。

信是八月初二寫的，正好是佟百川上吊那日。劉氏在他們到達雙河鎮前，就已經啟程上京都，並遷移了戶籍。

佟析秋看完，把信放下，招藍衣過來附耳幾句，便讓她退出去。

下午，藍衣回來，看著佟析秋，搖頭道：「婢子偷偷打聽，又翻進佟府看了，並未發現他們留客。」

佟析秋輕嗯一聲，讓藍衣退下後，又覺事有蹊蹺。若劉氏真上京都，這會兒早該到佟府。

「不會這般惡毒吧？」佟析秋喃喃道，隨即舒展眉頭，決定暫時不多想了。

八月十三，佟府派人送信，說佟百里忽然身染惡疾，現已病重。

明鈺公主聽後，趕緊讓佟析秋回娘家看看。

佟析秋自是匆匆趕去，馬車剛至佟府，就見有官差從府中行出。

佟析秋給藍衣使個眼色，待官差走後，再去敲門，從側門進府。

馬車行至二門處，還不待她下車，王氏哭得上氣不接下氣，被梅椿扶著來迎，看到她下來，更是一個勁兒叫著：「三丫頭，妳總算來了。妳爹爹聽說妳娘的事後，便暈過去，這會兒還躺在床上沒醒呢！嗚……沒想到，竟有這等狼子野心的人啊！」

佟析秋並未理會她的話中有話，只裝出焦急模樣，匆匆向凝香院奔去，與王氏擦身而過時，分明瞥見她眼中恨意滿滿，哪有半點悲戚？

待她趕至院前，就聽朱氏站在院中仰天大呼。「老天爺喲，我這是作了什麼孽啊？我的兒……」

佟析秋見狀，淚水立時流出眼眶，悲呼。「爹爹！」

朱氏聞聲回頭，看著佟析秋的眼中閃過恨光，但轉瞬又恢復悲戚，哭道：「秋兒啊，妳爹聽說妳娘的事後，吐了好大一灘血。妳要重查妳娘的舊事，為何沒來跟他說一聲呢？」

佟析秋心中冷笑，面上卻裝得無辜。「奶奶說的是什麼話？我何時要重查娘的舊事了？

不過是被有心人誣陷，想毀了我的名聲，逼不得已。再說，我自始至終都不信娘親是那等不要名聲之人，這才敢讓婆婆去查。不承想，這一查，果真有人使壞。我也才剛得到消息，佟府派人來時，正準備往這裡趕呢。

「但我一來，奶奶便質問我，可有想過爹爹和我們做孫兒的心情？」說完，她立即大哭出聲。「被大伯孤立這般多年，原來一直使壞的就是他，這種人真是該死！嗚嗚……娘親是清白的啊！」

屋裡的人聽到佟析秋那句該死時，嚇得眼皮急急一跳。

兩人在院外哭喊得正起勁，王氏匆匆跟來，趕緊上前安慰佟析秋。「好了好了，快去看看妳爹爹吧，他怕是……急火攻心，傷了身子。」說完，捂著絹帕，又大哭起來。

佟析秋亦以絹帕捂臉，哭喊著急急向屋裡跑去。「爹爹！」

裡面傳來弱弱一聲。「秋兒……」

佟析秋聽見，趕緊掀簾進去，撲通跪坐在床邊，喜極而泣道：「爹爹，娘親是清白的，劊子手是大伯啊！聽說他已經畏罪自殺，大伯母也逃到京都。昨兒女兒接到夫君的信，說大伯母走時遷了戶籍，她如何想到要遷戶籍的？她是不是已經來找爹爹？」

她一連串的發問，句句直逼佟百里的死穴，每說一句，佟百里的眼皮就跳一下，好不容易等她問完，才做出悲戚模樣，哽咽道：「為父也沒想到妳大伯竟是這等狼心狗肺之人，若非今兒府衙來通報要抓劉氏，為父還被蒙在鼓裡。為父真是蠢啊……芸兒，為夫錯怪了妳！」說罷，望窗仰天大哭。

佟析秋見狀，起了滿身雞皮疙瘩，雖然淚水嘩嘩地掉，嘴裡卻很不客氣地問：「如今只死了一個，劉氏仍在逍遙呢。為何她走了近一月還未到京都？爹爹，大伯可有與你通信？」

佟百里咬牙。這是死活都要往他身上潑髒水？遂搖頭悲嘆。「上峰怕為父難辦，命為父不許插手，又怕為父包庇，已派人來搜查過。妳大伯母確實未曾進京，為父也不知她去了哪裡。」

佟析秋冷了眼，看著他裝模作樣，只覺這人真是好狠的心。

她繼續作戲，陪他哭了幾聲，佟百里卻突然哀呼一句：「芸兒！」隨即撲通暈倒。

一時間，王氏驚慌地叫府醫，朱氏跟著喘不上氣，眼看要翻了白眼。

佟析秋看他們亂成一團，遂也故意跑到門外大喊。「娘啊，妳是清白的，那些害妳的人都該下地獄！妳顯顯靈，讓躲著的人遭報應吧！」

屋裡眾人聽得眼皮急跳，外面佟析秋大哭不止，接著便聽藍衣驚喊。「少奶奶，妳醒醒啊……」

因激動過度而暈厥的佟析秋，在一群人的手忙腳亂中，被送上了回鎮國侯府的馬車。

馬車駛動，佟析秋就睜了眼。

藍衣嘻笑著給她倒茶。「少奶奶的哭戲，遠勝過那群人呢。」

佟析秋聞言，瞥她一眼，又對外使個眼色，花卉也在呢。

藍衣悄悄吐舌，佟析秋沒理她，想著佟府人的作戲，實在沒興趣再看下去。

為著這事，佟百里怕沒少下工夫，接下來，大概又要上演一齣悲情戲碼了。

八月十四，佟百里得知佟百川設計害死自己髮妻，大病一場，吐血好幾盆後，上書洪誠帝，要求為亡妻討個公道，希望抓到犯人劉氏時，讓他監斬，以慰亡妻在天之靈。除此之外，還將佟百川除族，從此兄弟恩斷義絕。

聽著藍衣打聽來的消息，佟析秋淡笑，沒有吭聲，佟百川能甘願送死，怕是佟百里沒少給承諾。

不過，他做得夠絕，逼死佟百川，劉氏也不知所蹤，要揪出他，真是有些難辦。

於是，佟析秋換了話題。「我記得，上個月桂嬤嬤有送疋雲錦過來？」

藍衣點頭。「紅菱管著針黹，等會兒婢子去問問她可有裁衣。」

佟析秋頷首。「若好了，熏香不需太過濃郁，用淡雅的荷香就好。」

「是，婢子知道了。」

揮手讓藍衣退下後，佟析秋倚在榻上，閉起眼。這事……就先這麼過去吧。

八月十五中秋，宮中設宴，三品以上的官員可攜家眷入宮，一來與帝后同樂，二來，選秀會在今晚塵埃落定。

坐在去往宮中的馬車上，董氏一身命婦冠服，看著佟析秋身上的浮光雲錦，扯出微笑道：「雖說浮光錦難得，到底比不得誥命在身。屆時讓三哥給嫂嫂掙一個，也免得逢人就拜了。」

佟析秋聽罷，只勾起得體的微笑，並未相理。

亓三郎至今未到，看來這場中秋宮宴，他注定要缺席了。

車至宮門時，天已麻黑。此次進城並未分男女而行，著金色盔甲的鎮國侯自高大馬背上跳下來，立於一旁，等著宮人來牽馬。

明鈺公主一身大紅冠服，頭戴一品冠帽，下車看到佟析秋，招手讓她近前。

佟析秋走近，見蔣氏也著一身正二品的冠服，從車上下來，便對她有禮地一福，才走到明鈺公主身邊。

明鈺公主握住她的手輕拍。「跟著本宮。等會兒落坐，也坐在本宮身後。」

佟析秋點頭，正要提裙上步輦，忽聽溫婉之音傳來——

「妹妹。」

明鈺公主迅速轉身，見是明玥公主，喜得快步過去。「玥姊姊！」

佟析秋緊跟上前，淡聲行禮。「姨母。」

明玥公主別有深意地看她一眼，抬手讓她起身。

明鈺公主見狀，命桂嬤嬤前去給鎮國侯帶個話。見他朝這邊望了下，便遠遠拱手，先行一步。

明鈺公主見他走遠，這才緊拉明玥公主的手，愧疚道：「離卿兒成婚之日已過一月有餘，一直未曾上護國侯府與姊姊聚聚，倒是我這做妹妹的犯了懶病。」

「我也是個懶的。」明玥公主拍拍她的手，輕嘆。「還未感謝妹妹每年替我點的長明燈呢。」

明鈺公主搖頭。「替姊夫與外甥點盞長明燈，算不得什麼。這般多年，姊姊隱居鄉里，妹妹只求姊姊心結早開。」

「多年之事，還提它做什麼？」話落，見明鈺公主落淚，明玥公主不由輕呼。「怎麼了？好好地又掉起淚來。」

「噗！」明鈺公主含淚捂嘴，突然笑出聲。「姊姊倒是將姊夫的家鄉土腔學個十足了。」

明玥公主一愣，隨即拍她，嗔道：「倒是知道拿我來尋開心了。」

佟析秋一邊走、一邊聽著兩人的對話，隱隱得知明玥公主的夫君跟孩子都不在了，她住在雙河鎮，因為那是她夫君的故鄉。而明鈺公主之所以每年花朝節都去相國寺，是為了替死去的姊夫和外甥點盞長明燈。

還真是複雜。佟析秋搖頭，卻見明玥公主忽然轉頭，對她勾唇一笑。

佟析秋愣怔，聽明鈺公主喚她，遂搖頭回神，小步向遮著宮紗帷幔的步輦行去。

此次宴會設在東宮永和殿，男女分席而坐，中間相隔十尺之遠。因是晚上，琉璃宮燈的光朦朦朧朧，大多官員攜的家眷都是已成婚的婦人，倒是不用隔得太嚴實。

筵席正前方，有座圍滿輕紗的涼亭，是等會兒秀女們表演的地方，到時由太監報名號，讓秀女上去獻藝。若皇子有中意的，可將名號記下，過後一對，就知是哪家的女兒了。

佟析秋跟著明鈺公主和明玥公主，剛走到女眷這邊，便有不少夫人因兩位公主而靠過來，苦了她這個白身，對每位著冠服的夫人屈膝行禮。一番下來，累得鼻頭冒出不少的汗。

酉時三刻，宮宴正式開始。四位皇子受了大家的禮後，便向明鈺公主等人行來。

「拜見皇姑姑。」

「都起來吧。」

兩位公主抬手，佟析秋則乘勢往後躲幾步，藉著背光，儘量讓自己隱在暗處。

姑姪聊了幾句，不過一盞茶工夫，便有太監高唱道：「皇上駕到——皇后娘娘駕到——」

眾人又是一陣跪拜，起身後，卻見同來的還有德妃跟容妃。

洪誠帝坐到上首，說了些之乎者也的話後，便大手一揮。「開宴吧！」

宮人們陸續進場，撤去桌上的糕點，換上各種山珍海味。

佟析秋坐在明鈺公主身後，宮女為她斟上酒，聽完洪誠帝的祝詞，與眾人舉杯敬酒。待酒水下肚，選秀便正式開始。

看著涼亭裡一個個曼妙舞動的身姿，佟析秋配著美饌佳餚，倒也吃得不亦樂乎。

待到月上高枝，酒過三巡，歌舞漸漸止了下來。上場獻藝的秀女們隱下後，管事太監便將皇子們心儀的女子排號唸出來，又一一小心核對，以免弄錯。

四皇子選了吏部尚書的姑娘當正妃，兩位側妃皆是侍郎之女。三皇子因著有正室，將謝寧挑去當側妃，又納了兵部尚書之女。

相較於這兩位，五皇子只挑了個正五品將軍的女兒為正妃，未要側妃。中規中矩，沒有任何攀附之嫌。

明子煜沒有選人，連侍妾也無。

洪誠帝有些生氣，明子煜卻無所謂地搖著扇子，道：「沒一個看得上眼的。難不成父皇要兒臣抱著不能入目的女子入睡？那還不得把隔夜飯給吐出來。」

這話惹得上首的帝后發怒，卻拗不過他，只得作罷。

明子煜這般任性，洪誠帝只是生氣地說了兩句；反觀其他皇子，讓他們選妃，豈敢不選？

佟析秋心中發笑，好在明子煜沒有爭位之心，不然，其他三位首先要除的，恐怕就是他。

於是，這場中秋宴從皇子選妃開始，到洪誠帝充實後宮後，便順利結束了。

第三十六章 歸來

坐車回到鎮國侯府，眾人各自散去，佟析秋便領著藍衣，飛快趕向衡璽苑。此時已是戌時末，她憋了一晚上的尿，偏偏為著端莊，只能小步行走，還因此打冷顫。眼見終於到衡璽苑，佟析秋再顧不得禮儀，立即提裙，向主屋奔去。

後面的藍衣驚得張大了嘴，花卉則是大喊出聲：「少奶奶！」

佟析秋皺眉，並未理會，此時首要解決的就是內急啊！

不想，她剛抬腳進去，裡面的人聽到大喊，也快步走出來——

砰！兩人相撞，佟析秋疼得瞬間噴出眼淚，只覺這婢女的胸真硬，哪有女子的胸部像石頭這般硬的？揉揉鼻子，顧不得看清眼前之人，大喝道：「快讓開！」

被撞之人皺起長入鬢的眉峰，一個沒注意，便被佟析秋推開，不穩地踉蹌了下，卻見她嗖地從身邊飛快跑過。

藍衣跟上來，亓三郎開口問道：「怎麼了？出了什麼事？」

藍衣睜著無辜雙眼搖頭。「婢子也不知道。剛才少奶奶還好好的，誰知一回院就跑了起來。」

亓三郎聽罷，轉身進屋，未在內室看見人，想了想，繞到淨房，一踏進去便飛快退出，面上羞窘難看不說，耳根亦發紅得厲害。

佟析秋解決完內急，這才仔細回想剛剛撞到人的事。
那人好像很高？她還撞到他的胸部？等等，這院中哪個婢女能高她一頭？
這般想著，她驚訝地快速奔出淨房，見內室燈下一抹頎長身影正背對而立，不由歡喜地上前。
「你回來了！」
「咳，嗯。」亓三郎以拳抵唇，微窘地胡亂點頭。
佟析秋見他換了常服，猜想著，怕是回來好一會兒，就喚藍衣進屋，吩咐道：「去大廚房看看可還有飯食。」
「是。」藍衣福身退下。
亓三郎依舊負手而立，佟析秋奇怪，歪頭問道：「夫君不坐嗎？」
亓三郎滿臉窘迫地掃了佟析秋一眼，又不自在地轉開目光。
這時，紅菱端了茶水進屋，兩人才坐到桌旁。
佟析秋仍是納悶，卻未追問，只道：「夫君幾時到家的？說是初二晚上啟程，想來定是疲乏不已，可要先休息？」
亓三郎聞言，面色緩和不少，搖搖頭，看著她問：「妳可有收到我寫的信？」
「嗯，還陪著演了齣戲。」她勾唇，不緊不慢地拿顆果脯塞進嘴，輕笑一聲。「還未謝過夫君幫了妾身這個大忙呢。」說罷，當真起身對他一福。「多謝夫君。」
亓三郎皺眉，再次沈聲道：「無須這般，妳我乃夫妻。」

佟析秋聞言，笑得明媚，頷首道：「夫君說得是。」說罷，又撚起一顆果脯，送到他唇邊。「可要嚐嚐？」

亓三郎心頭一緊，終是沒有拒絕地張了口。

正當一人餵得歡、一人注視得歡時，藍衣拿著吃食進屋，紅菱來幫忙擺飯，看到兩人這樣，眼神不由暗了下來。

佟析秋看著桌上的粥品配小菜，覺得還不錯，便笑道：「雖在宮中吃了不少東西，卻未飽肚。此時還有些餓呢，夫君可要一起用？」

亓三郎淡淡點頭，輕嗯了聲，舉箸陪她慢慢吃起來。

待一碗粥下肚，佟析秋覺得有七分飽後，就停了筷子，讓藍衣幫她拆掉髮飾，換了常服，拿本書坐在榻上，權當消食。

這時，紅菱突然端湯進屋。「少奶奶，今兒的補湯還未喝呢。」

佟析秋聽見，瞇起眼。自他走後，她就偷懶了，想喝時喝一口，不想喝，就揮手讓她們拿下去。紅菱也未曾像今晚這般主動端來，都是藍衣提醒才做湯的。

想到這裡，她看向亓三郎，見他蹙眉，表情便帶了幾分可憐地嘟囔道：「倒是飽得很，能不能不喝？」

亓三郎愣了一瞬，從未見過她這樣的表情。嬌雖撒得小，卻令他心中陡然愉悅。雖如此，卻還是正經了臉色搖頭。「不能。」

好吧！佟析秋癟嘴，輕皺眉頭，端起湯品喝下。待紅菱收拾空碗退出去後，就極為不雅地打了一聲嗝。
見亓三郎看來，她冷哼著將頭偏到一邊。「怎麼，喝這麼多湯水，肚子飽了，當然會打嗝，妾身又控制不了。」
「確實如此。」亓三郎突然戲謔道，走過來，拿下她捏在手上的書。「既然肚飽，還是溜溜的好。」說罷，牽她起身，開始在屋子裡繞圈。
這一走，直至亥時末，兩人才解衣上床歇息。
半夜，佟析秋極為不踏實地翻著身，久未夢到前世，卻又在今夜作起夢。
還是那座教堂，還是她歇斯底里的叫喊，還是那個男人一臉冰冷地諷刺道：「妳讓我喜歡妳什麼呢……」
佟析秋拚命搖頭低喃。「不是假面，不是表裡不一，不是，不是，不是……」
她的囈語，驚醒了旁邊淺眠的亓三郎，見她不停喃著，滿臉汗水看得令人心慌，嚇得趕緊翻身坐起，輕拍她的臉，低喊道：「秋兒，秋兒？」
他的聲音極低，又透著剛醒的沙啞，魅惑嗓音卻未令夢中之人醒來，只見佟析秋仍不停咬牙搖頭。
「不是，不是……」
兩行清淚自她眼角滑落，驚得亓三郎手上用了點力。「秋兒！」
此時，佟析秋正夢到前世的男人將她用力甩開，額頭再次撞上潔白的神壇，血漫過眼珠，讓她很不安，無力地看著越來越模糊的人影……

見佟析秋不醒，亓三郎只好加重手上力道。「秋兒，秋兒……」

「啊！」一聲低呼，佟析秋終於從噩夢中醒過來。

見她轉醒，亓三郎這才暗吁口氣，可還不待完全放下心，佟析秋卻猛然大喊一聲——

「糟了！」

亓三郎再次大驚，見她把頭捂進被子裡，呻吟道：「快點燈。」

他疑惑地把燭火點亮，外間守夜的藍衣聽到聲響，立即披衣起身，敲響房門。「三少爺，少奶奶怎麼了？」

「無事。」亓三郎讓她退下。

佟析秋縮在床上，紅著臉悶聲道：「那個……我的癸水來了。」剛醒時還奇怪肚子為何疼得難受，可當一股再熟悉不過的暖流自下身流出時，就知道糟了，且身下早已濕成一片，怕是流了不少。

亓三郎呆愣好半晌，接著微微翹起嘴角，鷹眼隨即亮了幾分。見佟析秋忙著收拾自己，他好心地背過身子，卻怎麼也掩飾不了愉悅的心情。

一番折騰下來，天已經快亮了。

亓三郎要進宮覆命，佟析秋強忍著難受，幫他著裝。見她臉無血色，亓三郎便道：「若是不舒服，就躺下再歇會兒。我跟母親說，早上別去請安了。」

佟析秋搖頭。「無事，過會兒就好了。」只當是初潮的不適，並未放在心上。

見她堅持，亓三郎不好多說什麼，走時仍有些不放心，道了句。「若實在難受得慌，就請府醫來看看。」

「知道了。」

佟析秋強撐著笑，送他出院子，回屋時已是滿頭大汗，倒在榻上，捂著寒氣直冒又痛如針扎的肚子，吩咐藍衣。「去灌個湯婆子來。」

藍衣見狀，急急快跑出屋，不一會兒就把湯婆子拿來。

待捂著湯婆子睡到天亮後，佟析秋連早飯也不想吃，直接讓藍衣綰髮，換上石榴裙，便去給明鈺公主請安了。

清漪苑裡，明鈺公主見佟析秋臉色不好，便招手讓她近前。

「卿兒說妳身子不舒服，為何還要前來請安呢？該好好休息才是。」

佟析秋勉強扯出笑，搖搖頭。「算不得什麼大事，不過月月都有的幾天，過去便好了。幾步路罷了，哪裡就能累著？」

明鈺公主聽了，明白幾分，心裡微微遺憾。本以為此次亓三郎回來，小夫妻倆必是小別勝新婚，這樣一算，離懷子又得晚上好幾日。見佟析秋臉色實在蒼白，便揮手讓她回去休息了。

佟析秋確實難受得緊，遂不再逞強，回了衡璽苑。

一進內室，佟析秋立即躺上床，蓋被捂著湯婆子，臉色發白地咬牙，想著這身子骨是不是在鄉下時凍壞了？要真是這樣，宮寒的毛病怕是不輕。

正想著，紅菱端湯進來，說是明鈺公主命人送的，佟析秋便沒有疑惑地喝下。

不想，下午時，她忽然血流如注，換了三條褲子不說，被單亦跟著換了三次。

藍衣看得大驚，上前小聲問道：「要不，婢子請府醫來看看？」

佟析秋搖頭，有些羞於啟齒，覺得不過來癸水罷了，又是初潮，以後注意保暖與調理，也是能恢復的，便揮退藍衣，再次閉眼沈睡過去。

不久，亓三郎回府，臉上難得帶了絲喜悅。不光是因為佟析秋，還因洪誠帝重新起用他，封他為四品御前帶刀侍衛。雖沒掌握兵權，卻是御前當職，倒也算得上好差事。

去雅合居向鎮國侯稟報任官之事後，亓三郎不理會那群臉色各異的人，快步回了衡蘴苑，見藍衣守在暖閣，便問：「少奶奶呢？」

「說是累極，一直睡著呢。」

亓三郎疑惑。累極？女子來癸水會累？

藍衣見他皺眉，小聲道：「少奶奶流了好多血，臉色也蒼白得緊，冷汗直冒，怕是疼得狠了。」

亓三郎大驚，眉頭皺得更緊，看著藍衣，想問又覺尷尬，遂點頭進了內室，果見佟析秋雙眉緊蹙，雖閉眼睡著，可臉色卻白得嚇人，額上冷汗亦是層層密密，看得令人心疼不已。

他抬腳出屋，問藍衣：「女子來癸水都似這般？」

藍衣臉紅，隨即搖頭。「婢子倒不曾。聽說有人會疼，不知是不是像這樣。」

亓三郎聽罷，命她上前，耳語幾句後，揮手讓她退下，然後轉身去淨房。

紅菱見狀，紅著臉上前道：「爺，婢子伺候你更衣。」

亓三郎未理會她的殷勤，逕自走去，只丟下一句。「不用，好生伺候著少奶奶。」

「是。」紅菱眼露不甘地應了。

天黑之際，佟析秋累極醒來，不出所料，經血又濕了床褥。

亓三郎見狀，放下書，坐到床邊看著她道：「我已請府醫來過，說是體寒。藥正熬著，待會兒快些喝下，也好緩緩。」

佟析秋點頭，喝了他端來的熱茶暖肚，卻對晚膳無甚胃口。

就寢時，佟析秋有些尷尬，怕血再次染污被褥，到時折騰得亓三郎休息不好，就問：「夫君可還有別的去處？」

亓三郎頓了下，看向她。「妳讓爺去別處？」

聽他說爺，佟析秋也跟著愣住，隨即無力一笑。「怕折騰得讓你睡不好。」

亓三郎緩和了臉色，卻是堅持。「不要緊。」

佟析秋見狀，懶得再辯，讓藍衣多找幾條褲子套上後，捂著湯婆子，又沈睡過去。

亓三郎越看越覺得不對勁，疑惑地以掌風揮滅燭火後，便關注起她的動靜。

當天半夜，又換了床單，佟析秋已虛弱得連喘氣都累。

亓三郎意識到事態嚴重，喚了藍衣，命她趕緊去清漪苑請明鈺公主過來瞧瞧。

桂嬤嬤扶著明鈺公主到衡璽苑時，鎮國侯亦跟著來了。原來，自上月明鈺公主拒絕掌家、發了脾氣後，鎮國侯便天天去清漪苑歇下。兩人聽藍衣報說佟析秋突然病倒，便急急起身趕來。

他們一進院，亓三郎就迎上前，看到父親雖有些愣怔，卻沒想得太多，悄聲跟明鈺公主附耳說了幾句。

明鈺公主皺眉，去了內室，見佟析秋已因換床單而轉醒，坐在床上有氣無力地說：「還請母親恕罪，兒媳失禮了。」

「都這樣了，還講究那些虛禮做什麼？」明鈺公主輕蹙秀眉，轉身對跟進來的亓三郎吩咐道：「去外面陪你父親。你待在這裡，如何好問女兒家的私密事？」

亓三郎有些尷尬地點點頭，便出去了。

明鈺公主坐下，拉著佟析秋的手問道：「怎麼回事？說給我聽聽。」

佟析秋雖覺得尷尬，卻不隱瞞，仔仔細細說了出來。

聽到佟析秋是初來月事時，明鈺公主驚了一下，隨後得知她血流不止，還伴著冷汗、怕冷等症狀，遂瞇起眼，命桂嬤嬤回清漪苑拿藥過來。

約一盞茶工夫，桂嬤嬤便將藥送來，明鈺公主把藥瓶遞給佟析秋。「這是本宮常用的藥，妳先吃著。待到天亮，本宮再讓桂嬤嬤去宮裡，請太醫來幫妳好好診治。」

佟析秋感激。「多謝婆婆。」

明鈺公主拍拍她的手。「吃完藥，就好生歇著。」

佟析秋應了，送走明鈺公主後，藍衣便端來熱水，伺候她吃了藥。說來也怪，那藥下肚不過一會兒，身上即暖了不少，再次入睡時，經血也少流了些。

寅時初，亓三郎要準備進宮當職了。

他走時，仍放心不下，佟析秋卻虛弱地輕笑著安撫他。「你安心去就是。吃了婆婆給的藥，我身上鬆快不少，你不也看見了嗎？」

亓三郎聞言，只能點頭，看著她道：「若實在難受得緊……」下面的話不知如何出口。進宮當職，不可擅自離開，未到換班，哪能趕回侯府？

最終，他也沒能說出話來，還是佟析秋推著他，強撐著將他送出門。

待轉身回屋，佟析秋即冷了眼，心中有了盤算……

第三十七章　婦人藥

早飯過後，藍衣再次端來熱水，讓佟析秋服下明鈺公主送的藥丸。

待歇了會兒，佟析秋明顯感覺身子舒服不少，便起身，準備去清漪苑，卻見紅菱端了湯盅過來。

「今日少奶奶還喝湯嗎？」

佟析秋輕嗯，轉頭吩咐藍衣。「先端去溫著，待我請安回來再喝。」

待藍衣把湯擱在小爐子上溫了，佟析秋便領著她與花卉，上清漪苑給明鈺公主請安。

請過安，婆媳倆說了幾句話，明鈺公主把佟析秋留下，等太醫前來。

辰時剛過，太醫就進府給佟析秋把脈，又問了些飲食之事後，遂道：「怕是癸水未來時，少奶奶服過活血瘀的婦人藥，才讓月事過早到來，致使身子骨受不住。底子本就弱，若還用了那藥，便有些欠妥了。」

佟析秋聽罷，不動聲色地含笑謝過，收回手。

明鈺公主看著她問：「平日裡，妳還吃婦人藥？」

佟析秋搖頭。「只是喝點補湯罷了。」說著，轉頭問太醫。「可是不行？」

「這倒無妨。平常人都能吃的東西，哪能算得上婦人之藥？」太醫說完，便警覺地閉了嘴。

佟析秋笑而不語，明鈺公主卻瞇了眼。「這兩日可有再喝？」

「之前夫君去雙河鎮時，偷懶幾回，現在又開始喝了。」

明鈺公主聞言，面無表情地命人把太醫送出去，才又看著佟析秋，問道：「今日可有送湯？」「不過，她已請太醫前來，就算送湯，怕也查不出什麼了。

見佟析秋點頭，明鈺公主鐵青著臉，狠拍桌子。「就是那些小人又在算計。」當真欺人太甚！

佟析秋垂眸，並未多說什麼，福身退下，拿著藥方回衡璽苑。

從太醫說出活血瘀的藥後，她就隱約猜到了，怕是有人不想讓他們這房先行有孕，故意下藥，想阻止她懷子。若是一般人服用，倒也無妨，最多是月事通暢點；可她是無月事之人，身子骨又未成熟，卻日日喝藥，身子能撐得住才怪呢。

回院後，佟析秋上床歇息，一覺醒來，藍衣便將藥湯端進房。

「藥材是去外面抓的，婢子親自去熬，未假手他人。」

佟析秋頷首，喝完藥後又睡一覺，出了一身汗，便覺舒暢不已。

申時三刻，亓三郎回府，因心中記掛佟析秋，並未停留在前院更衣，逕自回了後院，見到藍衣就問：「少奶奶可是好點了？」

藍衣點頭。「早上太醫來瞧過，喝了藥，爽快不少。」

亓三郎頷首，步進內室，見佟析秋醒來，便認真打量她一下，見氣色確實好了不少，這才放心，又問：「可是還覺得冷？」

「還行。」佟析秋笑著起身，見他一身侍衛正裝，倒是難得的英俊好看。「夫君為何未換下朝服？」

亓三郎沒有明說，只道了句。「我去更衣。」便抬腳出去了。

晚膳時，伺候蔣氏的大丫鬟奉命送來人參，佟析秋讓藍衣收下後，笑著道了謝。待打發走婢女，藍衣將裝著人參的錦盒打開，見色澤品相不錯，佟析秋遂挑眉看向亓三郎。「夫君能瞧出這支參有多少年嗎？」

亓三郎淡淡瞥了一眼，便移開目光。「六十來年吧。」

「值多少錢？」

「妳缺錢？」

佟析秋笑著把盒子蓋上，瞟紅菱一眼，便揮手讓婢女們全退下，才道：「怕是不敢吃呢。」見亓三郎眼色變深，便嬌俏道：「可還記得妾身說過的催熟論？」

亓三郎瞇起鷹眼，卻聽她淡淡一嘆。「唉，到底讓人給催熟了。」這回你要撿便宜了！

亓三郎愣怔，有些不自然地轉轉眼珠，隨即拿起筷子幫她挾菜。「多吃點，補回來就是。早晚是熟，既來之則安之。」

什麼叫既來之則安之？看著那張很是鎮定正經的俊顏，佟析秋只覺嘴角抽得厲害，完全無語了。

來癸水的第三天，佟析秋便徹底恢復精神。

明鈺公主命人送來鹿胎，藍衣將之混入中藥燉著，給佟析秋補身子。佟析秋喝後，覺得小腹發暖，效果不錯。

這日，佟析秋照例去給明鈺公主請安，回來時，意外地迎來一位稀客。

看到佟析秋，董氏遠遠朝她行了禮。「三嫂。」

「四弟妹。」佟析秋還禮，隨即請她進屋。

待婢女們端茶來，董氏喝了一口後，取絹帕拭嘴，命身後的婢女將一只盒子送上去。「昨兒聽說三嫂病了，沒來得及前來探望，下午讓人出府買了參，今兒趕緊給三嫂送來。雖說晚些，還望三嫂勿怪。」

佟析秋不動聲色地讓藍衣將參收下，淺笑回道：「四弟妹有心了。」

「應該的。」董氏笑容得體，用手絞著絹帕。「要說做女人還真是辛苦，來了癸水，諸多不便不說，有時還痛苦不堪，三嫂可要好好保養，不能逞的能，別逞了去。除了咱們，水靈嬌俏的人兒有得是呢。」

佟析秋聽了，依然微笑，敢情這群人以為她來癸水時，還強留亓三郎行房事，暗諷她霸著夫君不放？遂掩嘴，佯裝害羞地說：「夫君不願別人親近。不像四弟，誰都能近得了身。」

見董氏變臉，佟析秋又溫和道：「要說，我還真羨慕四弟妹，聽說四弟又得一解語花？

那敢情好，想來你們房中不久後又要添丁了。四弟妹也得抓緊，再給四弟生個兒子，才是正理。」說完便挑眉。損人誰不會？正室未生兒子，妾室先添丁，這臉要往哪裡擱？

董氏臉色難看至極，僵硬地乾笑幾聲，知是沒了再說的必要，就稱有事，起身要走。

佟析秋自是以禮相送，見董氏帶人走遠後，才回了主屋。

連著七天，月事總算結束了。

難得今兒高興，佟析秋早早起來，幫亓三郎整理朝服。

亓三郎見她臉色恢復如初，心情也跟著好了幾分。「我已下令，不許再燉補湯；母親那裡，若要送補藥，也會請桂嬤嬤親手去熬，親自送來。至於那些有異心之人，我會看著處理的。」

佟析秋替他將侍衛服的腰帶束好，覺得這人身材當真不錯，英挺壯實，沒有斜肩佝僂之狀，想來倚上會很有安全感。

發現佟析秋半晌未吭聲，亓三郎有些奇怪地低眸看去，卻見她頭低低的，看不到臉，便蹙眉問道：「怎麼了？可是身子又不爽快？」

「沒有。」佟析秋趕緊搖頭，表情有點窘。剛剛她居然想靠著他的肩膀，好在及時清醒，不然豈不尷尬。

更衣完，兩人出來時，見紅菱跟綠蕪正在擺早膳。

亓三郎拉著佟析秋坐到桌前，聲音低沈道：「陪我吃點。獨自吃飯，無趣得緊。」

「好。」佟析秋嬌笑著替他挾菜，又陪著吃了小半碗清粥，才起身送他出院。

午膳時，佟析秋被明鈺公主喚去一同用膳。飯罷，兩人走到湖邊遊廊上賞魚，權當消食。

明鈺公主撒著魚食，問道：「月事過了？」

佟析秋點頭。「過了。」

明鈺公主轉眸看她一眼，隨即輕笑出聲。「當日桂嬤嬤拿的貞潔綾帕是作假的？」

佟析秋臉色輕變，隨即屈膝賠罪。「兒媳知錯！」

「妳且起來吧。」

明鈺公主把手中魚食全撒下，一尾尾紅色錦鯉立時圍攏過來爭搶食物。看著湖中魚兒，她淡淡道：「這事兒，也怨不得妳。若是沒有那綾帕，本宮怕會以為卿兒不喜歡妳。」

話落，明鈺公主將食盒放回婢女手中，轉身對佟析秋說：「不過，如今看來，卿兒還是傾心於妳的。」

見佟析秋恭敬垂首，並不出聲，明鈺公主也不惱，只嘆道：「妳也別嫌本宮囉嗦，本宮實在太想抱個孫兒了。卿兒年已二十，京都同齡的世家子，都有好幾個孩子了，有那成婚早的，兒女都會跑了，怪不得本宮心急。」

「是。」除了應是，佟析秋實在找不出其他話來回答。

明鈺公主斜眼瞥她。「妳放寬心就好。今後，本宮會命人看著廚房的。」

看出了佟析秋的不自在，明鈺公主不再強留她，放她回院，又說：「至於妳院中不安分的，妳自行看著辦吧。手段任出，不用太過憐惜。」

「兒媳知道了。」

佟析秋應下，終於鬆了口氣，回衡璽苑去。

又是在雅合居團聚吃飯的日子，看眾人消食閒聊得差不多後，明鈺公主放下手中的茶盞，看著鎮國侯道：「上月侯爺說讓秋兒掌家之事，可還算數？」

鎮國侯點頭。「算數。」

蔣氏見狀，當即變了臉色，尷尬笑道：「不是說老三媳婦的身子不好？府中事務繁重，可別累垮身子。」

「無妨，不是有我這婆婆在嗎？」明鈺公主勾唇，挑眉看她。「就由本宮來幫著大夫人同掌吧。」

鎮國侯聞言，眼色深沈幾許，再看蔣氏，已明顯僵了臉，卻又聽明鈺公主道：「其他地方，本宮不插手了，把廚房交給本宮打理就成。」

這話一出，可牽扯到府中太多人的利益。廚房向來油水多，別說蔣氏，就是董氏也有幾個人在裡面。利用職權之便，鑽個空子就能刮點油水，更別說採買這一項，簡直是個油罐子。

蔣氏青了臉，努力維持著臉上的笑，道：「公主這是對我掌家有不滿之處？」

「是有不滿。」明鈺公主直接爽快地回答，噎得蔣氏語塞。

明鈺公主望向鎮國侯，說道：「採買食材，本宮要派個自己人去，還有大廚房管事，也得有個本宮的人，再加一位掌廚娘子。至於其他安排，本宮就不管了。」說罷起身。「為了本宮的身子著想，侯爺還是答應為好。」

鎮國侯剛要點頭，亓容錦再忍不住，譏諷出聲。「公主想以權壓人不成？」強行塞人，就不怕失了體面？

「怎麼，不可以？」

見他脹紅了臉，明鈺公主似笑非笑地直視著鎮國侯。「侯爺可以不必再來清漪苑。答應本宮此事，就算兩清了。」

鎮國侯聞言，隨即不悅地皺眉，難不成她以為近日他歇在清漪苑，是為了還債？

明鈺公主才不管他怎麼想，招手讓佟析秋過來，又喚亓三郎起身。待小夫妻倆給眾人行完禮，便淡道一聲。「走吧。」

看著離去的三人，蔣氏紅著眼眶，委屈不已。「侯爺這是聯合外人一起來欺負妾身？」一個多月都在清漪苑留宿，如今又輕易答應二房安插人手，這是要讓大房失寵嗎？

亓容錦看著鎮國侯，也生出埋怨。「爹爹，這不公平！」

見鎮國侯冷眼掃來，亓容錦縮縮脖子，卻無視暗中拉他的董氏，倔強地又抬起頭。本就對亓三郎起復即做了四品帶刀侍衛不服，不想連鎮國侯也改變態度，讓他怎能不焦急？

鎮國侯收回目光，冷哼一聲。「真當我不知妳當年的手段？若想安穩，還是老實點吧！」說罷，不理會變了臉色的蔣氏，起身離去。

亓容錦一頭霧水，轉頭問蔣氏。「什麼手段？娘親，爹爹說的是什麼意思？」

「還不是為了你！」蔣氏咬牙低吼，見亓容錦皺眉，遂轉而指著董氏，歇斯底里吼道：「如何還沒有動靜？若真不行，就讓通房懷，大不了再過繼到妳名下。這事不能再拖了，如今還沒有人生下嫡孫，絕不能讓二房搶先一步！」

董氏聞言白了臉，亓容錦倒是一臉無所謂，還想追問蔣氏當年之事，卻見蔣氏很不耐煩地揮手，便與董氏退下了。

好不容易在明鈺公主別有深意的眼色下與她分了道，佟析秋尷尬得還未能鬆口氣，轉頭又見亓三郎正雙眼發亮地看著她。

「夫君便這樣等不及？」這一個個的，怎麼就恨不得她被吃呢？

亓三郎緊捏她的小手，勾起唇。「我們成親快兩個月了，夫人覺得呢？」

佟析秋聞言，沒好氣地白他一眼。「還有阻礙呢。」

「明日母親會著手清除的。」

「妾身說的是自己院中之事。」

「哦？以夫人的本事，那是小事一樁。」

「夫君這般信任妾身，妾身卻是連連被坑呢。」

「所以？」

「所以……」佟析秋歪頭，杏仁般的水眸映出棱角分明的俊顏，笑得嬌俏魅惑。「待過兩日，夫君幫妾身一忙可好？」

亓三郎沈吟，與她對視。「嗯！」

佟析秋抿嘴輕笑，無視他蹙起的眉頭，轉身拉著他向前行去。

第三十八章 設計

明鈺公主的動作很快，第二天一早，便領著佟析秋去雅合居。

蔣氏看到兩人，臉色變了幾變，終是沒多說什麼，命婢女抱著裝對牌的盒子，去平日發放對牌的管事廳。

董氏本是這個時辰前來請安，不想未在雅合居看到蔣氏，就繞到這裡，才發現多了兩個人。對明鈺公主行禮後，便急急去幫著蔣氏理事。

管事婆子拿出記好的帳跟董氏對著，蔣氏則讓人來領銀錢，又發對牌，吩咐完要辦的事後，正想放走這群人，明鈺公主卻輕咳出聲。

「廚房大管事是誰？」

一個肥胖腰粗的婆子看向蔣氏，見蔣氏頷首，便走出來。「老奴是大廚房總管事，夫家隨大夫人賜姓蔣，大家都叫老奴蔣家的。」

明鈺公主才懶得知道她叫什麼，只揮手讓桂嬤嬤出來，道：「從今兒起，桂嬤嬤與妳同領廚房管事一職。」

蔣家的大驚，直直向明鈺公主看來，卻被桂嬤嬤大喝。「大膽！公主豈是妳能直視的？」

「老奴該死，求公主恕罪。」

見自己人被擠對，蔣氏臉色鐵青，沈下聲音道：「公主一來就安了位管事，怕是侯府開銷又要變多。如今銀錢有些短缺，還請節省為好。」

「本宮何時用過侯府的錢了？」

蔣氏語塞，明鈺公主又是一哼。「桂嬤嬤跟在本宮身邊二十餘載，一直領著本宮給的俸祿。大夫人這樣說，未免太過操心了。」也不嫌臉大？她的人從來都是她養著呢。

蔣氏僵了臉，董氏見狀，停住記帳的筆，笑道：「有時人多，反倒忙亂呢。」

明鈺公主點頭。「既然這樣，不如換下蔣家的，改用桂嬤嬤吧，又不使府中銀子，能少些開銷。」

佟析秋見狀，對明鈺公主刮目相看。看來，這是把她的話聽進去，變威風了呢！

最後，這場較勁，明鈺公主在蔣氏婆媳咬牙切齒下取得勝利，並成功安插三個人進廚房。

末了，明鈺公主又對佟析秋道：「今後若嫌大廚房的飯菜不好吃，就稟了桂嬤嬤，讓她把食材送到衡璽苑，另開小廚房做。對了，妳可有廚娘？屆時本宮再派一人給妳可好？」

佟析秋正要點頭，不想氣急的蔣氏又開了口。「侯府裡都是從大廚房取吃食的，如何能破例？怕是不妥。若設小廚房，也要花不少銀子，這……」

「本宮讓侯府出過銀子嗎？開個小廚房的分例，本宮還出得起！」

明鈺公主輕蔑地哼了聲，搭著桂嬤嬤的手，帶佟析秋離開管事廳。

後面的蔣氏氣得再顧不得儀態，將對牌狠摔在地。

董氏跟一眾管事婆子見狀，皆嚇白了臉色，不敢再吱聲。

另一邊，明鈺公主出了管事廳後，便對佟析秋叮囑道：「衡璽苑中的安排，就看妳自己了。切記，被下藥的事，萬不可再發生第二次。」

佟析秋點頭，福身恭送明鈺公主後，便帶著藍衣回去。

進了衡璽苑，佟析秋命伺候的人前來，說從今兒起要開小廚房，若是手藝好，可毛遂自薦。到時做得好，還會另外行賞。

說完該說的，她便回暖閣，取了字帖，在炕桌上練起書法來。

不一會兒，紅菱走進屋，對她福身，小聲道：「少奶奶，婢子會些廚藝，還望少奶奶能讓婢子去管小廚房。」

佟析秋聞言，無聲地勾唇，繼續執筆寫字。「怎麼，妳不願管針黹了？」

「婢子自小便喜歡做吃食，還望少奶奶成全。」

佟析秋把筆擱在硯臺上，拿起剛寫好的簪花小楷，吹著未乾的墨跡，轉了話頭。「妳跟著夫君多久了？」

紅菱垂眸。「婢子自十歲起便跟著三少爺了。」

「妳如今多大？」

「婢子已年滿十六。」

「十六啊。」佟析秋恍然地點頭，隨即看向她問：「可有想過嫁人？」

話落，卻見紅菱咚地跪下，哽咽道：「少奶奶，婢子對主子絕無二心，只想一生一世服侍主子，還望少奶奶明鑑。」

好一句絕無二心、一生一世，可她說的主子卻不是她。

佟析秋冷笑。「妳這是做什麼？本奶奶不過隨意問問，如何就嚇到妳了？」

紅菱趕緊低頭。「是婢子魯莽了。」

佟析秋並未理會她的認錯，把紙放回桌上，揮手道：「既然妳願去小廚房，那跟藍衣說一聲，讓她重新安排人手管針黹吧。」

「是。」紅菱起身，對佟析秋行了禮，踏出暖閣。

見她走遠，佟析秋哼笑，有些人想找死，果然攔也攔不住。

當日下午，亓三郎再次未於前院更衣，就回了內宅。

佟析秋看著他，輕笑一聲。「夫君如今可是朝中人了，不怕有人參你？」天未黑就回內宅廝混，也不擔心人說他沈迷美色？

亓三郎並不在意，冷淡道：「我一個四品帶刀侍衛，只負責宮中安全，一無摺子要寫，二無下屬的摺子要批，為何不能提前回來？」

佟析秋聞言搖頭，隨他去了淨房，幫他換上常服後，相攜著去暖閣歇息品茶。

佟析秋取了桌上的糕點，分下一小塊，送至他嘴邊。「可是要吃？」

對她突來的餵食，亓三郎雖還有些不習慣，但比之前要自在許多，張著薄唇，將糕點含入嘴，嘴唇不經意碰到她纖細的指尖時，立時眼色一深，向對面看去，卻見她迅速低垂了眸子，似在躲著他的目光。

亓三郎正想皺眉表示不滿，紅菱卻端茶進來，正好看到這一幕，眼神閃動地放下茶盞後，卻不急著出去。

佟析秋見狀，恢復臉色，絞著絹帕，輕咬菱唇道：「上回四弟妹來送參時，明裡暗裡說了妾身的身子不好。妾身也覺得自己太嬌弱，不能好好服侍夫君，夫君可有想過添幾朵解語花？」

亓三郎的眸光有些沈，盯著她的鷹眼中，生出幾絲怒火。

這時，佟析秋似才發現紅菱在旁邊，故作生氣道：「妳怎麼站在這裡？不是有交代，未經傳，不許有人進屋嗎？」

「婢子逾越。」紅菱低下螓首，聲音有了半分委屈。

佟析秋冷臉揮手。「出去。我有事與夫君相商。」

「是。」紅菱福身，退下時，眼睛朝亓三郎瞟去。

亓三郎始終皺緊眉峰，不悅地看著佟析秋道：「妳究竟要做什麼？」

都幾次了？能如此大方推著夫君選侍妾，怕她認了第一，沒人敢認第二。不是讓他去別處歇息，就是問他是否納妾，難道他在她心裡就是那般輕浮之人？

亓三郎煩躁，眼神越發沈得嚇人，佟析秋卻不害怕，又將一塊小小糕點送至他嘴邊。見他似真來了火氣，定定看著她，便好笑道：「夫君，啊～～」

這種逗小孩子的語氣，讓亓三郎眉頭皺得更深，一個揮手，將她手中的糕點掃落在地。

佟析秋道聲可惜，撿起糕點放到一旁，嘆道：「氣什麼，不過是讓你演齣戲罷了。」

亓三郎挑眉，不滿地看著她。「演戲？」何戲要用他來演？

佟析秋笑得明媚。「只是一齣讓夫君小小犧牲一下的戲。」

見亓三郎疑惑，她又撚了塊糕點，想再餵給他。「啊～～」

亓三郎。「……」

佟析秋見狀，不再逗他了，附耳過去，將計劃一五一十說出來……

晚飯後，佟析秋安排小廚房備了熱水，命粗使婆子抬去淨房，然後對亓三郎福了個身。見他緊蹙眉頭，很是不悅地進去後，就走出淨房，喚來花卉吩咐。「好生守著，等會兒看爺可還要用著什麼。」

「是。」花卉羞紅著臉應下，讓跟出來的紅菱看得眼色一深。

接著，佟析秋去了暖閣，倚在炕上，問藍衣道：「上回婆婆送的鹿胎，還有沒有？」

「昨兒就燉完了。」

佟析秋可惜地嘆了聲。「吃著倒讓小腹暖和得緊呢。」

「這還不容易，少奶奶去清漪苑問問，不就有了？」

「胡說，如何能去要東西？這不是顯得我嘴饞嗎？」

藍衣驚訝地張嘴。「這怎麼是要呢？依公主的性情，怕是巴不得少奶奶多補補。鹿胎可是好東西，若用得適當，到時說不定能懷雙生子呢。」
佟析秋嗔她一句。「皮丫頭，嘴巴越發沒了規矩！」
藍衣吐吐舌頭，伸手要扶她，佟析秋見狀，只好下炕，似找著理由般，道：「也好，晚飯吃得有些撐，權當去消食了。」
兩人出了屋，見花卉正認真守在淨房前，藍衣遂掃了院子一眼，道：「綠蕪去哪兒了？如今花卉守淨房，紅菱又得看著小廚房的熱水，就我一人扶少奶奶怎麼行？出行至少要有兩個大丫鬟陪著，這不是亂了規矩嗎？」
佟析秋不以為意，吩咐道：「叫花卉過來吧。」
這話一出，花卉當即僵了臉。
藍衣見她不動，便皺眉喝道：「還不趕緊過來！」
「是。」花卉無奈，只得小跑過去。
佟析秋見狀，對紅菱囑咐。「妳多費點心看顧著。綠蕪不知去了哪裡，等會兒可得給她記上一過。」
紅菱福身道：「是，婢子明白了。」
佟析秋頷首，這才領著三個婢女出了苑門。
不想，佟析秋未去清漪苑，而是命柳俏提著燈，向湖中亭子而行。
待到湖邊時，已有人遠遠地立在那裡，小石桌上放了盞宮燈，小爐子正煮著茶水。

見幾人走近，一名小巧纖細的女子趕緊迎上，對佟析秋福身。「少奶奶。」

佟析秋揮手讓起，花卉跟柳俏則瞪大了雙眼，這人不是綠蕪又是誰？

藍衣將事先備好的褥墊鋪在石凳上，扶著佟析秋坐下。「夜裡露重，石凳太涼，還是墊墊為好。」

佟析秋坐了，綠蕪把一盞熱茶端給她。「剛煮好的，請少奶奶嚐嚐。」

佟析秋挑眉接過。「我就喜歡識趣之人。」

立在後面的花卉與柳俏聽罷，當即變了臉色，抖起手來。

綠蕪則福身道：「婢子從無二心，望少奶奶明鑑。」

佟析秋讓她起身，轉眸看著已經殘落的荷花，勾了唇。「只等好戲開場了！」

今日下午她故意說了那些話讓紅菱聽見，晚上亓三郎沐浴時，又命花卉守著，讓有心的紅菱一看，以為她想提自己人做通房或妾室，自然心有不甘，也想有機會得手。

這個機會，她現在就給她了。

佟析秋哼笑，只覺心累不已。

近日吃食有藍衣盯著，短期內，還真不好抓到紅菱的把柄。明鈺公主特意在大廚房內放人，且要他們開小廚房，白天又說那樣的話，明顯不想讓她再冒險，不然，她便不用這般急著要亓三郎來配合演戲了。紅菱既主動要求管理小廚房，自是有露餡兒的時候，到時抓到再處以重刑，不怕她不說出幕後主使。

可這樣的話，會不會讓明鈺公主難做人？傷了鎮國侯的心頭肉，他們之間會不會產生裂痕？

其實，那藥算不得什麼厲害之毒，一般婦人吃了，不過是活血瘀、通血脈，暫時不能懷孕罷了。既然不是毒藥，罪就不重。但若因此壞了明鈺公主與鎮國侯之間的感情，她還是覺得有些歉疚。

想到這裡，佟析秋忍不住失笑，她何曾有了這般的好心，竟擔心起這些來……

第三十九章 入甕

亓三郎閉目坐在浴桶中，只覺嗓子眼堵得難受，俊顏黑得能擠出墨汁了。

他怎麼也想不到，佟析秋說的演戲，居然是這一齣。

本想拒絕，可看她滿臉委屈，對他道：「既然這樣，那讓妾身以身試險吧。」氣得他差點吐出一口老血。

亓三郎重重吐了口濁氣，朝外面喝道：「來人，給爺拿條乾淨的巾子進來。」

紅菱聽見，激動得小臉都抖了，伸出纖細的小手，輕輕推開淨房的門。

她拿著白色巾子，慢慢走進水氣蒸騰的小房內，見隔著花鳥的屏風後，亓三郎正坐於桶中仰面閉目，似未察覺到有人進來，便抖著唇輕喚道：「爺……」

亓三郎沒回答，紅菱疑惑地上前，繞過花鳥屏風，待看清亓三郎的精壯軀體時，臉色羞紅不已，嬌聲道：「爺，巾子來了。」

說罷，她慢慢走上前，見桶中人未有動作，遂緊了緊捏著的巾子，心跳如擂鼓，大膽地打量起他。稜角分明的俊顏上雖還有疤痕，卻早已淡得可以忽略，薄唇下的下巴堅毅地繃著，有水珠調皮地往下滑落，滴在肌理分明的胸前。

紅菱看直了眼，伸出塗著蔻丹的手，終是忍不住摸了上去。

亓三郎眉頭一跳，長入鬢的雙眉輕蹙，鷹眼緩緩睜開，眼神冰冷，銳如利箭，盯著被纖手撫摸的胸前。

紅菱沒想到他會突然睜眼，嚇得後退幾步，紅著臉顫抖道：「爺……你、你要的巾子來了。」

「過來！」冷淡得沒有一絲起伏的聲音，卻莫名懾住人的心魂。

紅菱小步上前，亓三郎看著她燙紅不已的小臉，冷冷勾了嘴角。「巾子呢？」

紅菱緊張地伸出手，臉紅如血，不敢再抬眼。「這、這裡。」

「哪隻手摸的？」

亓三郎冰冷至極的話語，讓紅菱莫名恐懼。「爺……」

「哪隻手摸的？不要讓我說第三遍。」

紅菱嚇得小臉一白，撲通跪下。「婢子逾越，求爺恕罪。」

「既是逾越，還有何好恕？」說罷，亓三郎一個躍起，飛身出桶，將屏風上的長袍扯下披上。

這一切不過發生在瞬息之間，跪著的紅菱還未反應過來，就見他已披好衣袍，立在她眼前。

紅菱不敢抬眼，開始磕頭。「婢子有罪，還請爺懲罰。」

「既然說到懲罰……」

亓三郎頓住，不待紅菱反應，便是咯嚓一聲——

「啊——」一聲響徹天際的慘叫從淨房傳出。

外面的掃灑丫頭聽見，嚇得縮脖，經驗豐富的粗使婆子給她們使眼色，便躲了起來。

在亭中坐了半刻鐘後，佟析秋起身回房。

進院時，正好聽見那聲慘叫，遂挑眉吩咐。「去把人拖出來關著，明日送出府。」

「是。」藍衣應下，轉身指了花卉跟柳俏，要她們去淨房。

佟析秋見狀，扭著帕子，又淡然說了句。「妳去收拾她的東西，該是她的，別吞了。哪些該找的，也跟著找找。」

藍衣點頭。「婢子明白。」

佟析秋頷首，從柳俏手中接過紗燈，見她白著臉哆嗦，勾了勾唇，抬腳回了主屋。

她進到內室，見亓三郎已經坐在裡面，趕緊笑著走過去，見他一頭長髮還滴著水，薄透的長衫緊貼在凸起的肌肉上，不由失神，頓了頓，揚起笑近前道：「夫君辛苦了，容妾身去拿乾淨巾子來幫你絞乾頭髮。」

亓三郎瞇眼，顯然對這句辛苦不領情，幫了這麼大個忙，就一句辛苦了事？

佟析秋找來乾淨棉巾，將他一頭濃密黑髮裹進去，認真地邊絞乾邊問：「可覺得冷？如今已快九月了，晚上秋涼入骨，怎麼穿得這般少？」

亓三郎哼唧一聲，沒有回答她。

佟析秋疑惑，卻不再多問，待將頭髮絞得半乾後，就去箱籠取來乾淨裡衣。「等入了冬，屆時妾身為夫君做兩身冬衣可好？」又道：「裡衣也得一併做才成。」

亓三郎聽見，眉頭終於動了動，顯然對這話有幾分滿意。

佟析秋見狀，當即明白他的彆扭，於是抖開衣服，問道：「可是要換？」

亓三郎依舊不言，卻起了身，展開手臂。

佟析秋慢慢解開繫帶，正待脫下他的袍子，卻發現裡面居然只有一件濕透的半身裡褲，薄透布料包著不該看的地方，讓她瞬間紅了臉。想抬頭，又覺頭頂有更為熾熱的目光盯著她瞧，一時間進退兩難，尷尬不已。

見她這樣，亓三郎眸光深沈如墨，嗓音沙啞。「可有報酬？」

佟析秋的心臟快速跳動起來，臉紅如血地抬眸看他，表情異常認真。「夫君可知我並未及笄？」

亓三郎頷首。「我知。」

「那夫君可會憐我、疼我？」

亓三郎認真地看著她如水的杏眸，保證道：「會。」

佟析秋低了螓首，緊抓手中裡衣，惆悵地嘆道：「憐我多久？疼我又能有幾度春秋？」

亓三郎握住她的手，給了最重的承諾。「以我之力，在我有生之年。」

佟析秋心間鼓動，看著兩人相交之手，淚光浮現，哽咽道：「或許會煩我、惱我？厭了我的性子？」

亓三郎伸手止了那張說話的菱唇，嘴角勾起好看的弧度，眼神暖得化人，在她耳邊低啞道：「這種惱人至極的話，往後不可再說。」

「好，不說。」佟析秋心跳如擂鼓，瞇眼一笑。「那妾身為你更衣？」

亓三郎頷首，再次張開雙臂。佟析秋紅著臉，慢慢將他身上的衣服剝下。

當她纖細的指尖不經意地劃過他的肌膚時，他滾動著喉頭，眼中燃起絲絲火苗。

衣衫終於落地，佟析秋正欲往他身上披衣時，卻見他將之扯落，隨即打橫抱起她。

「暫且不用。」

佟析秋聞言，羞得把臉埋進他懷中，任他將她輕放在床上，拉下了幔帳……

初嘗情事，兩人都不太好過。

隔天，佟析秋感覺身子似被人劈了般，艱難地睜開眼，見亓三郎起身，就扶著腰，亦要跟著起來。

亓三郎見狀，趕緊壓下她。「天還早，再多睡會兒。」說完，耳根便泛了紅。

昨晚他太過生澀，弄得她太痛苦，最後她更是疼得眼淚直飆地說了句。「要不咱們先到這裡，待你熟練了再來可好？」

但他已經箭在弦上，如何肯依？現在想想，到底是他魯莽了。

佟析秋沒理會他的好心，身子痠疼得不但像被人砍了，而且被上跟身上都是歡愛後的味道，黏糊得難受，遂說：「我想泡個澡……」

見她眼露可憐，亓三郎心緊得厲害，移開目光，再不敢看她，連連點頭。「好，我這就讓人備水。」說罷，趕緊起身，向室外奔去。

佟析秋看了，拍額倒回床上。唉，童子雞傷不起啊！

待梳洗完，佟析秋陪著亓三郎用膳，藍衣走進來，遞上一包藥粉道：「從她櫃子裡搜到的。」

佟析秋接過，轉交給亓三郎。「夫君在宮中走動，能否找經驗老道的太醫，將這裡面的藥材一一驗出？」

「好。」他伸手接過，也不問她有什麼用處，只吩咐藍衣。「去清漪苑告個假。」

藍衣自是明白，點頭應了，佟析秋卻搖頭道：「倒是不用。」

「妳安心休息便是。」

見亓三郎堅持，佟析秋不再爭辯，點了頭。

待吃完早飯，送亓三郎出院後，佟析秋揉著小腰，倒回床上睡過去。這一覺睡得極好，過了辰時，才慢慢轉醒。

藍衣進來給她更衣，很俏皮地道：「公主免了少奶奶的請安，又讓桂嬤嬤送補湯來，說是補元氣的，婢子先溫在小廚房了。少奶奶可要喝？」

對於明鈺公主的「熱心」，佟析秋雖臉紅，卻也不拒絕，換好常服後，便把湯水喝下肚。

這時，藍衣又稟了紅菱之事，說一早被攆出府時哭得厲害，而且整隻手被扭得翻了面。

兩人正說著，花卉進來傳話，說是蔣氏來人，請佟析秋去雅合居一趟。

藍衣聞言，便扶佟析秋起身。

「怕是聽到紅菱走了，要問少奶奶呢。」

佟析秋點頭，把綠蕪叫來，主僕三人去了雅合居。

佟析秋走進主院，看見董氏身後有兩名梳了頭的俏麗女子，猜想著，她們應該就是亓容錦的通房了。

幾人見過禮後，蔣氏笑著指下首錦凳，佟析秋會意，乖巧落坐。

見她坐好，蔣氏才開口道：「剛剛發放對牌時，門房有人來報，說是妳院中的婢女犯了事，要攆出去。這是犯了何事？」

佟析秋聽了，以絹帕掩嘴，垂眸道：「聽說是惹夫君生氣，具體為何，析秋也不知。昨兒晚上，我去母親那裡坐坐消食，回來就聽說人被關了，本想問夫君，又見他臉沈得厲害，打算等他消消氣，今兒早上再問，不想卻是睡過了頭。我也才剛知道她被攆走的事呢。」

「哦？」董氏聽得挑眉，笑得好不曖昧。「三哥跟三嫂感情真好，蜜裡調油地過著小日子，連公主都免了嫂嫂的請安呢。」

這話真是深意啊！

佟析秋聞言，故意嬌羞地絞著絹帕。「婆婆也是心急，想著夫君年歲不小了，想早點添丁。」

她越說頭越低，蔣氏跟董氏卻聽得發愣，對視一眼。

蔣氏隱藏心中恨意，笑著點頭。「倒是應該。老三年已二十，京都似他這般大的公子，都是幾個孩子的爹了，難怪公主著急，就是侯爺也急呢。」頓了頓，又道：「妳房裡少個人，人手怕是不夠，不如從我這裡挑個伶俐的去？」說著，不待佟析秋答應，直接往外喚人。

話落，一名模樣周正，約十五、六歲的婢女從外掀簾進來，對蔣氏福身。「大夫人。」

蔣氏對她笑道：「過來見見妳的新主子。」

佟析秋眼色一深，看著自作主張的蔣氏。這是問都不問，就想強塞給她？

婢女走過來，對佟析秋屈膝行禮。「三少奶奶。」

佟析秋並未叫她起來，只是勾笑，轉首看著蔣氏。「倒是個俊俏丫頭呢。」

蔣氏裝出和藹的樣子。「妳喜歡就成。」

佟析秋勾唇，別有深意地向董氏瞄去。「這般俊俏的丫頭，析秋可不能奪人所愛。四弟向來愛花，這才兩位姊妹，如何能夠？」

董氏聞言，僵了臉，對這暗諷自己夫君好色的話不喜。「三哥不是還未有嗎？先把人養些時候，到時用著也順手。」

佟析秋笑道：「那不勞四弟妹費心了。析秋手中還有好些從佟府帶來的婢女，再來幾個，滿苑的解語花，夫君的身子還要不要了？」說罷，又看向蔣氏。「這事兒，析秋會向婆婆稟報，到時讓婆婆挑人，無須大娘費心了。」

想管別人家的事情，她們算哪瓣大頭蒜呢？

聽見這話，蔣氏黑了臉，佟析秋卻起身行禮。「院中還有事，析秋先回去了。」說罷，便由婢女陪著出了屋。

蔣氏恨恨地咬牙，對屈膝未起的婢女道：「妳先下去。」

「是。」婢女應聲而起，行禮退下了。

第四十章　重陽

這天下午，亓三郎回府時帶來一位貴客，兩人並未在前院多停留，直接進了內院。

聽外院婢女來報，佟析秋趕緊命人上最好的茶水，又端來果脯與糕點，親自出門迎接，待明子煜近前，便福身道：「七皇子。」

亓三郎見狀，對明子煜皺了下眉，明子煜嘻笑一聲，讓她起來。「表嫂，妳何時這般客氣了？忘記果莊的沒大沒小了？」

雖在果莊相處過幾天，知曉明子煜的性子後，規矩鬆了不少。可如今在內宅中，說不定哪處就藏著眼線，該有的禮儀還是要有。

佟析秋搖頭。「禮不可廢。」剛出聲，便被亓三郎牽起手，相攜著進暖閣去。

看著跟來的明子煜，佟析秋小小驚訝了下，看來明子煜於亓三郎來說，算是親近之人，不然連著內室的暖閣，豈是不相熟的人能進的？

幾人進屋，明子煜不拘禮地坐上炕，撚顆果脯扔進嘴裡，挑眉問：「這是那果莊產的？」

佟析秋點頭，剛想避嫌，卻聽明子煜低低一嘆。「過了今日，我想出宮就難了。」

佟析秋愣怔，有些不解，向亓三郎看去，卻意外見他抽了嘴角。

明子煜看著佟析秋道：「表嫂，妳不問問為什麼嗎？」

好吧，如他所願。佟析秋問了句。「為什麼？」

明子煜聞言，瀲灩的桃花眼一挑。「因為本皇子封王了，連府邸都賜下來，明日就要搬進王府住，不是想出宮都難是什麼？」一副聽者很笨的樣子。

佟析秋看了簡直手癢，委屈地盯著亓三郎，成功讓他不悅地瞪了明子煜一眼。

明子煜立時正經了臉色，哼道：「說笑而已，有必要護得這麼緊嗎？」

佟析秋懶得再理他，避去內室。

暖閣裡，兩個男人談論著幾位皇子封王的事。如今皇子皆已成年，洪誠帝便不打算讓他們再住宮中，乾脆全封了王，賜下府邸。三皇子封慶王，四皇子為恒王，五皇子是敏郡王，看來確實不得帝心。明子煜這老么最得寵，居然被封賢王。

隔牆聽到賢王二字，佟析秋的嘴角抽得厲害，那傢伙哪一點像賢王了？一邊聽著、一邊拿過針線簍子，幫亓三郎縫裡衣。

申時末，見明子煜還未要走，佟析秋起身去大廚房，花二兩銀子添了幾道菜。當晚沒有拘禮，一起上桌吃飯。

飯後，桂嬤嬤過來請明子煜去清漪苑，說明鈺公主想找他敘事。

待人一走，亓三郎看向佟析秋的眼神，立即由淡然變成了熾熱。

佟析秋見他這般，蹙起秀眉，怕再來一次痛苦經歷，加上不想因過早放縱而損了身子，遂打算將懷孕的事緩一緩。

「夫君可還記得，昨兒說要疼我、憐我？」

見她這樣，亓三郎便知沒戲了，哼唧著，不太高興地點頭。「自是記得。」

佟析秋看得好笑，拉了他的手進內室。「你好生坐著休息一會兒，妾身讓下人抬水給你洗浴可好？」

亓三郎淡淡點頭，仍有些提不起精神。

但佟析秋不會因此可憐他。有時男人還真不能可憐，不然受罪的就是自己了。

佟析秋命人把水抬進淨房，試了水溫，這才回內室喚亓三郎去洗浴。

亓三郎雖起身，卻遲遲未動，對佟析秋道：「夫人能否幫著搓搓背？」

佟析秋想搖頭拒絕，卻聽他很快地阻了她的話頭。「我既說了，就定會做到，夫人還有何好擔心的？」

佟析秋定定看著他，亓三郎趕緊移開目光，故作不耐地道：「快來吧。」

佟析秋無語地抽了嘴角，只覺他還真是無所不用其極。

亓三郎去了淨房，不自在地脫衣坐進桶裡。剛才那話，不過是想討點好處罷了。吃不著，還不讓人摸摸？

聽見佟析秋的腳步聲，他趕緊將兩條健壯臂膀搭在桶邊，故意不轉頭看她，淡哼道：「快來！」

佟析秋無言地瞪了他健壯的後背一眼，走過去，剛拿起巾子，就見他由坐變成了趴。

這一趴，那條被縫成蜈蚣的傷痕，完全呈現在她眼前，以前的回憶也一併湧上腦海。

想著當初的情景，和如今的心境，佟析秋不由溫笑地搖頭，心頭生出一絲溫馨，小心用手洗過那條疤痕，只覺亓三郎還真是多災多難。好在臉上的傷痕已經淡得幾乎消失，不然的話，雖說她不覺得有什麼，可別人看他的異樣眼光，會令她不喜。

她想著，手指輕描著那道「蜈蚣」，問道：「既然你臉上的疤都淡了，為何不把這條也去掉？」

「妳怕？」亓三郎挑眉，感受著她指尖的輕撫，暗暗顫抖了下。

佟析秋搖頭。「不怕。可留下這樣的傷疤，你不覺得醜？」

「不覺得。」亓三郎不自在地咳嗽一聲，覺得嗓子有些啞。見她還不自知地用指尖在他背上輕撫，隔著蒸騰的水氣，只覺身上熱得連水都能煮開了。

「咳，那個，妳先出去吧。」

「嗯？」佟析秋不解。這不剛洗嗎？

「先出去！」她再不走，他真要克制不住了。

佟析秋被搞得莫名其妙，雖說不解，不過還是聽話地離開淨房。

她一走，亓三郎便輕吁口氣，仰躺在桶沿上，閉起眼，甚覺丟臉地壓著那躁動不安的地方。二十年都未失控過，如何現在這般地沒出息？

一會兒後，亓三郎從淨房出來，見佟析秋正在燈下縫製裡衣，想起她昨兒說要幫他做衣之事，不由勾唇。

佟析秋見亓三郎濕著頭髮走來，趕緊起身，接過乾淨巾子，幫他擦乾。兩人閒談幾句，倒也和諧溫馨。

晚上歇下時，佟析秋被亓三郎摟住，有些不習慣地推推他，卻聽他悶聲道：「睡覺。」那沈沈的聲音透過胸膛輕輕震動著，傳進她耳裡，讓她不想離開這個懷抱了。遂仰起頭，甜笑著，偷親那線條堅毅的下巴一下。

亓三郎愣住，黑夜裡亮如天上星子的雙眸看向她，懾得佟析秋瞬間慌了神。不待她掙脫他的懷抱，便見他哼笑著，挑起她的下巴。「來不及了，是夫人先起的頭，為夫怎好辜負？」說罷，低首狠而準地封住她小巧的菱唇。

兩人乾柴烈火，佟析秋努力保持清醒，到了最後一步時，用水潤可憐的無辜眸光看著他問：「夫君可是會憐我、疼我？」

亓三郎咬牙，翻身平躺，粗聲喘息著吐出濁氣，不甘道：「會！」接著便是要將她揉進骨髓般的擁抱，從齒縫裡擠出兩個字。「睡覺！」

佟析秋聽見，埋在他懷裡偷偷笑了，與他一同睡去。

隔天，進宮前，亓三郎把驗好的藥單拿給佟析秋，佟析秋去清漪苑請安時，便轉交明鈺公主。

明鈺公主疑惑地伸手接過，看著她問：「這是什麼？」

「是那婦人藥的藥方，請婆婆幫忙保管。」

明鈺公主頷首，將那張紙摺起來，命身邊的婢女拿去放好，又看著她問：「妳娘家那邊，好似有姑娘被選為側妃？」

見佟析秋點頭，明鈺公主便道：「如今皇子都封王並賜了府邸，大婚日子選在重陽後，屆時妳回娘家送送吧。」

一個側妃有何好送的？不過是抬進王府了事。雖這般想著，佟析秋仍恭敬地應了。

回衡璽苑後，綠蕪把一張灑花帖交給她。「前院管事送來的，說是佟府的請帖。」

佟析秋挑眉，接手打開，原來是謝寧入慶王府的日子已訂下，請她去送嫁。

她合起帖子，問藍衣。「是不是還少個一等婢女？」

「是。」藍衣應道。

「那把柳俏提上來，讓她去管理針黹，小廚房由綠蕪接手。」

「婢子這就去辦。」

佟析秋頷首，看著藍衣退下，倚在炕上繼續幫亓三郎做衣服，心裡猜想，王氏請她去送嫁，怕是想拉鎮國侯府這個背景，讓謝寧在慶王府立足吧。

哼，她冷笑一聲。都已經撕破臉了，還要這般硬拉生拽，當真無趣得慌。

下午，亓三郎回府時，帶回一個不大不小的消息。今年秋闈放榜，佟硯墨中舉，已經有人前去佟府恭賀。

亓三郎說完，問佟析秋。「可是要送禮過去？」

佟析秋疑惑道：「夫君不覺奇怪？沒把戶籍遷入京都，硯墨怎能考試？劉氏不是失蹤了嗎？那戶籍是如何遷成的？」

亓三郎臉色冷淡。「人是失蹤了，可雙河鎮的戶籍確實已經遷走。且有王大學士舉薦，想赴考中舉並非難事，不過走走過場罷了。」

所謂的過場，怕是沒少使銀子。佟析秋哼笑，看來佟百里真是下了血本。至於劉氏，究竟被殺還是藏起來，暫時無從得知。

想到這裡，她喚藍衣過來。「去庫房找找，看看有無值錢的文房四寶，若是無，就去鋪子買一副回來。」

藍衣應聲，剛要退下，就被亓三郎攔住，看著佟析秋，不滿道：「既是嫁進侯府，自然也代表侯府，送禮之事，豈能由妳拿私房貼補？晚上我與父親說說，這禮從公中出吧。」

「若是這樣，不就有了牽扯？」佟析秋有些不樂意。間接給佟府壯聲勢的事，她才不想做。

亓三郎明白了，沈吟一下。「妳且等等。」說罷，起身出屋，招來貼身小廝桂子耳語幾句。

不過片刻，桂子送來一幅字畫，亓三郎接了，遞給佟析秋。「拿這個去送。妳的私房，自己留著。」

佟析秋並未拒絕，交代藍衣收好，待藍衣退下，才問：「這是何人的字畫？可是名貴？」

「此乃前朝大學士的字畫，算得上當世大家了。」

「很值錢？」

見佟析秋臉上現出小小焦急，亓三郎卻戲謔地挑眉看她。「夫人缺錢？」

這不是廢話嗎？她的嫁妝大多是王氏填充的次貨，侯府的聘禮雖然名貴，可再名貴也不全是她的啊！

佟析秋心想，看來這個冬天得自己賺些銀子才行。

亓三郎見她這般，沈思一下，心裡有了盤算。待晚上換好裡衣要歇息時，便把自己的小私庫交出來。

「母親有送幾間莊子與鋪子給我，跟侯府無關，每年進帳還算可觀，交由妳打理吧。」

此時兩人正坐在床上，佟析秋看著那疊突然出現的契紙，只覺燙手，連連推卻。「不不不，既有專人打理，夫君還是自個兒留著。」

「妳我乃夫妻！」亓三郎沈眼，黑了臉，顯然有些不高興。

佟析秋見狀，只得接過來，又聽他道：「管事皆是忠僕，倒省了妳的麻煩，只管坐收銀兩便可。」

佟析秋無言，她又不懶。正想著，亓三郎的手撫上她的腰，輕輕旋轉，眼露渴求地看著她。「可有報酬？」

佟析秋：「……」

雲雨後，亓三郎輕拍著那不算挺翹的嬌臀，皺眉道：「如何還這般瘦？該多吃點才好。」

佟析秋累極，倚在他光裸汗濕的胸口，只覺這人好生無賴，明明那句可是疼她、憐她，昨兒還管用，今兒就被他曲解成：為夫定會好好疼妳、憐妳。

真是……這句話，今後再不能說了……

佟府姪兒中舉，雖算不得多大的事，可他們府裡出了位側妃，且嫁的還是極有能力爭儲的皇子。加上背後有大學士府，還與鎮國侯府結親，可想而知，慶王的後盾又強了許多。

是以，有些想乘機結交佟府的人，為怕落人口實，便以內宅的名義送禮過去。

王氏一邊看著禮單、一邊問梅椿。「鎮國侯府可有派人來送禮？」

梅椿點頭。「以三姑娘的名義送了幅字畫過來，說是恭賀表少爺中舉。」

「哼！」王氏啪地合上禮單，臉上的諷意極為明顯。「倒是越發精明了。」

既不會讓人說她與娘家隔斷，亦不會讓娘家沾上鎮國侯府。這個佟析秋，如今更令人生厭了！

重陽節，官員休沐，亓三郎亦是在這天換班。

一家人聚在雅合居吃過團圓飯，下午便去鋪滿金黃菊瓣的菊園，喝著菊花酒，迎著秋日微風賞花。有人詩興大發，也有技癢舞劍的。

亓容錦舞完劍，抱拳後走進涼亭，蔣氏立時笑得得意，拍手道：「我兒當真越發長進，這劍法舞得娘的眼都看花了。」

接著，董氏作詩，鎮國侯的妾室們亦跟著作了幾首。

董氏見狀，便起鬨嚷著要行酒令，擊鼓傳花，輪流作詩。

這下，佟析秋頭疼不已，看著落在手中的菊花，只得起身道：「還請出題。」

董氏故意明媚一笑，挑眉道：「嫂嫂出身書香門第，想來才情定是了得。」

佟析秋聽了，眼色一深。呵，不過就是老爹中了科舉的鄉下人家，也算得上書香門第？董氏還真是會逮機會，非得時不時損上一句才甘心。

「才情不敢當，倒是會背幾首詩。請四弟妹出題吧。」

「既然這樣，今日正逢重陽，嫂嫂以此作首詩如何？」

重陽？這個簡單！佟析秋裝出沈思模樣，回憶著上輩子背過的詩詞。

亓三郎見她蹙眉，有些不悅地向董氏看去，剛想開口解圍，就聽佟析秋淺吟道——

「薄霧濃雲愁永晝，瑞腦消金獸。佳節又重陽，玉枕紗廚，半夜涼初透。東籬把酒黃昏後，有暗香盈袖。莫道不消魂？簾捲西風，人比黃花瘦。」

語畢，她故作尷尬。「好像不是詩了，還請包涵。」

久未開口的鎮國侯聽完，目光深沈地看著佟析秋，說道：「無妨。只要是好句好詞，都是難得的佳作。」

佟析秋垂眸，這是前世宋代李清照的詞作〈醉花陰〉，本想背唐朝王維的〈九月九日憶山東兄弟〉，但風格明顯不似女兒所作，只得作罷。

亓三郎有些驚奇地看她一眼，抿起唇，待她坐下後，就伸出大掌，輕輕握住她的柔荑。

明鈺公主感觸頗深，曾幾何時，她亦是這般盼著一人、念著一人，獨到天亮。轉首向鎮國侯看去，見他亦是望來，便飛快垂下眸子。

董氏見狀，有些錯愕，蔣氏咬牙切齒，亓容錦眼中閃過恨光。

鎮國侯道了句。「得此佳句，值得重賞。」說罷，命人將一珍貴墨寶拿來賞了佟析秋。

佟析秋起身行禮。「多謝公公。」

此後，繼續擊鼓傳花，花卻未再到過佟析秋的手了。

賞完花，回了衡璽苑，亓三郎突然問佟析秋。「妳不開心？」

「何以見得？」

說完，佟析秋便知他可能誤會了，剛想開口，卻被他用雙唇堵住小嘴。

佟析秋愣怔，亓三郎很快放開她，耳根泛紅。「現在可開心了？」

哎呀，這是哪跟哪啊？敢情他以為她在哀怨呢！

無視佟析秋呆傻的表情，亓三郎用大掌摩挲她纖細的小手。「無須這般傷懷，我不喜。」說罷，又定眼看她。「妳放心，我能做到的。」

佟析秋無語了。這是承諾？還未想完，卻聽他又來一句。「可有報酬？」

佟析秋。「……」

第四十一章 送嫁

因四位皇子封王，近日前去恭賀的人絡繹不絕，其中以慶王和恒王兩府最為繁忙。倒是有人想送禮給賢王，奈何根本見不到人。

此時明子煜正待在衡璽苑裡，皺眉抱怨道：「當真是煩。想回府，一群人圍著上門，跟蒼蠅似的，趕都趕不走。」這都多少天了？還有人蹲著、守著的。

佟析秋瞥他一眼，若無吸引蒼蠅的縫，那些人能來？敏郡王府門可羅雀，還不是因為不受寵，沒有希望爭。

亓三郎懶得理明子煜，問佟析秋。「謝大姑娘的婚期訂在何時？」

佟析秋回道：「九月十三，正是後天。」給兩人添了茶，坐到亓三郎身邊。

明子煜聞言，挑起眉頭。「謝大姑娘？是表嫂繼母的大女兒？」見亓三郎冷眼掃來，便嘿嘿笑道：「表哥，你別用這種眼神看我，若不是那姑娘有異心，你能娶到小表嫂？」說著轉首看佟析秋。「表嫂可知自己是怎麼嫁進來的？」

佟析秋才不想接這話頭，起身道：「看來賢王爺要留下用膳了，我去大廚房讓人添菜。」

亓三郎頷首，明子煜哎了聲。「表嫂這是生氣了？」

「是懶得理你。」亓三郎說完，亦是懶得相理，閉上眼休息。

明子煜。「……」

當晚用過膳，明子煜便留宿侯府。府中早已備有他的客房，如今不住宮裡，無須煩惱有人來請，倒是住得相當愜意。

佟析秋有些不解，問亓三郎。「為何明子煜偏偏獨愛跟你來往？」

亓三郎也答不上來，只說在宮中當伴讀時，救過年僅八歲、掉入湖中的明子煜，從此，這廝就纏上了他，在宮裡黏著不算，還甚愛跟來侯府玩耍，實在煩人得緊。

說到這裡，亓三郎轉了話題，道：「待各位王爺完婚，我帶妳去拜見敏郡王。他跟我亦是摯友，他成婚，該是去表表心意才是。當初娶妳過門時，他有隨我去迎親，妳可記得？」

佟析秋躺在他懷裡頷首。「自是記得。」

幾位皇子大婚，都有送帖子來鎮國侯府，鎮國侯去哪邊都是得罪人，而且他似乎也沒有選邊站的意思，遂勒令府中人，不管哪位皇子的成親宴，只許送禮。大婚那天，文武百官去了哪邊，就代表選擇哪邊，無疑是私自結黨。洪誠帝不是個瞎的，不可能看不出來。

佟析秋暗嘆，洪誠帝怕是個精明的，這樣很容易看出眾臣的想法呢。

這時，她感覺到亓三郎的手腳又開始不老實，實在無語，盤算著避孕，全被破壞，如今每天提心弔膽，他就不能體諒體諒她的身子？遂大力翻過身。「你休想！」用被子捂住頭。

亓三郎悶笑著，掀開她的被子。「休想就休想，何苦悶著自己？」說著，摟她入懷，輕撫著她的青絲。「睡吧。」不再纏她了。

九月十三，蔣氏命人送來一顆翡翠白菜當作賀禮，讓佟析秋代為轉送。

佟析秋吃完飯，在藍衣的服侍下，換了正紅牡丹曳地石榴裙，外套正紅刻絲撒花褙子，挽正紅披帛。梳飛仙髻，點正紅宮妝花鈿，戴紅寶石額鍊，再配上赤金釵環與步搖。

赤金瓔珞項圈沈甸甸地掛在胸口，佟析秋好笑不已。「妳這是打算氣死謝大姑娘不成？」側室不能著正紅衣飾，她這身正室的正紅裝扮，不是讓人眼紅嗎？

藍衣嘻嘻一笑。「就得這樣才行，否則多對不起她當初的謙讓？」

「妳倒是越發能說會道了。」

佟析秋笑著搖頭，從鏡中看到伺候洗漱的花卉向這邊瞥了一眼，隨即垂眸，端著水走出去。

佟析秋頓了頓，扶著藍衣的手起身。「等會兒先到南寧正街。」

藍衣應下，扶佟析秋出了衡璽苑。

到南寧正街接了佟析春後，佟析秋坐在馬車上，打量著已有月餘未見的妹妹，發現她的個子長了不少，身段也玲瓏起來。

佟析春被看得有些不自在，轉過目光，紅臉道：「二姊，我只繡了條帕子，會不會被嫌棄？」

「嫌棄也無妨，反正從未喜歡過。」

佟析春想想，這倒也是。

藍衣給兩人添茶，佟析秋揮手讓佟析春坐近些，拉了她的手，問道：「在府裡可覺得悶？」

如今府中白日裡就佟析春一個主子，晚上佟硯青回來，說不了兩句就得回前院去。她又是個性子軟綿的，真怕有人奴大欺主。

佟析春笑著搖頭。「二姊放心，雖是方寸之地，但我也會找些事情來做，除了練習跟二姊學的繡技，硯青回來，還會教我識字。除此之外，我又跟院中婢女們學著畫花樣，不過，還是不如二姊手巧。」說到最後，有些不好意思地低下眸。

佟析秋想伸手摸摸她的臉，卻突然發現有些不適合了，便笑著拍拍她的纖手。「只要不悶著，隨妳怎樣去鬧。只一點，妳有咳疾，不宜做太過激烈的消遣。」

「嗯。」佟析春乖巧地點頭。

說話間，馬車已到佟府。入了二門，梅椿前來迎接她們。

到了凝香院，王氏瞧見佟析秋一身正紅衣飾，表情僵住，怎麼也笑不出來，只揮手道：「妳們姊妹一場，且去跟寧兒說些知心話吧。」

佟析秋福身退下，攜了佟析春，去謝寧住的婉荷院。

婉荷院裡，一身玫紅側室裝的謝寧，聽到佟析秋來時，裝出笑臉，上前相迎。

孰料，佟析秋掀簾進來時，謝寧見到那身正紅衣飾，再也撐不起笑臉，眼中火光直閃，壓了又壓，才勉強扯起嘴角道：「析秋妹妹，析春妹妹，快快進來。過了今日，我們姊妹再想相聚，便要移地方了。」

佟析秋挑眉，不動聲色地落坐，看到佟析玉梳了頭立在一邊，心中頓時明白，這是要去做慶王的侍妾？

她拿出侯府送的禮，命人遞上前。「還望大姊早生貴子，母憑子貴。」

謝寧聞言，瞬間僵了臉。早生貴子，她是喜的，可母憑子貴……

見謝寧變臉，佟析秋將自己的心意送出，是一支懷抱石榴的玉簪，謝寧的臉色才緩了幾分。

幾人說著話，謝寧顯然是有目的的，只見她拉著佟析秋的手，笑得可親。「聽說慶王府是幾座王府中最大的，其亭臺水榭、假山怪石都是難得之物。待我在王府站穩腳跟，再下請帖邀妹妹過府一賞，可行？」

佟析秋不動聲色地將手抽出，以絹帕捂嘴，點頭道：「若是慶王妃下帖，析秋自然會去。」

這話又讓謝寧的臉色變了，不過轉瞬即恢復如常，道：「自是會請王妃過目，屆時析秋妹妹放心來便是。」

佟析秋並不接她的話，放下絹帕，看著佟析玉笑了笑。「還未給硯墨賀喜呢。當日送來的賀禮，可有收到？」

佟析玉聞言，冷哼了聲，偏過頭去。如今爹爹被佟析秋逼死，母親又下落不明，若非謝寧下令不許得罪她，早在她進屋的那一刻，就衝上去撕了她！

見她不語，佟析秋不以為意，本就是不想跟謝寧搭話，轉個話頭罷了。

謝寧見狀，暗暗輕蹙秀眉。

幾人又言不由衷了一會兒，直至慶王府迎親的隊伍到來，謝寧才被佟硯墨揹出婉荷院，坐上小轎。

王氏哭得肝腸寸斷，佟析秋則假意跟著抹眼淚。佟析玉站在轎邊，看著佟析秋，緊咬唇瓣的眼中，是滿滿的恨意……

隔天，是恒王跟敏郡王大婚的日子，不想慶王竟也選了這天迎娶兵部尚書之女為側妃，還親自相迎。

三位王妃與側妃的嫁妝十里飄紅，一眼望不到頭。京中熱鬧非凡，百姓更是爭相觀看。

三座王府大擺筵席，慶王府與恒王府的賓客絡繹不絕。除此之外，有那精明的，更是一個也不得罪，分別派人前往恭賀。

此時明子煜正坐在衡璽苑裡，吧唧著嘴搖頭。「五哥那裡，只有幾位官眷，其餘都是女方的送親之人，場面怪冷清的。偏偏父皇跟著德妃去了四哥那裡，兩相比較，還真是令人心寒。」說罷，扔了顆果仁進嘴裡。「成親當真麻煩至極。」

佟析秋跟亓三郎對視一眼，只覺慶王實在敢做，竟在人家迎正妃的日子納側妃，那昨日謝寧被一頂小轎抬入府，豈不是打臉得慌？

慶王這人，怕是有些狂妄，除了將兵部尚書之女納入懷中，連跟鎮國侯府帶點關係的謝寧也不放過，這般明目張膽……

想到這裡，佟析秋驚了下，以後可得跟謝寧少來往才好。

她正想得入神，說了大半天話的明子煜有些不高興了，拍著桌子跳腳。「本王講了半天，你們好歹給個回應吧？」

佟析秋嗯著點點頭，亓三郎則瞥他一眼。

兩人敷衍的態度，讓明子煜很不滿，大叫著。「本王好歹是個王爺！」

「賢王爺有何指教？」佟析秋抬眼，笑著看他。

明子煜洩了氣，指著他們，痛心疾首。「真是欺負我這個孤家寡人。」說罷，甩袖起身，向屋外去了。

佟析秋以為他要回王府，正要福身恭送，卻聽他道：「本王去客房休息休息，等會兒吃飯再叫我吧！」便頭也不回地走了。

佟析秋無語了，轉頭看亓三郎，見他露出見怪不怪的表情，對她招手。待她過去，便將她橫抱入懷，讓她坐在他腿上。

「不用管他。如今沒有束縛，更是無法無天了。」

佟析秋頷首。亓三郎把下巴放於她肩窩處，呼出的氣息直撲她的脖頸。

佟析秋被他弄得很癢，呵笑一聲，剛要挪開他的頭，卻聽他道：「待後日我休沐時，帶妳去郡王府可好？」

佟析秋應了，轉頭避開他噴來的熱氣，掙扎著起身。「妾身去廚房交代兩句，待會兒得加兩道菜才行。」

亓三郎哼唧著鬆了手，有些不滿地讓她下地，覺得以後得讓明子煜少來才成！

這日，亓三郎休沐，領了著半正式常服的佟析秋去敏郡王府。

馬車剛停在郡王府門口，就見敏郡王親自出來相迎，看到亓三郎時，他笑得滿臉和煦。「你成婚兩個多月，還是首次相見。」

「參見郡王殿下。」亓三郎端正地行禮。

佟析秋暗暗訝異，也跟著屈了膝。

敏郡王立刻伸手扶住亓三郎，圓潤明眸裡露出幾分不悅。「你我相交多年，何曾有過這般拘禮的時候？」

亓三郎起身，垂眸道：「今時不同往日，還是講究些好。」

敏郡王聽得苦笑著搖頭。「怎麼，連你也要跟本王生疏？」

「不敢。」說完，亓三郎往四下瞟了一眼。

敏郡王明白，將兩人迎進府邸，苦笑道：「這裡並非宮中，如今本王身分已定，無人會來監視一個沒有能力的小小郡王。」敏郡王府比世家住的宅邸還要寒酸，可見父王有多不喜他這個兒子。朝臣中，除了新婚妻子的娘家，還有誰會支持他這個落魄皇子？

幾人進了門，敏郡王妃早已領著婢女等在那裡，相互見禮後，一行人便向主院行去。

接著，敏郡王請亓三郎去書房一聚，佟析秋則留下與敏郡王妃相談。

敏郡王妃看著佟析秋，笑得很恬靜，說道：「聽說妳跟亓三少爺是在鄉下相識？」

佟析秋愣怔地眨眼，卻聽她笑道：「郡王跟本妃說，當時三少爺來找他當伴郎時，就覺著三少爺變得有些奇怪，幾番相問，三少爺卻咬死不說，結果是賢王捅出來，才知曉是怎麼回事。為著這件事，聽說三少爺氣得好些時候沒理賢王呢。」

佟析秋聽得尷尬，垂眸道：「不過誤打誤撞罷了。」

敏郡王妃咯咯嬌笑，掩嘴道：「其實這也是緣分，本妃羨慕得很呢。」

佟析秋也笑。「王妃跟郡王亦是有緣。如今府中只王妃一人，又何嘗不是外人羨慕的對象？」

敏郡王妃聞言，臉紅了紅，扭著手絹點點頭。

另一邊，書房裡，敏郡王看著亓三郎，溫潤笑道：「如今封王，本王心境平和不少，想來該放下了。」

亓三郎頷首，見他眼中苦澀，知他介意長年失寵的事，雖是不忍，卻又不知如何相勸。

敏郡王見狀，又是一笑，拿出棋譜。「這是前些天子煜送來的，定要讓本王跟你對弈，最好把你殺個片甲不留。看他氣急的樣子，你又對他做了什麼不成？」

「沒什麼。」亓三郎幫著擺棋盤，淡淡道：「煩人得緊，訓了幾句，要他少來罷了。」

「哈哈！」敏郡王笑著搖頭。「這天下大概就你能將他制得死死。父皇與母后那般寵他、慣他，根本拿他沒辦法。」

說到這裡，他眼露羨慕，嘆道：「本王倒是希望父皇也能這樣對我，可惜……」搖搖頭，落寞一笑。「倒是變得嘮叨了。」

亓三郎並不言語，先行落下黑子。「該你了。」

敏郡王抬眼看他，笑著點頭，手執白子，認真對弈起來……

當天，敏郡王留亓三郎兩口子用罷午飯，才放他們回去。

敏郡王妃對佟析秋的一手好繡活羨慕不已，送兩人出門時，便拉著佟析秋的手，有些不捨地說：「待過兩天，本妃命人送請帖去鎮國侯府，妹妹可一定要來。」

佟析秋聞言，暗暗抽了嘴角，應下後，便跟著亓三郎上了馬車。

馬車行出敏郡王府，亓三郎把佟析秋的纖手包進大掌中，眼中戲謔滿滿，調侃道：「這般快就姊妹相稱了？」

佟析秋笑了笑，只覺敏郡王妃當真是個溫和的人，奈何出身武將世家，爹娘皆是只會拳腳的粗枝大葉，所教的繡工，她還真是不敢恭維。

剛才在郡王府中，敏郡王妃問她可懂繡技時，還以為是應酬交際的客套話呢，就謙虛地說了句：「倒是會繡兩針。」

不想，敏郡王妃立刻命人拿來繡花繃子，看著她繡了幾針，隨即眼睛發亮，直接求教。

結果，大半天下來，全是在講授刺繡之法。

待要走時，敏郡王妃悄聲相告。「實不相瞞，成婚時，王爺的裡衣、直裰皆非本妃親手所繡，如今見妹妹手藝這般好，倒是認真想學，不求多精進，能做出一身拿得出手的衣衫便好。」

她看著滿臉暈紅的敏郡王妃，心裡明白，這活兒怕是非接不可了。

第四十二章　訓奴

十月中旬，京都下了第一場早雪。

一早，佟析秋便找來刻絲雲紋披風給亓三郎繫了，送走他後，就捂著藍衣遞來的湯婆子躺在榻上，心中輕吁，又安全過了一個月，便吩咐藍衣。「待到辰時，記得叫醒我。」

藍衣輕笑著應下，佟析秋揮手讓她出去，閉眼補眠。

辰時，佟析秋去清漪苑給明鈺公主請安，明鈺公主卻令她等會兒再走。疑惑地待到巳時初，看見宮中派來給明鈺公主請平安脈的太醫時，便明白了幾分。

彼時，明鈺公主看著太醫診完脈，急急問道：「如何？」

太醫笑著拱手回答。「三少奶奶身子康健，雖然瘦了些，多在吃食上調理便可。」

明鈺公主怔住。「就這樣？」

太醫頷首，有些摸不著頭腦，難不成得有別的？

佟析秋尷尬，心裡清楚明鈺公主是想問懷孕之事，可她現在還真不想有孩子。

明鈺公主滿臉失望，命人將太醫送出去，就拉過佟析秋的手拍道：「本宮這裡有調理身子的秘方，等會兒喚人給妳送去。定要好好調理，不能再偷懶不喝，知道嗎？」

佟析秋點頭，起身行禮。「謹遵婆婆教誨。」

明鈺公主點頭，見再無事情，便讓她回去了。

痛。

佟析秋迎著飄飛的白雪回到衡璽苑，天氣越來越冷，感覺去歲凍壞的小拇指又在隱隱作痛。

她嘆息一聲，看來這病根落得不輕，每逢颳風下雨都疼，如今開始下雪，更是疼得厲害。

進了屋，佟析秋喚藍衣過來。「如今秋日已過，佟府陪嫁的莊子還未將秋糧帳冊交上？」

藍衣搖頭，佟析秋哼笑，手捂湯婆子，下令道：「命人去通知一聲，再不交帳，人也別待在莊子裡了。」

藍衣點頭。「婢子這就去。」隨即福身告退。

佟析秋看著窗外飄雪，暗暗冷笑。既然這些人看不清形勢，那她也不介意將他們統統發賣了事。

又到了團聚吃飯的日子。亓三郎一回府，便攜佟析秋去雅合居用膳。

一家人圍桌而坐，佟析秋依然堅持讓明鈺公主給她立規矩。席間大魚大肉，眾人的胃口卻不太好。吃罷飯後，遂到偏廳小坐。

蔣氏喝著消食茶，用絹帕拭嘴，嘆道：「到了冬天，菜就貴得嚇人。那琉璃棚裡產的又供不上吃，去別處採買，少不得又要花一大筆銀子。真是不當家，不知柴米貴啊！」

佟析秋立在明鈺公主身後，見她一臉淡然，似沒聽到般品了口茶後，便起身淡道：「既然無事，那本宮先行一步。」

蔣氏等人的臉色齊齊一僵，鎮國侯沈下眼色，點點頭。

佟析秋跟亓三郎見狀，向眾人行禮，便跟了出去。

待人走遠，蔣氏不滿地看著鎮國侯。「如今公主倒是越發端起架子了。這般多年，還是頭一回，不知是不是當婆婆後，就不一樣了。」

鎮國侯不鹹不淡地瞥她一眼。「妳以前也不是碎嘴之人。」

這話成功令蔣氏噎得發不了聲，董氏趕緊笑著打圓場。「兒媳還有一件喜事未稟呢，今日公公婆婆都在，說出來讓大家高興高興可好？」

鎮國侯淡淡頷首。「講。」

董氏聽罷，隱著眼中的憤恨，笑道：「夫君新納的妹妹有了身子，已經一個多月了。」

蔣氏聞言，面上立時一喜。「這是好事，你們這房應該多多開枝散葉。如果是兒子更好，錦兒年紀不小，該有香火繼承才是。」

話落，董氏便僵住臉色，顯然被香火繼承這幾個字刺痛了。

鎮國侯見狀，眼中滑過一絲不悅。「老四家的還未生下嫡子，通房怎能先有身孕？」

蔣氏不甚在意。「不要緊，以後若沒有嫡子，過繼在老四家的名下，亦是一樣。」

聽蔣氏不顧兒媳在場，口無遮攔地將過繼之事說出，鎮國侯的不滿更甚，對亓容錦兩口子揮手道：「既然無事，你們先回去。」

董氏的臉早脹成了豬肝色，聽見這話，巴不得早早離開，趕緊起身一福，隨著有些不甘願的亓容錦快步離去。

蔣氏後知後覺，這才發現說錯了話，趕緊向鎮國侯認錯。「我是無心的，且向來心直口快，還望侯爺勿怪。」

鎮國侯見她認錯，消了幾分氣，打算起身出屋，卻見蔣氏面上立時堆滿了委屈。

「侯爺這是還不肯原諒妾身？」

鎮國侯回眸看她，卻見她的眼淚在眼眶裡打轉。「都多久了，侯爺一直歇在清漪苑。本是不該有這嫉妒之心，可妾身就是覺得難過得慌。」

鎮國侯眼色深沈，依然不為所動。「本侯去伊人那裡坐坐，已是近一年未去她房中了。」說罷，抬腳出了屋。

蔣氏聞言，更是氣怒，大力將茶几上的杯盞掃落在地，口中罵道：「連那個賤人也要來跟本夫人搶嗎？」

守在門口的婢女紅綃，聽到瓷杯摔碎的聲音，趕緊跑進來，見自家主子臉色難看至極，便抖聲輕喚。「大夫人……」

蔣氏恨眼掃去，冷冷地衝她招手。

紅綃見狀，小心地移步過去，不想還未走近，就見蔣氏又從下首的茶几上拿起一杯未喝完的燙茶，朝她狠狠砸落。

紅綃疼得叫出聲，捂著肩膀跪下，再不敢開口，忍著主子對她的凌虐……

衡璽苑裡，藍衣端來明鈺公主新給的秘方補湯，小臉微紅，啟齒道：「說是晚上喝了，容易懷孕……」

亓三郎倚在榻上，向這邊看來，佟析秋則淡定地接過湯，慢條斯理喝起來，見他眼光熾熱，遂眨眨眼。

「妾身的小日子來了。」

佟析秋把喝完的湯盅遞給藍衣，讓她退下後，這才跟亓三郎說起正事。「夫君手上可有好吧。亓三郎暗下眼色，輕咳著，又把目光移到書上。

得用的人手？」若是沒有，那她只好去買了。

亓三郎抬頭看她。「妳想要怎樣的人手？」

「掌事管理之類的。」夥計可以花錢雇，掌櫃還是用自家的好。

亓三郎放下書，起身向她走來，坐到她旁邊。「妳有何用？」

佟析秋拿起瓷杯，幫他倒了盞清水。「夫君可還記得去歲在雙河鎮吃過的豆芽菜？」

亓三郎點頭，恍然大悟。「妳這是打算做芽菜生意？」

「是！」佟析秋笑得明媚。「如今正值冬季，平常百姓老吃白菜、蘿蔔，總有吃煩的時候；富貴人家雖有琉璃菜棚，可到底花費太高。這豆芽只需一間暖房，就能大量孵出，屆時再定個公道價格，即便尋常人家也負擔得起。若能在冬季吃點清爽新鮮的芽菜，可是再美味不過了。」

亓三郎見她越說眼中越亮，突然問道：「妳很喜歡銀子？」

佟析秋笑而不語，抓著他的大掌把玩。「到時夫君可得多多借些人手給妾身才是。除了做活，保密也很重要。」

見佟析秋撒起嬌，亓三郎只覺心間緊緊，將她的小手包裹在掌中。「可從我送妳的莊子或店鋪裡挑些得用的人手。至於暖房要整理成何樣，怕是得由妳親自去看才行。」

佟析秋點頭。「這個自然，屆時還得給他們講解一番呢。」說罷，又想起一事。「這應該不算侯府產業吧？」不然到時生意紅了，蔣氏他們硬要分一杯羹，豈不慘哉？

亓三郎搖頭。「妳用陪嫁之銀做買賣，不算公中產業。」

那就好。佟析秋吁了口氣。

亓三郎見狀，輕輕拉過她，見她疑惑，便拍拍自己的大腿。「過來坐會兒。」

佟析秋睨他一眼，逕自起身。「倒是有幾分睏了，妾身先睡可好？」

「不好。」見她起身，亓三郎用大掌輕掐她纖細的小腰，硬按著她坐下，霸道地緊圈住她。「陪我坐會兒。」

佟析秋無奈，只覺這人真是愛撒嬌，外人在時永遠一臉正經，一旦只有他倆，就總愛從她身上占點小便宜。即便無法行房事，也要討個抱抱。遂靠在他肩頭上，纖手輕撫他的大掌，任他去了。

管理田莊的田氏夫婦進鎮國侯府時，已是下達命令的第三天。

兩口子到了衡璽苑，齊齊跪地磕頭。「給少奶奶請安。」

佟析秋手捧著湯婆子，並未叫起，而是透過紗屏看著那對近五十的老夫妻，輕嗯一聲。「可知喚你們前來，所為何事？」

田管事連連點頭。「知道。」

「既是知道，還不把糧帳交上來？」立在一邊的藍衣皺眉喝道：「倒是好大的架子，秋糧已收上一月有餘，卻是讓人三催四請，才能喚你們前來。這不知道的，還以為你們才是主子呢！」

「老奴不敢！」田家的趕緊磕頭，叫著冤枉。「少奶奶確實誤會了。糧在九月中旬時就收齊，剛上帳，佟夫人便派人來收。老奴兩口子沒有多想，以為都是一家人，便交了出去。本以為夫人會跟少奶奶知會一聲呢，哪承想……」

說到這裡，田家的假意打自己的老臉一下。「是老奴昏了頭。求少奶奶慈心，饒老奴兩口子這回。」

佟析秋淡淡不語，藍衣則扠腰指著田家的，喝問道：「我且問妳，少奶奶是何時成親？」

「七月。」

「那你們又是何時歸了少奶奶的？」

「六月吧。」

藍衣哼笑。「六月便歸了少奶奶，九月收秋糧時，心卻還向著原來的主子。妳倒是忠心，不忘舊主啊！」

田家的大呼冤枉。「姑娘何出此言？老婆子並未有這種想法啊！」

田管事亦是跟著磕頭。「本就沒有那麼多的心眼，姑娘可不能亂說話，讓少奶奶誤會老奴兩口子。佟府是少奶奶的娘家，都是一家人，一季秋糧算不得什麼。」

「大膽！」藍衣怒道。「你的意思是少奶奶愛斤斤計較不成？哪來的狗奴才，誰給了你膽子議論主子?!」

藍衣的大喝嚇得兩人驚縮了下，還想辯解，不想佟析秋卻喚了花卉。「妳去內室，將那放身契的盒子拿出來。」

「是。」花卉福身去了，不過片刻，便將那只雕花鏤空楠木盒拿過來。

佟析秋把盒子打開，裡面是院中下人並亓三郎給的莊鋪下人的身契，伸手便抽出田氏夫妻的。

田氏夫妻見狀，這才意識到事態嚴重，抖著聲喚道：「少奶奶！」

佟析秋把兩人的身契交給藍衣，淡淡道：「讓院中的粗使婆子將他們綁了，送去佟府。再跟二娘傳句話，說這兩人忘不了舊主，讓他們繼續為她效命吧。」

藍衣點頭。「婢子這就去辦。」便退下去。

跪在下首的田氏夫妻聽見這話，鬆了口氣，只要不發賣就好。

佟析秋見狀，只暗哼一聲。

待藍衣喚粗使婆子綁了田氏夫妻後，佟析秋又吩咐道：「記住，一路罵著送往佟府，說老刁奴念著舊主，要給舊主效命呢！」

藍衣明白，領命而去。佟析秋則領著花卉回了暖閣。

王氏連這點小便宜都想占，她也不介意打打她的臉。這一路鬧過去，誰都知曉她這是想控制出嫁的繼女呢。屆時，她若還要接受那兩人，便落實這個惡名了。

想到這裡，佟析秋對花卉道：「盒子給我吧。」

花卉面上一緊，趕緊將手上的雕花木盒送過去。

佟析秋數著身契，不時斜眼看她一下，見她還算規矩，便關盒子上鎖，讓她放回暗格裡。

另一邊，佟府的凝香院裡，梅椿小聲附在王氏耳邊低語幾句。

王氏聽得瞇眼。「那兩人呢？」

「在門房待著，是三姑娘的貼身婢女送來的，說是想見夫人。夫人可要喚進來問問？」

王氏哼笑。「幾個下等奴才也配見本夫人？」話落，吩咐她。「把他們攆走，就說佟府沒有這種背主的奴才！」

「是。」梅椿點頭，退了出去。

王氏咬牙，眼中恨極。「當真是好手段。」

這下，留與不留都成了她的錯。若留，證明她心懷不軌；不留，又對有功的奴才行了不仁之事。兩相比較之下，她只能選一個損失較輕的做。

九月那場三皇子迎側妃的婚禮，才狠狠下了佟府的顏面，如今竟連繼女也來打臉了。

想到這裡，王氏絞著手中絹帕，恨不得直接殺了佟析秋……

第四十三章　送別

一個時辰後，藍衣回來覆命，說了王氏的反應。

「……人被攆出佟府，販給牙行。這兩個人在佟府門外鬧著不肯離去，還說了好些不該說的話呢。」

這不該說的話，自是王氏硬讓他們交糧之事。

佟析秋聽了，點點頭。「到時去南寧正街的府裡挑一對夫婦，讓析春幫著打理田莊。」

以佟析春的性子，不適合太過顯貴的家族，溫馨的小門戶方為合適。早早培養她掌家理事，將來也能少吃點虧。

藍衣應了，佟析秋便下炕出屋，喚來管小廚房的綠蕪。「可有綠豆跟黃豆？」

綠蕪福身點頭。「上個月用來熬湯的綠豆還剩些。少奶奶有何吩咐？」

「妳將豆子找出來，我自有用處。」

綠蕪應下，旋即取來豆子，佟析秋仔細看了，倒還可用，便問：「可是今年新產？」

綠蕪笑著回道：「是，由侯府的莊子送來的，少奶奶只管放心。」

佟析秋頷首，對她耳語幾句。剛說完，桂嬤嬤便過來，說是明鈺公主有事相商。

於是，佟析秋趕緊喚來柳俏與花卉，領著兩人去了清漪苑。

幾人到了清漪苑，明鈺公主一看見佟析秋，立即紅了雙眼。

佟析秋大驚。「婆婆這是怎麼了？可是哪個不長眼的下人惹妳生氣？」

明鈺公主搖頭，將一張畫有梅花的帖子交與她。

佟析秋疑惑地接過，看了幾行後，明白過來，原來是明玥公主要離開了。

明鈺公主拭淚道：「說是明日啟程。這般久來，只有中秋時見過，最近因些惱人之事，竟耽誤了姊妹相聚。」說完，淚水又流出來。

佟析秋嘆了聲，不知該怎麼勸解。明玥公主想回亡夫故里，如何能留？只得恭敬地坐在下首，靜默相陪，待明鈺公主哭累，才命婢女們端來溫水，絞了方巾遞給她。「婆婆敷敷眼睛吧。」

明鈺公主含淚接過，面上難得顯了幾分羞意。「不承想，讓妳見了醜態。」

「婆婆才不醜。以婆婆的天人之姿，便是京中最漂亮的閨閣女，在您面前都要遜色幾分呢。」

明鈺公主噗哧一笑。「越發嘴甜了。」

見自家婆婆終是舒緩了情緒，佟析秋才輕吁口氣，又替她換了方巾，勸道：「或許姨母並不喜歡這方天地，不如隨她去想去之處。只要平安順遂，我們做親人的給予祝福就好。」

明鈺公主接過巾子，輕敷眼睛，點頭嘆道：「雖是這個理，可她一去，不知何年才能相見。上回一別，便是十年，若非卿兒受傷時遇見她，又求她寫信、又求她回來，怕是這輩子她都未曾想過回京都呢。」說到這裡，忍不住又紅起眼睛。

佟析秋見狀，再度手忙腳亂，不待勸慰的話出口，明鈺公主又道：「不過，既然她不喜歡這傷心之地，強留也是徒增煩惱罷了，不如讓她過得輕鬆些。」

佟析秋點頭，聽著明鈺公主的絮絮叨叨，靜靜陪伴著她。

下午，亓三郎回了衡璽苑，聽完婢女們的稟報，便去清漪苑，卻見自己母親哭得傷心，就抬眼看向在旁邊作陪的佟析秋。

佟析秋將明玥公主的帖子遞上，亓三郎看完，沈吟道：「難怪今日皇舅舅有些奇怪，原來姨母又要走了。」頓了下。「等會兒我進宮告假，明日我們去給姨母送行吧。」

明鈺公主點頭，見時辰不早，就留他們一同吃了晚飯。

夜裡，亓三郎從宮中回來，兩口子洗浴完，躺在床上，佟析秋便靠在他懷裡，問道：「當初，你是不是跟姨母商量好了？」

亓三郎不解。「什麼？」

佟析秋聽著他心口的沈沈跳動，磨著小牙哼道：「將計就計、賜婚，還有我的那些要求，你是不是也出了不少力？」

亓三郎輕撫她柔軟的青絲，下巴靠在她頭頂上。「有時候，不能不信命中安排這回事。當初晚半個月回京，就是契機。既然謝寧早有悔婚的打算，若不利用，豈不可惜？」

佟析秋白他一眼，知他說的是明玥公主上京幫他說話之事。如果明玥公主肯在去歲同他回京，或許他會被降職，但至少不會遭到牢獄之災，因此瘸腿毀容。

要真如此，謝寧就不好悔婚了，萬一之後亓三郎起復怎麼辦？他完好無損，仍有機會爭取侯府的世子之位，說不定還會重新得洪誠帝重用。不過降職罷了，總有升的時候。

想到這裡，佟析秋哼笑一聲。「你倒是對自己下得了手。」

亓三郎挑眉。「為夫可不敢對自己下手，不過是運氣罷了。」誰能料到，他一回京都，四皇子就睜了眼？如此巧合之事，不能不說是天意安排。

接著，謝寧想悔婚，找人替嫁，又不想讓佟析秋好過，想毀她清白。誰承想，偷雞不著蝕把米，反倒讓佟析秋風光大嫁。反觀如今的謝寧，雖被納為慶王側妃，可與兵部尚書之女相比，天差地別，打臉疼得沒處躲！

於是，佟析秋不再糾結，換了話題，問道：「姨父跟表哥究竟是怎麼歿的？」

佟析秋還記得，第一次見到明玥公主時，她笑得溫婉，那身不算華麗的衣物被她穿出了雍容之感，身上無多餘首飾，唯一有特色的便是那支男子螺紋玉簪，想來，應是她丈夫留下的。

亓三郎聞言，嘆息一聲，開始說起當年之事。

「皇舅舅初登基時，大越有近十年不太平的日子。邊疆戰事連連，各方勢力都想趁著大越朝政正亂，一舉吃下這塊肥肉。姨父身為戰神將軍，率領佘家軍，與之纏鬥五年之久，才換來一紙休戰協議。」

說到這裡，他的語氣轉沈。「豈知休戰不過三年，大越境內又連著發生旱災與洪澇，災民遍野，形勢嚴峻，有些地方甚至有暴民作亂。

「孰料，內憂未解，外患又來，西域王言而無信地毀了休戰之約，開始大肆燒殺擄掠，弄得邊疆民不聊生，姨父便又重新掛起帥印，開始西征。」

亓三郎將佟析秋摟緊幾分，語氣越發沈重。「當時，表哥還不到十三歲，不顧姨母的反對，毅然決然跟著姨父踏上西征之路。

「聽說，那場仗打得極苦，人困馬乏，雙方膠著不下，誰也不肯退讓半步。後來，一場激戰下，姨父犧牲自己，挽回表哥的性命。表哥悲痛逾恆，意氣用事，不聽下屬勸告，想為父報仇。結果偷襲敵營不成，卻把自己搭了進去……」

說罷，他長嘆口氣。「對姨母而言，這件事一直是個沈重的心結，不足三十歲，就因此喪夫失子。皇舅舅想彌補，可她什麼也不要，只在戰爭結束後，帶了一隊人馬，去姨父的故鄉隱居。走時跟皇舅舅約法三章，這頭一章，就是不能派人查她的行蹤。」

佟析秋聽完，跟著嘆氣，想起明鈺公主每年三月三日點的長明燈，遂問：「他們是在三月初三去世的？」

「嗯。」

佟析秋頷首，亓三郎緊摟著她，不想讓她胡思亂想，便道：「不早了，早些歇著吧。」

「姨父是，表哥不是。」

亓三郎伸手一揮，燭火便被他的掌風熄滅，佟析秋偎在他懷裡，閉眼沈睡過去……

第二天，亓三郎與佟析秋早早起床，吩咐下人備了馬車，陪著明鈺公主去二門時，竟看到鎮國侯也等在那裡。

鎮國侯看著明鈺公主，沈聲開口。「我隨你們一起去。」

明鈺公主聽罷，只點頭輕嗯一聲，便上了馬車。

眾人來到城外十里亭，下車便瞧見正待出發的明玥公主，她身著簡單錦緞直筒襖，頭梳平民的婦人髮髻，頭上又只簪了一支男子螺紋簪。

明鈺公主哭成了淚人兒，握著她的手，怎麼也說不出相送的話。

亓三郎表情肅穆，向明玥公主拱手道別。「姨母此去，得好好保重身子才是。」

明玥公主頷首，伸手替明鈺公主擦眼淚。「我不過是想過得閒散點，又不是不能相見了。快別哭，有緣定會再聚。」

明鈺公主哭著點頭，鎮國侯見狀，上前攬住她，對明玥公主道：「保重。」

接著，明玥公主轉眼看向佟析秋，佟析秋趕緊過去，把一個荷包交給她。

「跟佘掌櫃的買賣依舊！」

明玥公主聽了，哈哈一笑，隨即頷首嘆道：「還是這聲佘掌櫃聽著舒坦。」說罷，拉住她的手輕拍。「好好跟三郎過日子，屆時若生了大胖小子，記得寫信來，我等著喝你們的滿月酒。」

明鈺公主聞言，眼睛立刻亮起來，掙開鎮國侯的手，一把抓住明玥公主，急道：「那姊姊先別走可好？秋兒也快有好消息，左不過幾月之事，來來回回多麻煩。」

佟析秋見狀，呆在一旁，以後日子怕是不好過了。

明玥公主別有深意地瞥她一眼，隨即拍著明鈺公主的手，笑道：「不是還沒有動靜嗎？待妳孫子滿月，我定會回來。」

於是，明鈺公主含著眼淚送走明玥公主，待看不到車影後，便轉身對亓三郎兩口子命令道：「可得抓緊了！」

亓三郎勾唇挑眉，顯然樂意至極。

見送別情景變成了催生，佟析秋完全無語了……

第四十四章　宣淫

送走明玥公主後，天色尚早，亓三郎便帶著佟析秋上街逛逛。

首先去了珠寶鋪子，掌櫃見兩人穿著不俗，立刻熱情地端盞倒水，請兩人進客室。

待落坐後，亓三郎便道：「把最好的首飾拿來。」

掌櫃笑眯了眼，連聲應下，揮手讓夥計將最名貴的各類飾品送上來，招呼道：「這位爺，這些都是今年最新的花樣，你們慢慢挑。」說著彎腰退出客室，只留兩個婢女伺候。

見掌櫃出去，佟析秋把手從白狐皮皮筒（注）裡抽出來，揭了帷帽。

亓三郎看著她，指指裝著首飾的托盤。「妳看看可有喜歡的。」

佟析秋順眼看去，各式釵環精緻華麗，便笑出聲。「為什麼想帶我來這裡？」

亓三郎拿起一支蝶飛花的寶石點翠髮簪遞給她。「相識這般久，成婚亦有數月，卻無定情之物。難得帶妳出來，自是想要討好妳。」

佟析秋笑著將那支簪子戴於髮間，偏頭看他。「可是好看？」笑容明媚溫和，小小的臉上有著熠熠光輝，水眸裡閃著說不出的晶亮。

亓三郎看得失神，聽她相問，自是沒有半分猶豫地點頭。「好看。」說著，替她將簪子拿下，拉著她的手。「回家戴給我看。再選幾樣。」

注：皮筒，由獸皮或皮毛捲起製成，可將手伸入取暖。

見他執意要送，佟析秋也不客氣，開始認真挑選起來。最後又選了根玉簪並一朵絞絲玫瑰珠花，加上那支點翠髮簪，竟花去了百兩銀子之多。

佟析秋有些咋舌，對尋常百姓之家而言，百兩銀子，算得上是筆大財了。難怪自古以來，人人都愛爭破頭向上爬呢。

兩人出了珠寶鋪子，馬車往北行去，待停在一座位於僻靜處的四合院前，亓三郎便扶佟析秋下車。

佟析秋看看四合院，轉頭向亓三郎抬眸詢問，聽他淡道：「妳不是要暖房？這院子不大，裡面又有地龍，很是溫暖。」

佟析秋恍然大悟，任他牽著她的小手步上不高的臺階。讓小廝敲門後，一名年近四十的男子開門迎出來，見到兩人，趕緊彎腰行禮。「三少爺，三少奶奶。」

亓三郎嗯了聲，拉著佟析秋進門，由男子領著他們看完院子，又向裡屋行去。一進屋，便熱浪撲面，溫暖似春，令人很是愜意。

佟析秋一邊看、一邊暗自點頭，待回到正堂，男子便跪下道：「老奴名叫林貴，是跟著三少爺的管事。三少爺已將老奴賜給三少奶奶，三少奶奶有事，儘管吩咐，老奴定當全力以赴。」

佟析秋揮手讓他起身。「夫君給的人，自然是好的。」說完，向亓三郎看去，見他連連點頭，不由暗暗好笑。

佟析秋頓了下，將自己的打算說出來。「我要做一門生意，雖不用費多大心力，卻要保密，不知林管事可能做到？」

「老奴若是洩漏半句，定遭天打雷劈！」

佟析秋笑著點頭。「林管事言重了。」接著將孵豆芽的方法告訴他，教他挑選豆子，又叮囑注意事項。如今正值冬季，溫度不可太低，不然孵出的量會減少不說，長的樣子也不好。

林貴聽得認真，連連點頭。除此之外，還叫來自己的兒子與老婆，請佟析秋放心分派工作。

佟析秋看著這一家四口，頷首道：「待成功發出芽菜後，你再進府一趟，屆時我安排你做掌櫃，替我打理鋪子。」

林貴聽了，行禮道：「老奴謝過少奶奶的提攜之恩。」

佟析秋讓他起來，見事已安排妥當，這才跟著亓三郎回鎮國侯府。

夫妻倆回到衡璽苑，正值午時，待吃過飯，便待在暖閣各做各事。

佟析秋手拿針線，正給亓三郎縫衣服的邊角。

亓三郎一邊品茗、一邊看她嫻熟地飛針走線，默不作聲地移過去，大掌輕撫她的腰際，眸光深了幾許。

佟析秋正專心繡著，突然驚覺腰間癢癢，轉頭看去，才發現亓三郎不知何時已挪到她身後斜躺著，一手撐頭、一手撫摸她的纖腰。

見她回首，亓三郎的聲音有了幾分低啞。「可還記得姨母走時的話？」

佟析秋送個白眼過去，打掉他不老實的大掌。「大白天的，這是做什麼？當心有人參你！」

亓三郎暗了眼色，大掌再次纏上來，不放棄地繼續問：「小日子可是過了？」

佟析秋紅起臉，放了針線簍子就想下炕，孰料亓三郎早知她的意圖，跟著起身，將她打橫抱起，手不老實地向下摸去，嗯了聲。「看來是過了。」

佟析秋被他弄得直想找個地洞鑽，亓三郎卻低笑著，翻身將她壓在身下。

佟析秋羞得偏頭，用手抵著他的胸。「別這樣，大白天的……被人看到不好。」

「誰敢來？」亓三郎挑眉，低頭封住了她的菱形小嘴。

不過片刻，暖閣裡便傳來陣陣低吟嗚咽之聲。

門外的藍衣聽見，有些不自在地紅了臉，小聲將門關緊，揮退院中下人，獨自守著。

有時候就是不巧，甚少主動與二房來往的董氏，這時竟來了衡璽苑。

她踏進院門，見沒人守著，便高聲笑道：「嫂嫂可在？怎麼沒個通傳的人？那我自己進來了啊！」

守在暖閣前的藍衣大驚，飛快跑出去，攔下董氏，對她福身。「四少奶奶，我們奶奶正在午歇呢。若有事，妳告知婢子便可，待奶奶醒了，婢子再幫著傳話。」

董氏見她阻攔，加上院中無人，就知其中定然有鬼。今兒亓三郎休沐，這大白天的，兩口子躲在一處午歇，能有什麼事？

於是，董氏的眼睛瞬間一亮，對藍衣笑道：「有些事想跟嫂嫂聊聊，既然她在午睡，那我去暖閣等她醒來。」說著，便要抬腳向屋前臺階行去。

藍衣心裡著急，面上卻很恭敬地再次攔住董氏。「少奶奶向來不喜午睡時有人打擾，四少奶奶還是過會兒再來吧。」

董氏二度被攔，心裡生怒，看著藍衣，似笑非笑地哼道：「我不過找嫂嫂閒話兩句，既然她在午歇，我等她便是。妳一個奴才，竟敢攔本奶奶的去路？當真是好大的膽子，還不趕緊讓開！」說罷，甩了絹帕，要強行進屋。

藍衣堅守門前，依然不讓，做好動手的準備。董氏氣得面紅耳赤，正想叫身邊的婢女去掌她的嘴，卻聽得一聲嬌嬌軟軟的聲音響起——

「藍衣，請四少奶奶去偏廳等著，再喚綠蕪進來幫我更衣。」

藍衣聞言，心下一鬆，對董氏福身。「四少奶奶請吧。」

董氏無法，只得向偏廳行去，路上想偷偷轉至暖閣，卻被藍衣發現，強行阻了她，硬是將她逼進偏廳。

在偏廳等了大約兩盞茶工夫，佟析秋才走出來，對她抱歉一笑。「睡得太沈，讓四弟妹久等了。」

董氏抬眼看她，見她小臉尚存紅暈，雙眸水潤嫵媚，眼裡的春意更是藏都藏不住，分明是剛行過房事的樣子。

董氏暗恨，白日宣淫，這麼好的機會，可以參亓三郎一本，打壓二房，卻不能強行進屋去抓，當真令人惱恨至極。早知如此，就多帶點人，早來幾步了。

佟析秋無視她那冒火的眸子，笑得溫婉。「四弟妹有事不成？」

董氏被她喚回神，扯著嘴角笑道：「倒無甚大事，聽說嫂嫂的果莊產了不少果子，想問問可有醃過的果脯？」

佟析秋知大房有個通房懷孕，便點頭道：「倒是有罐酸果，等會兒我讓人給妳送去？」

「有勞嫂嫂了。」

「無須這般客氣。」見董氏的眸光仍在她臉上打轉，佟析秋笑著用手摸摸臉。「四弟妹為何一直盯著我瞧？我臉上有髒東西不成？」

董氏咬牙，暗道：是沒有髒東西，但卻有一臉的春意。這話自是不能說出口，遂找了個理由告辭回去了。

待送走董氏，佟析秋回到暖閣，見亓三郎正挑眉看她，想起剛才的驚險，某人居然還不放過她，沒好氣地白他一眼，隨即命藍衣叫人備熱水，沐浴去了。

董氏恨恨回了自己住的婷雪院，越想越不甘心，若抓到這事，怎麼也夠二房消受了。

她正想得出神，婢女前來稟報衡璽苑派人送酸果脯來，便揮手讓她們進房。

待人立在下首行完禮，董氏見是名俏麗似弱柳的女子，轉了下眼珠，笑道：「想不到嫂嫂房裡還有這等妙人兒。妳叫什麼名字？」
柳俏紅了臉，低首恭敬回道：「婢子名喚柳俏。」
「柳俏？真真是人如其名。」
董氏笑著誇了句，命人接過她手中的小罐子，又給貼身婢女使眼色後，讓她們退出去，和柳俏攀談起來……
拿了上回綠蕪取來的豆子，佟析秋便試著在侯府裡孵豆芽，第七天時，綠豆芽已經可食，就讓藍衣拿籃子裝好，送去清漪苑，給明鈺公主嚐鮮。
明鈺公主見到她，便笑著招手讓她近前，佟析秋命人將豆芽提上來，道：「兒媳得了一樣清爽好菜，中午時讓人包餛飩煮清湯，請婆婆嚐嚐。」
「這是什麼菜？」明鈺公主見那白胖的長芽，覺得稀奇不已。
佟析秋笑道：「這是綠豆發的豆芽，沒有芽瓣，黃豆發的則有厚實芽瓣，到時孵出來，也送些給婆婆嚐嚐。屆時看婆婆喜愛哪一種，以後兒媳專送那種過來。」
「綠豆發的芽？如何是白色的？」
佟析秋眨眼。「這可是兒媳的秘密，兒媳還得靠它發大財呢！」
她那小財迷樣，逗得明鈺公主哈哈大笑。「妳這孩子，難不成是缺銀子用？若是沒有，跟本宮說，本宮還能虧了妳？」
佟析秋聽了，上前挽住她的手臂，嬌笑道：「那可不成，現拿跟自賺怎能一樣？何況悶在內宅本就無趣，賺點銀錢，好歹是個解悶的樂子。」

明鈺公主聽她這麼說，也不辯駁。能自己掙錢，也是一種本事。

中午，佟析秋親自去了明鈺公主的小廚房，指揮廚娘包好餛飩，下豆芽煮湯。雖然午膳只簡單吃了加豆芽的清湯餛飩，但明鈺公主顯然很喜歡，連連誇讚。

「成日裡大魚大肉，吃得肚裡都是油，青菜雖解膩，可惜冬季產得太少。這豆芽清爽可口，正好能代替菜蔬，刮刮肚中油膩了。」

「婆婆喜歡就好。」佟析秋笑著福身，又道：「除了炒煮，芽菜還能涮鍋子吃，到時多加點，可比青菜便宜多了。」

說到湯鍋，明鈺公主眼睛一亮。「好呀，本宮就喜歡這個，奈何琉璃棚的菜貴，光涮肉又膩得慌。妳那裡還有多少芽菜？不如全拿來，待卿兒下朝，在本宮這裡吃個痛快如何？」

「自是好的！」佟析秋福身笑道。

冬天吃火鍋就是好啊，她也極愛。遂對藍衣使眼色，讓她去準備了。

下午時，佟析秋待在明鈺公主的小廚房裡，忙著選肉配菜。

亓三郎回府看不到嬌妻，尋來清漪苑時，佟析秋正好端了湯鍋從小廚房走出，見到他便甜笑一聲。「夫君回來了？」

「嗯。」亓三郎點頭，看著她的眼裡有光亮閃過，過去將湯鍋端走，遞給她身後的婢女。「這讓下人來即可。」說著拉起她的纖手，向主屋行去。

見人到齊，明鈺公主便下令開飯，席間的鍋子分為清紅兩湯，佟析秋極愛吃辣，辣得熱汗直流不說，還很沒形象地擤了鼻涕。

明鈺公主看得哈哈大笑，指著她連連搖頭。「倒是個會藏的，這才是妳本來的面目吧！」

辣腫了嘴唇的佟析秋齜牙笑著，菱形唇瓣紅得比塗了口脂還要妖豔。

亓三郎看著，頓時覺得沒了胃口。

正待吃得差不多之際，桂嬤嬤來報，說是鎮國侯來了。

大家趕緊起身相迎。鎮國侯抬腳進來時，看著幾人的模樣，不由挑眉。

佟析秋笑著上前，福身道：「正巧今晚涮鍋子吃，公公可要嚐嚐？」

鎮國侯看看不喜他來的明鈺公主，點點頭，移步去桌前。

佟析秋趕緊命人給鎮國侯上碗筷，調好蘸料，又用公筷給他布了一筷子涮好的豆芽。

鎮國侯看著那白胖芽菜，問道：「這是何物？」

「回公公的話，這是兒媳自己孵的豆芽，清淡爽口，很是解膩。您嚐嚐看？」

怕辣著他，佟析秋特意挾清湯裡的豆芽，知道古代人很顧形象，少食火辣流涕的菜式。

鎮國侯點頭，將豆芽放入嘴裡輕嚼，吞下肚後，中肯道：「倒是爽口！」

明鈺公主哼了聲，明白佟析秋的意圖，淡聲道：「這可是本宮兒媳秘發的芽菜，獨此一家，能不好吃？」

「哦？」鎮國侯挑眉。「價錢可是很貴？」

佟析秋趕緊搖頭。「不貴不貴，連普通百姓都能負擔，兒媳正打算過兩天放在鋪子寄賣看看。琉璃棚裡的蔬菜供不上吃，吃完還得再等好些時日，哪及芽菜，若發得好，每天都能食得。」

鎮國侯聽了點頭。「既然如此，以後侯府要吃的芽菜就從妳鋪子裡拿吧。」

明鈺公主聞言，嗤道：「侯爺倒是說得輕鬆。到時若有人心懷不滿，壓了菜價，或者不給銀錢，秋兒的一番心血不就白費了？」

鎮國侯也來氣了，不悅地瞇起眼。「鎮國侯府還不到吃霸王菜的地步！」

見兩人又要針鋒相對，佟析秋趕緊轉開話題。「若是好吃，公公多吃點。今天兒媳拿了一大筐來，這菜不能久放，新鮮的才好吃呢！」

明鈺公主見狀，沒了鬧的意思，放箸下桌，自去歇息。

佟析秋看向亓三郎。婆婆怎麼還在生氣？難道是多年積怨一朝爆發，真對公公失望了不成？

亓三郎收到她的眼光，本已吃得八分飽，卻又陪著鎮國侯再吃一輪。

佟析秋忙站到桌邊，幫兩人布菜。小半個時辰後，才終於吃完下桌。

接著，她命人撤了桌子，陪著喝盞茶，便跟著亓三郎告辭回院。

兩人走在回院的路上，各處白雪映著地面的薄冰，正發著光。

佟析秋邊走邊問亓三郎。「婆婆這是不打算原諒公公了？」

亓三郎牽住她的手。「妳被下藥，加上上次郝家來鬧的事，想來母親心裡已經積怨。這種事，我們不好評論，只能由著他們自己解決了。」

佟析秋點頭，感受著他大掌的溫度，覺得自己如今變了許多。沒事鬥鬥小人，任何事都能冷靜以對，再不用像前世那般，為了討好人，失去自我地不停改變。

她抬眼望向身邊稜角分明的側顏，心想，她應該是喜歡他的。

只是，這份喜歡離愛怕還有點距離，因為她並不像前世那樣失去自我地不斷討好他。對那種渴望被愛、渴望被重視的感覺，她無太大的奢望。

看著兩人交握的手，她想，這種平淡如水的寧靜日子也不錯啊……

過了幾天，林貴進鎮國侯府見佟析秋。

佟析秋坐在偏廳上首，透過屏風，讓跪下行禮的林貴起身，問道：「發好了？」

「是，我們按著少奶奶的吩咐做，第一批的豆芽已經孵出來了。」

佟析秋點頭，吩咐藍衣把店鋪鑰匙交給他。「招兩個能說會道的夥計，再找個會炒菜的，當街炒了豆芽，由我們先試吃。」

林貴認真聽著，想讓人接受新品，就得先讓人產生興趣，對佟析秋的計劃很欽佩。

佟析秋繼續說著。「若是涮來吃更好，等會兒你從我這裡拿些銀子去買個大點的鍋子，燒了湯料，再加芽菜，擺在門口招攬客人。頭一日免費試吃，若有喜歡的，秤菜可只算八成價錢，秤得越多，越是便宜，但僅限這天。」

林貴聽得一驚。「這……這會不會虧本？」

佟析秋笑道：「一斤豆子能孵出好幾斤芽菜，如何會虧？你先按這個方法來，若有大的訂單，再派人回府通知我，這樣可記得了？」

林貴應下，佟析秋便命藍衣去庫房取來五十兩銀子，對他道：「你好好幹，年節會有打賞，招來的夥計亦有紅包可拿。跟他們說，除了每月的固定銀錢之外，每賣出一兩銀子的芽菜，便分紅二十文，賣得越多，賺得就越多。只一點，不能強行買賣，招呼客人必須真誠，不能因買得少就狗眼看人低。可是明白？」

林貴點頭，佟析秋頷首，讓藍衣把銀子交給他。「你回去後，把第一批芽菜送進府。這兩天，先安排開店的事。招人的事要快，但夥計的人品也要好。」

林貴立在下首，每聽一樣就心驚一下，只覺這個少奶奶真是個有本事的，雇人雖需本錢，可賣得多、分紅越多的盼頭，定會讓人卯足勁兒去幹。畢竟，誰不想多掙點銀子呢？

當日下午，林貴把豆芽送進府，佟析秋轉手交給桂嬤嬤，晚上便炒芽菜給眾人吃。

夜裡，鎮國侯難得歇在雅合居內，蔣氏替他解著衣衫，說道：「老三媳婦不知從哪裡得了新菜，今日吃著，的確可口。」

鎮國侯回道：「這是老三媳婦店裡的新菜。妳去跟她說說，以後侯府也買些，大冬天的，吃了好解解膩。」

聽說是二房的鋪子，蔣氏的手頓了頓，扯出笑，道：「真是不錯。應該不會太貴吧？」

鎮國侯聞言，眼色一深，看著蔣氏道：「老三媳婦說，這芽菜，平常百姓家都能買得起，想來侯府更吃得起了。妳別壓價，該給她的，別少了。」

蔣氏尷尬地笑笑。「妾身明白。」

鎮國侯點頭，便轉身上床歇下了。

第二天，蔣氏喚來佟析秋，問了豆芽菜的價錢。

佟析秋揚起得體笑容，說道：「若是府中長訂，那析秋算便宜一點，一斤七文便可。」

董氏坐在下首，聞言便笑了。「還真是便宜。聽說這芽菜不能久放，一天下來，府中也要不了多少，大概就一百多文，添道大菜都不止這點錢呢！」

佟析秋轉眸看她，別有深意地說：「四弟妹的話雖有理，可積少成多的事，大家都懂。再加上析秋的囊中實在羞澀，還做不到那般大方，任府中白拿。」

這話說得夠透，讓董氏瞬間尷尬。

蔣氏冷哼，想起昨晚鎮國侯說的話，不耐煩地道：「不過這點錢，一個一等婢女都能日日吃，侯府還能吃不起？」掃了佟析秋一眼。「這點小貪，本夫人還不屑！」

佟析秋沒接話，心中暗忖，既是不屑，為何董氏說了那些話？擺明想讓她白送。這對婆媳想從中貪菜錢，也得看她願不願意呢。

回衡璽苑後，佟析秋把寫了侯府每日須採買多少芽菜的單子交給藍衣。

「妳出府把這單子交給林貴，讓他再多招夥計。除此之外，再去牙行買些靠得住的人去暖房做工，屆時有大的訂單，可以送貨上門。」

「是，婢子這就前去。」

藍衣應下便出門，下午帶回林貴的話，說是一切已經準備好，第二批的芽菜也能出貨了，想問幾時開業。

佟析秋想了想，待晚上亓三郎回來，便問他的想法。

亓三郎聽罷，沈吟道：「明日如何？剛好就是不錯的日子。待下朝，我帶舊時部下去鋪裡捧場？」

佟析秋聞言，眼露笑意，忙起身給他按肩膀。「夫君這話說得妾身好生感動，有夫君到場支持，妾身定能多賺些銀錢。」

亓三郎戲謔地看她，只覺她如今越發有活潑勁兒，以前的腹黑謹慎倒是卸了不少，這是他樂見其成的，遂將大掌伸至肩膀處，握住她的柔荑。「這般愛財，倒讓為夫有些吃味了。」

佟析秋咦了聲，對他這句吃味小小驚訝，見他不滿地看來，趕緊笑著拍馬屁。「夫君跟銀子，妾身都喜！」

亓三郎眸光轉深，執著問道：「那兩者相比呢？」

佟析秋腹黑一笑。「銀子麼，自是多多益善；夫君麼……」

「夫君如何？亦是多多益善？」

見亓三郎瞇起眼，佟析秋暗道不好，剛想開溜，柔荑卻被他擒得死死，一個拉扯，便坐在他腿上。

佟析秋傻了。「妾身從未說過這話。」話落，就被亓三郎打橫抱起，然後放在床上。

「確實沒說，不過想也不行！」

接著，他放下幔帳，行起做丈夫的福利來……

第四十五章　五穀論

第二天，佟析秋賭氣，並未起來為亓三郎更衣，只在床上揉著小腰，指揮藍衣將厚狐大氅找出來給他後，就不管不顧，又倒頭睡了。

待到辰時，她起身去給明鈺公主請安，回來時聽藍衣說，鋪裡生意開始熱鬧了。

藍衣興奮地稟道：「起初並未有人願意試吃，不過看店中夥計吃得歡，便有膽大的跟著吃一口，又嚐涮過湯鍋的，連呼好吃，其他人就跟著吃起來。結果，現在鋪裡人滿為患不說，再聽聞那價錢後，大家更是爭相購買。婢子回來時，芽菜已經所剩不多了。」

佟析秋頷首。這是前世的行銷策略，看似占了便宜，其實賺得最多的還是商家。

聽完藍衣的轉述，她將手爐放下，剛拿過針線簍子，花卉便進房，呈上一張帖子。「是敏郡王府派人送來的。」

佟析秋打開看了，原來是敏郡王妃相邀一敘，想想離上次見面，已過了好些時候，遂點頭道：「妳告訴送帖之人，明日我會去拜見郡王妃。」

待花卉應下出門，佟析秋又吩咐藍衣。「妳再去鋪子一趟，讓暖房留幾斤芽菜，明日送去敏郡王府。」

藍衣點頭，對佟析秋福身後，便去辦了。

翌日，佟析秋依約到敏郡王府。在二門處下車後，竟見敏郡王妃親自前來相迎，便趕緊快步過去，福身行禮。「拜見郡王妃。」

敏郡王妃笑得溫婉，免了她的禮，上前拉著她的手。「快隨了本妃去寒香閣賞梅，今年冬雪雖來得早，梅香卻是遲遲未到，如今正是好時候。等會兒妳我一邊賞梅，一邊討論繡技可好？」

佟析秋抽了抽嘴角，暗中給藍衣使眼色，讓她把拿來的芽菜交給敏郡王妃身邊的管事婢女，這才與敏郡王妃相攜著去了寒香閣。

寒香閣二樓處，屋裡火盆燒得正旺，靠近梅園的窗戶大開，倚窗的大榻墊著厚厚的白狐毛皮。榻上小桌擺著各色糕點、果脯並紫玉酒壺。

待兩人脫鞋上榻安坐後，敏郡王妃便笑著將壺中酒倒在白色玉杯裡。紅似胭脂的美酒襯著潔白玉杯，豔麗非常。

敏郡王妃執杯道：「嚐嚐本妃最拿手的梅花釀。」

佟析秋跟著輕笑舉杯，待互相敬過，這才淺嚐一口，只覺梅香淡淡，其味醇厚。除此之外，喝過的杯壁還染上胭脂紅，那淡淡的紅印，就似花瓣一樣。

佟析秋驚奇地咦了聲，敏郡王妃遂很得意地問道：「如何？」

「唇齒留香。」佟析秋給出很中肯的評語。

敏郡王妃聽罷，又得意地笑了。「這可是本妃絕活，一般人很難喝到。平日裡，只有王爺得以一品。」說到敏郡王，小臉不由泛紅。

佟析秋見狀，便促狹調侃道：「原來這酒只有敏郡王能喝啊，不想竟跟郡王爺搶了，慚愧慚愧！」

敏郡王妃臉紅更甚，抬眼嗔她。「妳少拿這事來打趣我。既是將這酒拿出來，就是有目的的。」

佟析秋哦了聲，見敏郡王妃似小女兒般地扭著手絹，彆扭道：「想來妳也知我為何邀妳上門了。上回妳講解的繡法，我學得有七、八分像，今兒想再求妳賜教幾針。」話落，怕佟析秋誤會她想強占便宜，又道：「妳放心，妳將繡技傳給我，我也不會白占妳的好處。若妳願意，本妃用梅花釀的方子交換可好？」

佟析秋笑著搖頭。「無須這般。王妃想學何種繡法，佟析秋再教便可。至於釀酒方子，卻是萬不敢要。」

「妳這是看不起本妃？」敏郡王妃稚氣未脫的小臉上，露出幾分賭氣的表情。

佟析秋心中好笑，面上卻趕緊澄清。「王妃誤會析秋了，實是析秋沒有釀酒的興趣。」

「那也不成！」敏郡王妃輕哼道。「本妃從不愛占人便宜，既是要了妳的東西，也得還一樣才成。」

見她堅持，佟析秋不好再拒絕，無奈之下，只好點頭。

看佟析秋同意了，敏郡王妃命人將寫好的釀酒方子拿出來，遞給她時，又輕聲說了需要注意的細節。叮囑完，便立刻拿出針線簍子。

佟析秋見她急躁的模樣，暗中抽了嘴角，只得細心地講解起來。

中午，兩人一起用膳，佟析秋送的芽菜也被炒了上桌。

吃完飯後，敏郡王妃笑咪咪地對她說道：「既然這豆芽菜不貴，可否再送一些來？妳放心，該給的銀錢，本妃絕不少給。」

佟析秋恭敬地頷首。「自是可以，等會兒走時，請王妃擬張每日所需多少菜量的單子交給析秋，之後便派人每日送來。如今鋪子正值開業之初，若王妃吃得滿意，可否代為宣傳？至於價錢，自是優待敏郡王府，每斤只需七文便可。」

敏郡王妃聞言，笑著嗔道：「倒是會打主意，居然讓本妃為妳磨嘴皮？」

佟析秋挑眉。「沒辦法，誰讓整個京都裡，我只與郡王妃談得來呢？」

聽她這般說，敏郡王妃亦是挑眉看她。「妳不是有個側妃姊姊，還有個舉人堂弟？」

佟析秋笑而不語，轉眼看向窗外梅林，滿園火紅的花瓣，襯著皚皚白雪。「看似親的人，不一定就是真的親人。」

敏郡王妃沈默了，隨即點頭道：「是這麼個理。」說罷，自嘲一笑。「人人都道本妃嫁得不好，可本妃卻覺得自己嫁得極好。比起與一群人爭寵，本妃倒寧願永遠如現在這般。」

佟析秋回眸看她，卻見她滿面苦澀。「郡王爺對郡王妃不好？」

敏郡王妃搖頭。「好。可本妃卻不能貪心地永遠拘著他。」

這是何意？佟析秋疑惑地看去，卻聽她嘆息一聲。「父皇的壽辰是下月二十一，雖不是大壽，可其他王爺哪個不是卯足全力，掏空心思想討父皇歡心，好以此博得重視？」

佟析秋恍然，敢情敏郡王也有爭儲之心？可他一個不受寵的郡王……能成嗎？

說到這裡，敏郡王妃又恢復笑顏，對佟析秋道：「本妃之所以請妳來教新的繡法，便是想繡一幅錦繡江山，替王爺送上去。妳說，本妃能成功嗎？」

帝王最喜江山，若繡大越江山圖的確能討得歡心，但敏郡王妃的繡工……

佟析秋暗暗抽了嘴角，看她滿眼期待，雖不想打擊她，卻不得不直言相告。「還是繡衣吧！」

聽了這話，敏郡王妃當即垮下小臉。

佟析秋見她失落，有些不忍，想了想，道：「其實，除了江山，皇上最關心的還是民生，與其利用千金去討歡心，不如送上五穀豐登以表民意。百姓溫飽，才是國家興盛的根本。」

敏郡王妃聞言，眼睛一亮，隨即疑惑地問道：「能成嗎？」

佟析秋扯著嘴角。「我也不知，隨口說的。」

雖說如此，敏郡王妃還是心存感激，待佟析秋要回去時，還拉著她，不捨道：「本妃沒幾個能談得來的手帕交，不如從此妳我各算一個可好？以後獨處，妳可直接喚我的閨名夏之。」

佟析秋恭敬地福身。「自然是好。」

敏郡王妃嗔她多禮，佟析秋則笑而不語，待坐車回府時，卻有些後悔，那番話，會不會招來不必要的麻煩？

想到這裡，她又搖搖頭，不過是婦人隨口之言，應該是自己多慮了。

傍晚，敏郡王下朝回府，用晚膳時，敏郡王妃讓人送上芽菜。

敏郡王好奇，看著妻子，俊逸的臉上滿是寵愛。「妳又從哪裡弄來了稀奇菜品？味道竟然還不錯。」

「不錯嗎？」敏郡王妃放下為他布菜的手，笑了笑。「昨兒妾身下帖請鎮國侯府的三少奶奶過府一聚，這些芽菜就是她帶來的，聽說是她鋪子裡的秘方，且獨此一家呢。妾身讓她每日送點過來，如今冬季，琉璃棚裡的蔬果根本供不上吃，有這道菜，也能稍稍彌補不足了。」

獨此一家嗎？敏郡王愣了下。「想來菜價不便宜吧？」

「倒不會。」敏郡王妃搖頭。「不但可長期供給，且菜價分外便宜，就是尋常百姓之家也能吃得起。」

「哦？」

見敏郡王挑眉，似聽得興起，敏郡王妃便揮手讓屋裡的婢女退下，待只剩他們兩人時，這才輕語。「菜價只需七文。」說到這裡，面露擔心。「怕就怕獨此一家，會惹人眼紅。」

敏郡王，看向敏郡王，怕是他們有心庇護，也不一定能幫得上忙。

敏郡王不動聲色，吃了口菜，並未搭話，一時間屋子裡陷入沈寂。

敏郡王妃想了想，又將白日的談話揀些重要的來說，尤其是佟析秋所說的五穀象徵。

「妾身也覺得這個可行。什麼樣的奇珍是父皇沒見過的？而代表豐收的五穀，雖看似簡單，卻關係著社稷。父皇常說國之根本，不就是民生嗎？」話落，小心翼翼地看敏郡王，輕聲問道：「王爺，你看……」

敏郡王停了拿箸的手。其實，在聽到五穀之說時，他便驚訝不已了。抬頭淡淡地看妻子一眼，心中升起一絲奇異之感，見她仍看著他，遂點頭輕嗯，允了這個主意。

敏郡王妃見狀，像終於解決心頭壓著的事般，臉上笑容立時輕快兩分，又舉箸為他布起菜來……

第四十六章 鬧事

佟析秋看著林貴送來的一堆訂單，除了權貴世家外，訂得最多的，便是飯莊酒肆。林貴問過要不要多發些豆芽，卻被佟析秋拒絕。能供得上就成，不用多多益善，有缺才有人搶。

除此之外，為怕豆子供應不足，已派林貴的大兒子去京外採買，而管理與送貨則交給小兒子。如今林貴一家四口全占著重要的位置。

佟析秋翻著訂單，想著要不要再招人？又想，豆芽菜也就冬天好賣點，春季會有大量青蔬出土，屆時生意不會像現在這般好，忙得過來，便無招人的必要了。

她正想著，卻見藍衣匆匆進屋，看著她欲言又止，遂不悅地皺眉道：「有事就說。」

藍衣點頭，這才稟道：「說是有人因為吃芽菜而中毒了，鋪子門前正鬧得厲害呢！」

佟析秋愣住。「怎麼回事？」

「婢子也不清楚，聽說這家人昨兒買了兩斤黃豆芽回去，今兒就來店鋪大鬧，說是吃了中毒，還說小兒子正在醫館裡躺著，昏迷不醒呢！」

佟析秋皺眉。「難道店裡夥計沒告訴他們，有芽瓣的豆芽要炒熟才能吃？」

藍衣答道：「來人就在門房候著，少奶奶要不要親自問問？」

佟析秋頷首，讓她領人進來。

夥計進屋，立在遮擋的屏風外，佟析秋不讓他跪，直接問道：「究竟是怎麼回事？」

夥計不敢抬頭，抖著聲音回答：「昨兒那婦人來店裡，說是要秤兩斤黃豆芽，還專選芽瓣肥厚的。小的立即幫她秤了，並按店中的要求，再三叮囑她，有芽瓣的豆芽定要炒熟或煮透芽瓣再吃。當時婦人滿口答應呢，哪承想，今兒就說吃出了人命，來鋪子大鬧。」

佟析秋定定看了他半晌。「你確定有說？」

「小的確定。不僅如此，還說了好幾遍，店中其他夥計都可為小的作證！」說到這裡，夥計撲通跪下，生怕佟析秋會拿他去頂罪，泣道：「少奶奶，小的可以對天發誓，說的話句句屬實，絕沒有半句謊言，還請少奶奶明鑑，還小的清白啊！」

佟析秋皺眉，讓他起身。「既然有說，便不算是你的錯。林掌櫃可有去醫館看過中毒之人？」

「看過了，說是食得過多，這會兒還沒清醒呢！」

佟析秋哼笑，兩斤豆芽炒出來，差不多一大碗，那般多菜，難不成只有小兒吃了？

「其他人是不是都無事？」

夥計點頭。「只聽說小兒昏迷中毒，未聽說大人也有不適。」

佟析秋聽罷，心中明瞭。怕是有人眼紅了，在暗中使壞呢。遂喚藍衣過來。「去拿對牌備馬車，我要出府一趟。」

「是！」藍衣快步退下，佟析秋則讓夥計先回鋪子。

待車備好，佟析秋便領著綠蕪跟藍衣去二門，不想，快到二門時，竟碰到董氏。

董氏看著佟析秋，笑得有些不懷好意，喲了聲。「剛聽下人說嫂嫂要出府，這是去哪兒？」

「不過辦點小事，能去哪裡？」

佟析秋挑眉看她，見她扭著絹帕，又聽她關切道：「聽門房說，嫂嫂鋪中夥計來府，難道是出了什麼事？」

佟析秋淡笑，別有深意地瞥她一眼。「四弟妹還真是無時不刻關注著府中的一草一木，怕是別人的房中事，妳也能猜個清楚明白。」話落，果見董氏臉紅，表情尷尬。

佟析秋懶得理會她，命藍衣與綠蕪快點跟上，快步去了二門。

見她走後，董氏抓緊絹帕啐了口。「真當人人都能像妳一樣淫賤，白日宣淫？呸！」說著，恨恨轉身，回婷雪院去了。

佟析秋坐車到了位於繁華路段的鋪子，便聽外面喧譁哄鬧，遂令馬車從後門進去。

婦人在門前大聲哭罵，叫著青天老爺，正對她好言相勸、談著賠償之事的林貴，聞夥計悄聲來報，愣得趕緊轉身，就要跨步進屋見佟析秋。

不想，他的意圖被婦人的丈夫發現，立時大叫扯住他的衣衫，不讓他走，嘴上更叫囂著。「殺千刀的黑心店鋪，芽菜把人毒死了，還不想賠償！不賠，我們就撞死在這裡，讓你們的鋪子開不下去！」說完，又對圍得裡三層、外三層的人群大叫。「來人啊，快來看看喲，黑心鋪子賣的芽菜全是有毒的，吃死了人，還想不賠哩！青天大老爺，你得給我們作主啊！」

佟析秋坐在後堂，聽著前面的吵鬧，勾起嘴角對藍衣吩咐。「去外面讓林貴報官，就說有人蓄意挑事，壞了芽菜鋪子的名聲。」

藍衣聞言，雖然驚訝不解，卻領命出了堂屋。

見她走後，佟析秋立即提筆寫帖子，遞給綠蕪。「妳去賢王府，將這拜帖交給門房，就說賢王表嫂被人欺了，要找他來伸張正義。」

綠蕪接過拜帖，福身後，立刻退下去辦。

另一邊，鬧事的兩人聽到藍衣出來讓林貴報官，立刻氣得指著藍衣大罵。「怎麼，富貴人家的奶奶想仗勢欺人不成，竟然報官？誰不知官字兩張口，就是任你們有錢人胡說亂說。可憐了我的小兒子，如今還昏迷未醒，黑了心肝的鋪子，這是要逼死我們一家啊！」

聽說報官，圍觀的人也不鎮定了，只說這樣定是這家子可憐人吃虧。誰人不知，若是沒錢，就是再有理，也能被官府曲解成無理。

於是，原本站在鋪子這邊的人，也紛紛倒戈，甚至有人不滿地高叫。「雖說可能是因這家人未將芽菜煮熟，才誤食中毒，可店家這種做法未免太過分，明明官衙有理無理，都是你們說了算，他們不過想要點補償，如何就把人往死裡逼呢？」

「是啊！不過幾兩銀子的補償罷了，富家奶奶還差這點錢不成？若真將人往死路上逼，以後誰敢買芽菜來吃？萬一誤食，賠上性命不說，連說理的機會都沒了呢！」

眾人眾說紛紜，鬧了起來，場面越來越不好控制。

林貴看向藍衣，暗示她把這裡的事情說給佟析秋聽，要不直接賠銀子算了，再這樣鬧下去，鋪子的聲譽怕是要毀了。

藍衣點頭，剛轉身，就見一名戴著帷帽的女子從後堂走出，立即驚叫一聲。「少奶奶！」說罷，飛快上前扶她，急道：「少奶奶，此地太亂，不宜出來，妳快進後堂避著。」說著，就要扶她去後堂。

佟析秋見狀，抽出她扶著的手，止住她要出口的話。

外面的人聽到有人叫少奶奶，鬧得更凶，開始騷動，想往鋪裡擠去，看看富貴人家的奶奶究竟長何模樣。

林貴嚇得趕緊招來所有夥計，手拉著手將人群阻隔在外，又轉身跑進店裡，抹著汗道：「少奶奶，妳先進去，這裡交給老奴就成。」

婦人跟漢子聞言，便開始大喊。「富貴人家的奶奶，我家小兒可是吃了妳鋪裡的芽菜才中毒的，妳不能沒良心，還要告我們，老天有眼，小心遭雷劈啊！」

藍衣聽得柳眉倒豎，扠腰就想大罵，佟析秋趕緊阻止她，上前兩步道：「我且問妳，妳在我店中買了多少芽菜？」

她的話一出口，人群便安靜了些。

婦人身邊的漢子一聽，立時梗著脖子，高叫道：「妳問這般多做什麼？中毒就是中毒了，你們還想抵賴不成？」

佟析秋的聲調依舊淡淡。「我並不是想抵賴，不過問問罷了。你急什麼？」

男人惱怒，面紅耳赤地大叫。「誰急了？一句話，你們賠不賠？」

佟析秋點頭。「肯定會賠，但總得賠得明明白白吧。這樣不明不白地賠錢，豈不是拿著我當冤大頭嗎？」

不待她話落，漢子又不服地嚷道：「明明就是妳鋪裡的芽菜有毒，誰拿妳當冤大頭了！」一邊叫著、一邊比劃拳腳，想衝上前。

「住口！」一聲清喝，藍衣護在佟析秋身前。「我們奶奶說了要賠，自是會賠，你瞎鬧個什麼勁？不過問問罷了，你若沒有鬼，在這裡跳哪門子的腳？」

藍衣的話，讓人群瞬間安靜下來。

眾人聽她這麼說，覺得有幾分道理，於是有人勸道：「我說這位漢子，人家既然說了要賠，就讓她問兩句，又不是要刮你的肉，這又何妨？」

「可不是，不差兩句話的工夫。」

在場的人七嘴八舌地勸說，佟析秋見漢子脹紅了臉，又轉眸看向婦人問：「妳在我店裡買了幾斤芽菜？」

婦人瞥漢子一眼，隨即垂眸，囁嚅道：「兩斤。」

佟析秋喚來賣她芽菜的夥計。「可對？」

夥計恭敬道：「回少奶奶，對的。」

佟析秋背起手。「既如此，那兩斤芽菜都是小兒一人所吃嗎？」

漢子聽了，沒忍住，大吼出聲。「妳這是什麼話?!」

佟析秋冷笑。「你急什麼？兩斤芽菜大約是一大粗瓷碗的量。你們一家共幾口人？」說完，死死盯著頭越來越低的婦人。

漢子不服地大叫。「妳管我們一家幾口，妳的芽菜就是有毒！」

佟析秋冷哼，轉頭吩咐藍衣。「把他拿下。」

「是！」藍衣拱手，立刻抬腳，大力將漢子踹倒在地。

漢子吃痛，驚得大呼。「殺人了！富家奶奶殺人了！嗚嗚……」

不待那漢子繼續亂叫，藍衣脫下繡鞋，堵了他的大嘴。見他還不老實，遂將腰間汗巾扯下，開始綁人。

這番動作，驚得眾人連連後退。

而佟析秋慢慢踱到婦人身邊，聲音冰冷至極。「兩斤芽菜，全是小兒一人所吃不成？」

婦人嚇得連連後退，漢子聽罷，還要掙扎，不想又被藍衣踢倒。

婦人見狀，頓時大哭出聲。「青天老爺啊，沒法活了，這是要逼死小婦人一家啊……」

對於她的哭鬧，佟析秋並未理會，轉身吩咐夥計。「拿半斤黃豆芽出來。」

夥計不知她要做什麼，卻還是趕緊照辦，把豆芽交給佟析秋。

接著，佟析秋走到擺在外面的湯鍋旁，將芽菜扔進鍋裡，過水後立刻撈出來，二話不說，掀開帷帽一角，開始吃起來。

藍衣嚇得大驚。「少奶奶！」丟下被捆著的漢子，大叫著朝她跑去。

佟析秋揮手阻止她，依然慢條斯理吃著半生的芽菜，又吩咐林貴。「你吃煮得七分熟的。」

林貴嚇得跪下去。「少奶奶，讓老奴來吃生的吧！」

佟析秋不吭聲，仍自顧自地吃著。

藍衣見狀，紅了眼地衝進鋪裡，拿了近一斤的芽菜，直接大力扔進鍋，然後恨恨地轉身，看著婦人，犀利道：「若我將七分熟的一斤豆芽全吃進肚後還未死，那你們一家就是故意來拆臺的騙子！兩斤豆芽，全家只有小兒中毒，你們卻無事，騙鬼不成？」話落，伸筷子去挾已有七分熟的芽菜。

眾夥計看了，皆過去吃將起來。

圍觀的眾人紛紛瞪大眼睛，有些不可置信。

有被藍衣一語點醒的人，回過神來，指著漢子和婦人大叫。「天啊，難道他們是故意騙錢的？」

「是啊，還用兒子來騙，沒見過這般心狠的母親！呸！」

大家的指責，讓婦人開始不知所措。

佟析秋跟店內夥計吃得正歡之際，一道很不滿的聲音傳來——

「哪個不長眼的東西敢惹本王的嫂嫂？」

話落，有護衛與管事推搡開路，伴著大喝。「賢王爺來了，爾等還不快快避開！」

眾人大驚，趕緊向兩邊退去，讓出一條通道，且紛紛下跪。「賢王千歲千歲千千歲！」

佟析秋則似沒聽到般，依舊慢條斯理吃著，但她身旁的夥計跟林貴早已丟了筷子，下跪大喊。「請賢王爺為本店作主啊！」

「怎麼回事？」

明子煜讓這些人起身，見一熟悉身影正站在那裡，掀起帷帽大吃芽菜，嚇了一跳，趕緊幾步上前，驚道：「小表嫂，大庭廣眾之下妳在此處做甚？」大越對內宅婦人可是很嚴格的，這般拋頭露面，若被鎮國侯府的有心人抓著，還不得大作文章？

佟析秋停了挾菜的手，轉首看他，隔著帷帽輕輕一笑。「來得正好。這裡有兩個人說，他們的兒子吃了我鋪裡的芽菜，卻中了毒，我正以身試毒呢！」

「妳瘋了不成?!」明子煜聞言，立刻跳腳，指著她，滿臉不可置信。「若讓表哥知道，妳不怕他生氣？」

佟析秋不辯解，轉身看漢子與婦人一眼，又吩咐林貴。「再去醫館一趟，請最好的大夫醫治小兒，所需銀兩都由我出。只一點，讓他們將他昏迷的原因查清楚，我可容不得別人來壞了這芽菜鋪子的招牌。」

「是，老奴這就去。」林貴躬身，轉身就要走。

「等等！」佟析秋又叫住他。

林貴回頭。「少奶奶還有何吩咐？」

佟析秋看向跳腳的明子煜。「賢王爺要不要幫著出出力？」

明子煜連連點頭，甩著大紅金絲棉襖的袖子，一雙瀲灩的桃花眼中滿是厲光。「出！怎麼不出？本王倒要看看，是哪個不要命的敢在太歲頭上動土！來人！」轉身喚貼身太監。

「小的在！」一個白面小太監趕緊上前。

明子煜指著地上的一男一女，哼道：「把人押去衙門看好，屆時本王要親自審問，看是誰給他們的膽子，敢來本王的地盤鬧事！」

「是！」小太監回頭衝跟來的護衛大聲喝道：「把人帶走！」

幾個佩刀的健壯護衛聽罷，伸手就去抓婦人。

婦人見狀，又驚又怕，流著眼淚大叫。「我錯了，求奶奶饒命，王爺饒命，饒了我這貪心的婦人吧！」

婦人不停磕頭求饒，佟析秋卻冷淡轉身，吩咐道：「畢竟是百姓，下手別太狠。問出誰是元凶，就放了吧。」

「表嫂放心，本王曉得。」

佟析秋剛要點頭，突然覺得胃裡絞痛得厲害，頭上冒出冷汗，暗道不好，便喚道：「藍衣！」

藍衣趕緊上前，見她的手抖個不停，很焦急地喊道：「少奶奶，妳怎麼了？」

「先回府！」佟析秋捂著絞痛的肚子，強撐著向鋪裡走去。

明子煜見狀，亦察覺出異常，對小太監吼道：「先找大夫來！」

小太監驚得青白了臉，連連點頭，跌跌撞撞地跑去醫館。

佟析秋疼得冷汗直冒，卻還是努力鎮定，轉身對圍觀的人道：「事實證明，全生的芽菜確實食不得，而七成熟的芽菜只要食得少，並不會有事。這家人，除了小兒昏迷，其他人卻完好無損，這得給小兒灌下多少生芽菜，才能讓他昏迷？」冷哼一聲，那家子總共才秤了兩斤呢。

一番話說得眾人羞愧難當，有人為剛剛替那家辯護的行為道歉。「這位奶奶，是咱們這群人沒弄清事實就亂幫腔，被歹人蒙蔽了雙眼。妳放心，這芽菜鋪子不會因此賣不出菜的。」

「對對對，咱們到時會幫著說清楚，妳安心便是！」

佟析秋聞言，忍痛說了句多謝，再撐不住，向鋪裡快步而去。

明子煜見狀，看向地上被捆的兩人，眼裡生出狠戾之光。「該如何交代，給本王想清楚再說，別到時查出的與你們答得不符，或者敷衍本王，就仔細了你們的皮！」說著瞪向護衛。「愣著幹麼，還不把人拖走？」

「是！」護衛聽罷，趕緊扯著不斷掙扎的夫妻倆，去了官衙。

待人被拖走後，明子煜又對店裡的夥計吩咐道：「後續好生處理著。」得到眾人的肯定回答後，才大步進了後院。

另一邊，佟析秋趕到後院，卻來不及上車回府，只得讓藍衣去拿恭桶和清水，對著恭桶，將手指伸進喉嚨，開始催吐。

聽著一下又一下的嘔吐聲，藍衣嚇得臉都白了，不停幫她順背，小聲問著。「少奶奶，妳還好吧？」

佟析秋大吐一陣，喝了清水漱口，整個人臉色蒼白、冷汗直冒不說，杏眸裡的眼淚更是止也止不住地不斷往外流。

看著這樣的佟析秋，藍衣慌得腿軟，站在那裡手足無措，憋得眼眶都紅了。

而佟析秋只是搖頭，虛弱得連話都不想說，直接接過她端來的清水，又是猛喝，喝罷重複催吐。如此幾回，終將食用的生豆芽全部吐出，腹中的絞痛才好了些。

藍衣見她不再嘔吐，等她漱了口後，便幫著擦去淚痕，扶著已經站不穩的人兒去旁邊乾淨的廂房歇息。

此時明子煜已在外面來來回回轉了多時，聽著裡間沒了動靜，才敢敲門問道：「那個……表嫂可是好點了？」

佟析秋對藍衣使個眼色，藍衣點頭出去，小聲對明子煜說了幾句。

這時，綠蕪來報，說是大夫來了。

明子煜聞言，便讓她快快將大夫帶進廂房。

廂房裡，佟析秋戴起帷帽，腕上搭了絲巾，整個人有氣無力地靠在小榻上，靜靜任大夫把脈。

大夫認真診了一會兒，才起身拱手道：「已無大礙。想來這位奶奶已自行吐出那有害之物，只要稍加休息，多喝些清水就成。」

明子煜本來還在旁邊焦急地不停踱步，聽了這話，放心不少，揮手讓大夫走後，轉首看著躺下的佟析秋，好奇問道：「妳明知有毒還吃，不怕丟掉小命？」

佟析秋瞥著他，哼笑道：「哪能這麼容易死？不過是拉拉肚子、吐吐污穢，清清腸罷了。」

明子煜被噎得說不出話，嘖嘖兩聲後才道：「妳們女子還真是心狠，竟對自己也下得了手。」

佟析秋白他一眼，閉上雙眸，懶得相理。這件事明顯是有人眼紅，才出錢找人來鬧事。想到此，她睜開眼，透過帷帽看向仍在不停搖頭的明子煜。

明子煜被盯得起了雞皮疙瘩，暗驚地問道：「幹麼？」

佟析秋勾唇。「無事。不過想問你做不做生意罷了。」

第四十七章 入股

做生意？

明子煜聞言，不屑地嗤了聲。「我乃堂堂王爺，要做什麼生意？」待過個幾年，爹爹立了儲君，他就會有封地，還用得著自己賺錢？

佟析秋躺在榻上，也不惱他這話，淡笑了聲。「你如今可有事做？管著戶部還是刑部？」

明子煜抖著袖子，再次不屑地撇嘴。「誰管那些呢？累死不說，還人人想擠破頭插一腳，無趣！」

佟析秋笑著搖頭，這話怕只有明子煜敢說。反觀其他三位王爺，哪個不想去管？六部乃重中之重，有人能搶著兩個在手，便樂得不得了，偏他覺得無趣。

「也就是說，你如今無事可做嘍？」完全是個遊手好閒的閒散王爺，他倒是想得開。

「那又怎樣？本王又不愁吃喝。」明子煜雖看不清佟析秋的表情，卻總覺得自己就像一塊被她盯著的肥肉……皺了眉，很不喜歡這感覺。

接著，佟析秋對綠蕪吩咐道：「派個人去宮門等三少爺，待他下朝，讓他先來鋪子裡。我走不動了，暫時先在這兒歇息歇息。」

綠蕪應聲退下，明子煜見狀，也跟著拱手。「既然表嫂無事了，那本王先告辭，待審問完那兩人，再去侯府告知結果。」

佟析秋頷首，虛弱地笑道：「還望王爺莫要挑禮，我實在動不了，就不起身相送了。」

明子煜揮揮手。「無礙。」便帶著人回賢王府。

見他離去，藍衣將屋裡炭盆的火撥旺了點，又取過出行帶的狐裘給佟析秋蓋上。

「少奶奶，妳安心歇息，婢子去外面守著。」

佟析秋點頭，在她轉身時又交代了句。「等會兒林掌櫃回來，問問大夫診脈的結果。」

藍衣應下，關門去了，佟析秋才累極地睡過去……

迷迷糊糊中，佟析秋感覺臉上有些癢，用手拂了拂，剛想翻身，癢意又再次傳來。

她只好睜開眼，目光朦朧中，見一張熟悉的俊顏似一動不動地盯著她瞧。

佟析秋眨眨眼，這才看清上首的人，露出笑，啞著嗓子甜喚：「夫君，你來了。」

亓三郎淡嗯了聲，看著她的眼裡生出怒火，聲音魅惑。「以身試毒？夫人真乃巾幗英雄，如此大丈夫的行為，可要為夫為妳鼓掌一番？」

佟析秋無語了，見他眼中怒意漸盛，趕緊伸出潔白纖手，抓著他放在榻邊的大掌，可憐地嘟起紅唇搖頭。「妾身錯了。」

亓三郎僵了臉，身子跟著緊繃，心頭似貓兒在抓一般，見她菱唇輕輕嘟著，眼色深了幾許，握緊她的纖手，故作冷臉地哼聲。「待妳好了再說。」

佟析秋的心跳漏跳一拍，顯然明白這句話的深意。

她慢慢地撐起身，亓三郎見狀，拿過狐裘給她披上。

佟析秋抓著狐裘，討好地笑著仰頭看他。「回府？」

亓三郎漠然地頷首，不待她起身穿鞋，便將她打橫抱起。

佟析秋掙扎一下，見他不悅地皺眉看來，遂停了動作，將手摟上他的脖子，笑得諂媚道：「既然爺喜歡，就這般抱著吧！」

對於她故意示好的撒嬌，亓三郎戲謔地哼了聲，便大步出屋，對守在門外的藍衣和綠蕪吩咐道：「把少奶奶的東西收拾一下。」

話落，小夫妻倆上車，回鎮國侯府。

馬車回到府裡時，還不待佟析秋起身，便被亓三郎強勢地抱下車。

下得車來，卻見桂嬤嬤跟蔣氏身邊的婢女紅綃正站在二門候著。

看到佟析秋被抱著，桂嬤嬤眼露擔心地近前幾步，小聲問道：「少奶奶這是怎麼了？」

「無事。」亓三郎淡聲回答。

紅綃的眸光閃了閃，笑著上前，恭敬地行禮。「三少奶奶，公主跟侯爺都在主院等著呢，大夫人命婢子前來傳話，請三少奶奶一回府，就去雅合居。」

亓三郎不悅地皺眉，轉首看著桂嬤嬤道：「妳先去稟報一聲，說三少奶奶身子不舒服，回房休息。等會兒我親自去雅合居。」

「是。」桂嬤嬤福身下去。

苑。

紅綃則面露尷尬，看著亓三郎，躊躇道：「還請三少爺別讓婢子為難。」

亓三郎厲眼掃去，見紅綃當即嚇得後退一步，便收回目光，抱著佟析秋，逕自回了衡璽

佟析秋回院後，便安心躺在暖閣中，由著亓三郎去解釋。

她之所以要等亓三郎下朝，一同回府，為的正是這個。她去鋪子時，被董氏攔了，想來她的行蹤，侯府眾人早已知曉。想乘機找痲煩？哼，她可是有夫君相護的。

她招手喚來藍衣。「下午時，林掌櫃可有來回醫館的事？」

藍衣點頭，附耳上去，悄聲道：「說是看到賢王的人後，老大夫嚇得不得了，幾句喝問，就將實話抖出來，原來他收了那家人給的二兩銀子，才說了謊。那小兒確實是中毒昏迷，不過是普通的毒藥，藥性不重，且食得不多，多喝些清水排泄，睡一覺就沒事了。」

佟析秋聽得暗笑，看來真是有人見不得她的鋪子生意好呢，如今只能再等兩日，看看明子煜那裡查出什麼結果吧。

她正想著，就聽外面婢女來報，說是明鈺公主來了。

佟析秋嚇得趕緊下炕，披上狐裘前去相迎。

明鈺公主看到她後，快步過來，見她小臉還白著，剛才的氣惱不由轉為嗟嘆，道：「先起來吧。」說罷，進了暖閣。

待明鈺公主坐定，佟析秋恭敬地立在下首，明鈺公主便招手讓她同坐身旁。「妳可知自

己犯了錯？」

「兒媳知錯，再不敢行拋頭露面之事了。」

明鈺公主無奈地搖頭。「且不說這事，以身試毒的做法也不可取。如今妳正養著身子，若有個三長兩短，可知會鑄下大錯？」

佟析秋羞窘地埋頭，什麼養著身子，您老是要說，如果懷了孩子，這一試毒，還不把孩子試掉啊？就明著說嘛。雖這般想著，明面上卻是紅著臉，一個勁兒道歉。

「兒媳知道了！」

明鈺公主見狀，不再說她，嘆了聲。「以後再不能行這般魯莽之事，可是知道？」

看佟析秋認錯，明鈺公主終於放過她，又問了大夫的診治結果，才放心地起身離去。

望著走遠的婆婆大人，佟析秋站在暖閣門前長吁口氣，轉頭瞧自家夫君，見他也正好抬眼看來，便展了顏，上前拉他的大掌問：「大夫人他們可有為難你？」

「哼！」亓三郎輕哼，顯然有些不屑回答。

那房想拿拋頭露面來挑事，他就能拿跟蹤來說。既無跟蹤，又怎知人家拋頭露面？拋頭露面是不該，可行小人的跟蹤之舉，更是讓人不齒。

想起他走時，大房那群人僵得難看的臉色，亓三郎眼中難得有了幾分愉悅。

佟析秋偷偷看他有些上挑的眉峰，便知傲嬌夫君定是以勝利告終，遂呼口氣，嘻笑著搖他的手。「妾身未用午膳，白天又吃壞肚子，這會兒真想喝碗清粥，暖暖腸胃呢！」

亓三郎低眸看她，吩咐藍衣道：「晚膳準備白粥配小菜，讓小廚房把粥熬成糜。」

佟析秋聞言，得意地勾唇，撒著嬌與他回暖閣。「謝謝夫君願與妾身同食清淡之物。」

「不用道謝，記著就好。待妳康健，報酬自是一併討回。」

呃……佟析秋呆怔在原地，亓三郎見狀，愉悅地悶笑出聲……

翌日，佟析秋坐在暖閣裡，拿著月白中衣，將最後的邊角縫好。

花卉進房，手中拿了張請帖，遞來道：「少奶奶，是慶王府派人送來的。」

佟析秋點頭，伸手接過，見落款的名字居然是謝寧，就暗笑著合上帖子，看向花卉問：「人是否還在門房？」

「是。」

「那妳去回傳一聲，就說我病得厲害，怕是不能前去赴約了。」

花卉聽了，有些猶豫，見佟析秋挑眉看來，趕緊垂頭道：「婢子這就前去。」

佟析秋淡嗯一聲，埋首繼續手中的繡活。對於謝寧帖中姊妹情深，故邀相聚的話，只當放屁，任它響過就不管了。

下午，明子煜來了鎮國侯府。

等亓三郎在前院換下官服，領著他到後院時，老遠就聽到他大聲喊著。「小表嫂，今兒妳可是好些了？」

佟析秋下炕恭迎他進屋，命婢女們快快上了熱茶，這才笑著回答。「昨兒賢王不是已經知道了？」

明子煜聞言，嘖嘖兩聲，也不講究，脫鞋爬上暖炕。

佟析秋吩咐藍衣再加兩塊銀絲炭進炭盆，陪著坐在亓三郎身邊，卻聽明子煜道：「昨兒那兩人雖招了，可都是無用的消息。見問不出什麼，本王就把他們放了。」

「哦？」亓三郎輕挑眉頭。「那問出什麼了？」

明子煜聳聳肩。「這兩口子皆是好吃懶做之人，家中貧困難以度日。前些天，有名著黑衣、戴黑帽的男子給了十兩銀子，要他們去鬧表嫂的芽菜鋪子，且鬧得越大越好，不用報官，讓表嫂賠銀即可。毒昏孩子的藥也是男子給的，說事成之後，會再給五兩作為報酬。」

說到這裡，他頓了下，又道：「顯然，最後是拿不到報酬了。至於那人外形如何、口音如何，那兩人嚇得說也說不清。見再問不出什麼，就只好打發走了。」

佟析秋點頭，不報官，卻讓她賠銀，看來那人只是想砸了她的招牌。

若是一般店家，為免鬧大，或許就賠了。可賠了，就證明是因吃菜而中毒，間接承認是鋪中的菜有問題。

但佟析秋沒賠不說，還當場試吃，證明芽菜雖會讓人中毒，可那是因為生吃的關係。

再加上明子煜插手，林貴又去醫館求證，才沒讓那人得逞，事情平息下來。

想到這裡，佟析秋看了眼正說得唾沫橫飛的妖孽之人，起身去小廚房對綠蕪耳語幾句後，才又回來陪著他們說話。

待到晚膳，明子煜看著那紅清兩湯的鴛鴦湯鍋，不由挑眉道：「哎呀呀，想不到是涮鍋子啊，妙極妙極！今兒這天氣吃，最是暢快了。」

亓三郎聞言，瞥向佟析秋，拉著她坐在自己身旁。

佟析秋命婢女們將難煮透的丸子等物先放入鍋裡燉煮，待水開後，再放黃豆芽下去。

明子煜看著那厚實芽瓣，好奇問道：「這就是豆芽菜？」

佟析秋點頭，又用公筷挾了點綠豆芽放入湯鍋。「一共兩種，你吃吃看，看喜歡哪種。」

明子煜聽罷，不動聲色地挑挑揀揀，挾顆肉丸子丟進嘴裡。「我還是愛肉多些。」說完，嘻嘻一笑。「表嫂，妳有事就說，別整東弄西的，吊得本王心裡不舒坦。」

昨兒在店裡就是這樣，今兒又端出芽菜湯鍋，只要不是個傻的，都知她這是有意圖呢。

佟析秋抿嘴輕笑。「賢王當真豪爽。那待飯食過後再講可行？」

「可！」明子煜說著，又挾片肉沾醬，就著熱呼勁兒，吃得毫無形象可言。若說佟析秋可以吃麻辣鍋擤鼻涕，把明子煜這廝放到現代，就敢裸了上身甩手臂。

佟析秋張著辣紅的菱唇，看著吃相甚是不雅的明子煜，再轉眼看身邊甚為優雅的夫君，暗暗咋舌。這不知道的，誤以為兩人身分對調都不為過吧。

見她發愣，亓三郎給她挾了筷清湯裡的肉片，道：「少吃辣！」那紅唇辣得太過鮮豔誘人，令他生出不喜。

佟析秋看著那寡而無味的肉片，沒有動，伸手去挾紅色湯鍋裡的丸子，卻被他的銀箸擋下。

她不滿地看去，卻見辣蘸料的碗也被拿走了，只聽他吩咐藍衣道：「拿不辣的過來。」

因著有外人在，佟析秋不好直接表現不滿，接過藍衣遞來的清淡蘸料，平靜地吃著清湯鍋裡的菜，胃口瞬間少了許多。

吃完飯，佟析秋命人上消食茶，隨即端來錦凳，坐到亓三郎下首。

亓三郎見狀，眉頭輕蹙起來。

佟析秋笑著看明子煜。「經過中毒之事，王爺也知我這芽菜鋪子可能招了某些人的眼紅。」一見他點頭，又笑道：「不知王爺能否庇護我這小店？」

庇護？明子煜挑眉，嘻笑著看佟析秋。「表嫂身為鎮國侯府的少奶奶，背景不小了，還要本王怎麼護？」

佟析秋扭著絹帕，哼道：「這是我的私產，哪有什麼背景？侯府可不止我們一房。」

明子煜知她意思，侯府掌權的雖是鎮國侯，但府中人分成兩房。未立世子之前，誰知權落誰手？

他摸摸茶盞，看向亓三郎。「表哥，你怎麼看？」

亓三郎淡眼瞟他，不鹹不淡地道了句：「既是閒得無趣，不如找點事做。」

明子煜語塞，隨即不滿地挑眉。「哪裡閒著無趣？本王每日鬥雞走狗，別提有多忙了！」

佟析秋聞言，嗤了聲。「讓你掛個名罷了，又不讓你白幫忙，每年給你三成利，這還不好？」只要賢王的名頭鎮著，啥也不讓他操心，照樣可以鬥雞走狗，能有多累？

明子煜不可置信地看她一眼。「只是這樣？」

佟析秋頷首。「只是這樣。屆時會放出消息，說這芽菜鋪子有賢王的本錢。」

明子煜摸著下巴沈吟，長而潔白的食指輕點炕桌，隨即像占了便宜似的，極不安地說道：「什麼都不做，會不會拿得有點多了？」

佟析秋搖頭。「不會。」

三成利雖高，可賢王的名頭更大。別看明子煜是個閒散王爺，卻是洪誠帝最寵的小兒，若他願意，有極大機會能得儲君之位。現在朝中還有些清流迂腐之臣，堅持立儲須立嫡。

明子煜聽她說得肯定，便聳聳肩。「也好。反正無事，以後每月本王就去鋪裡逛逛吧！」

佟析秋道：「不用這般明顯，只要派人來取菜即可。」有眼睛的人一聽一看，就不難猜出其中關係了。

見兩人終於商量妥當，亓三郎便冷著臉，對明子煜下逐客令。「天不早了，既然談完，就散了吧。」

偏偏，有人就是沒眼色，看著才麻黑下來的天空，說道：「還透著亮呢，哪能睡得這般早……」話未落，便覺一道寒光射來。

明子煜縮起脖子，乾笑一聲。「確實不早了。這種天氣真得早睡，不然漫漫長夜……」

見他又要說些欠打的話，佟析秋乾脆起身行禮，向內室行去了。

亓三郎無言，沈眼看著明子煜挑眉的猥瑣樣，明子煜瞬間無趣地垮下肩膀，起身下炕，嘆道：「唉，又剩我這個孤家寡人了。」

亓三郎沒理他，招手喚藍衣過來。「送王爺去客房。」

「是。」藍衣應下，送明子煜出去了。

佟析秋回了內室，走到案桌後，拿出宣紙，再用冷茶研墨，開始執筆寫字。

過了一會兒，亓三郎進來，見狀便抬步走到她身後瞧著，待她寫好，才開口輕問：「寫什麼？」

佟析秋聞言，淡笑著回了句。「一張契約。明日夫君拿去給賢王可行？」

「可。」亓三郎點頭，撫上她纖細的肩膀。「氣消沒？」

佟析秋仰頭，眼中有著半分疑惑。

孰料，看見她這模樣，亓三郎竟愉悅地勾起薄唇。「嗯，不記得？看來是消了。」

佟析秋無語，接著想起席間他不讓她吃辣之事，黑了臉地收回目光，拍掉他的大掌。

「沒，記著呢！」

見她低頭收拾契約，亓三郎不動聲色地看著，待她起身，就抬腳跟上，連去淨房也寸步不離。

佟析秋終於惱怒，瞪眼看向他。「夫君以為跟著妾身，妾身就能消氣？」

「不能。」亓三郎搖頭。

佟析秋挑眉，不能還跟？

亓三郎走近半步，將兩人的距離拉近，薄唇賴皮地輕勾。「昨日妳惹我，今日我又惹妳，相抵可好？」

佟析秋無語，再不理他，逕自去屏風後換下常服。

亓三郎看著那窈窕曼妙的身影，理所當然地移過去。

佟析秋正繫著裡衣繫帶，見他進來，驚了一跳，捂胸低呼。「不是相抵了嗎？」

亓三郎笑著上前，將她逼至小小角落。「因為妳行誘惑之事，又惹著為夫了。」

佟析秋又羞又窘，咬牙道：「流氓！」

亓三郎雖不知她說的流氓是何物，想來也不是什麼好話，遂不容拒絕地抱起她，卻並未回內室，而是把她放在淨房裡供歇息的寬榻上。

佟析秋臉紅如血，很是不滿。「就不能先回房？」

亓三郎搖頭，解衣道：「此乃閨房之樂。」

佟析秋。「……」

第四十八章　異香

十二月是離年節的最後一月。

自從跟明子煜簽了契約後，便未再有人鬧事。明子煜也很盡責，除了賢王府的採買，每隔兩、三天就會親自來店裡，有客時還會故意說道說道，讓人知道這鋪子有他庇護著。

這日一早，佟析秋起身後，著了件錦緞灰兔毛直筒襖，便去清漪苑請安，明鈺公主又將她留下。

待請平安脈的太醫進屋，佟析秋再次無奈地暗嘆，把手搭上醫枕。

待得到的結果還是身子康健，並無大礙後，明鈺公主焦急起來，脫口道：「既是康健，為何還未有動靜？」

太醫一聽動靜二字，立時明白過來，沈吟著捏鬚，認真回稟。「婦人懷子，不是一日、兩日便能成，有婦人可能成婚一、兩個月後就能懷上，有的則需半年，甚至一年。皆因緣分未到罷了。」

佟析秋聽得想笑，明鈺公主來了氣，什麼叫緣分未到？

見明鈺公主沈下臉，太醫驚覺可能說錯了話，趕緊圓道：「還有一種說法是焦慮過甚。懷子應順其自然，越是焦慮，反而越不易有動靜。」

明鈺公主聽罷，疑惑地轉頭看向佟析秋。「妳可有焦慮過？」

佟析秋點頭，當然焦慮，成天擔驚受怕，就怕現在有孕，能不焦慮嗎？可明面上不能說出這話，遂低首小聲道：「看婆婆急著，兒媳自然也著急。」

明鈺公主愣了愣，這才發現，自己可能把兒媳逼得太緊了。

於是，她揮手讓人送走太醫，歉疚地拉著她的手，輕拍道：「我兒，從今日開始，妳就放寬心。本宮也不催妳了，咱們順其自然，可好？」

佟析秋恭敬地應道：「多謝婆婆。」

見她乖順，明鈺公主滿意地頷首，又道：「對了，這個月二十一日是皇上的壽辰，雖不是大壽，我們這房卻是年年要進宮道賀的。」說到這裡，嘆了聲。「去歲時，因著卿兒之事未去，今年可得用點心才好。」

佟析秋點頭。「兒媳曉得。」

明鈺公主輕嗯，見無事，便揮手讓她回去了。

佟析秋回了衡璽苑，見無事可做，便喚來藍衣，找出上回敏郡王妃送她的釀酒秘方。

釀這梅花釀的第一步，自是少不了梅香，偏偏還不能只用花瓣，也不能用花瓣上的積雪，定要取積雪掉落、凍在花瓣上的那層冰霜才成。

有段時日未下雪了，梅園的梅樹上，定不會有太多積雪，正是採冰霜的好時候。

佟析秋想著，便讓綠蕪找來小罐子，帶著她跟藍衣向凝幽院的梅園走去。

凝幽院位於東側院，占地近半畝，大片火紅的梅花正凌寒而開，遠遠就能聞著那縷縷獨特的梅花香氣。

一行人移步進園，佟析秋選了一棵梅樹，輕抬素手，抖落梅枝上的積雪，就見花瓣上凝著少量的冰霜。

綠蕪拿著罐子上前，疑惑地問道：「少奶奶是要摘梅花嗎？」

佟析秋搖頭，若摘花朵，花上才那麼點霜，得摘多少才夠？屆時摘得多了，被人拿著由頭挑事，就不好了。

於是，她吩咐綠蕪找來小小木片，仔細盯著花瓣，小心地用木片刮下冰霜，囑咐道：「咱們每天來採一點，就當在行風雅之事。積少成多，想來用不了幾天便能足夠。」話落，正好刮完。「如果摘梅，得摘多少才能化成一罈水？摘得太多，枝頭寂寞，就不雅了。」

「少奶奶說得是。」藍衣也刮完一朵梅花，看著滿園的紅色，笑道：「這般好看的花兒，若摘得只剩禿枝，那咱們不成了那辣手摧花之徒？」

綠蕪聽了，噗哧一聲笑出來。「妳倒是敢說，可知辣手摧花這詞是用在登徒子身上的？」

「哎呀呀，那咱們就來當一回登徒子如何？」藍衣嘻嘻笑，抱著小罐踱到佟析秋身邊，指著她刮完的一瓣梅花，搖頭道：「瞧瞧，咱們奶奶真是憐惜這花兒呢！」說著，調皮地將那朵紅梅摘下，使個巧勁扔進佟析秋的罐子裡。「我呀，偏就要做了這辣手摧花之人。」

「哈哈……」綠蕪被她逗得大笑，扶腰指著她罵：「妳這蹄子，也就少奶奶心好，任妳玩呢，若換成別人，怕是板子早夠妳吃的了。」

藍衣立在佟析秋旁邊，挑眉得意不已。「咱們少奶奶可沒那麼嚴的規矩，只要做好分內該做的，沒那不該有的心思，自然好過。」

綠蕪止了笑，知藍衣這是在敲警鐘，遂向佟析秋福身道：「婢子曉得了。」

佟析秋抿嘴，嗔怪地看藍衣一眼，揮揮手。「行了，鬧也鬧了，笑也笑了，該好好幹活才是。」

兩人聽罷，齊齊福身應了，便各自動手採集起來。

佟析秋將跟前矮枝上的冰霜採完，就換個方向，選了棵靠近園門邊、花朵較多的梅樹，剛刮不到幾朵，手便感覺到一陣刺骨涼意，這種透進骨子裡的寒讓她有些難受，皺眉疑惑地看看纖手，猜想著，難道以前凍傷的後遺症加重了？

她咬牙，強忍著將面前矮枝上的冰霜採完，移步去另一棵時，奇怪的是，手雖然還泛著寒意，卻不似剛才那般難受了。

佟析秋轉身，朝門口看看，未見有不妥之處，搖搖頭，心想，或許是風大的緣故？

眼看時辰已近午，主僕三人便回院子，待用完午膳，又來了梅園。

在衡璽苑裡，藍衣見佟析秋捂著湯婆子暖了很久，怕她冷著，不想讓她再去。不過佟析秋想的是，難得有動手的機會，嫁進侯府這般久，每天不是坐著就是睡著，無甚意思，於是不顧藍衣勸阻，還是跟來。

主僕三個在梅林裡走走停停，一個下午很快就過了，看看天將黑下，佟析秋這才招手，喚了藍衣與綠蕪回去。

回到衡璽苑時，亓三郎早已下朝，待在暖閣裡等著妻子。見佟析秋抱著罐子進屋，便好奇地挑眉看去。

佟析秋舉著罐子，輕笑道：「上回去敏郡王府，敏郡王妃送了一張釀酒方子給我，待妾身的梅花釀釀出來，夫君可要好好嚐嚐妾身的手藝才好。」

亓三郎有點訝異，梅花釀可是敏郡王妃的絕活，他去敏郡王府作客，也甚少喝到，為何輕易將方子給她？

佟析秋未注意到他的表情，交代藍衣將罐子拿去放好，便就著花卉端來的溫水洗手。剛將凍紅的纖手放進盆裡一泡，便全身舒暢，輕輕打了個顫，但擦乾時，涼意卻透進骨子裡，連手背也有感覺。

佟析秋皺眉，又把手伸進溫水中，因著暖意，立時舒服不已，但拭乾後，那股冰涼又再次襲來。

如此反覆數次，惹得亓三郎好奇地看向她。「怎麼了？」

佟析秋回神，搖搖頭，扯了下嘴角。「無事。」不過心中卻是疑惑更甚。

當天夜裡，佟析秋被亓三郎纏著，折騰了一通。

事後，她懶懶地把雙手放在他汗濕的胸前，見他要抓她的手，就推著嘟囔。「冷！」

亓三郎見她額上黏著一縷被汗濕的長髮，霸道地握住她的小手，疑惑地問道：「哪裡冷？」

佟析秋任他握著，隨後蹭到他健碩的胸前。「這裡暖和。」

亓三郎見她閉眼，舒服地嘆息，不覺啞然失笑，將她緊摟於懷。

佟析秋的鼻尖緊貼他的胸口，聞到一絲他身上獨有的冷香，因味道甚是好聞，不由深深吸氣，喃喃道：「好香。」

「胡說！」亓三郎好笑地拍拍她翹挺的小臀。「爺不熏香。」

不熏嗎？佟析秋疑惑。奈何睏極，實在忍不住周公的召喚，終是靠著他，沈沈睡了過去……

第二天，佟析秋幫亓三郎整理衣裝時，特意靠近他，湊著翹挺的小鼻聞了聞。

「奇怪，怎麼又不香了？」

亓三郎哭笑不得，用手輕拍她的小腦袋。「什麼香？偏妳愛鬧。」一個大男人被誇身上香，豈不是在說他女氣？

是嗎？佟析秋疑惑地看他，難不成是她聞錯了？

待送走亓三郎，給明鈺公主請過安後，她又帶著婢女們去梅園採冰霜。

一天下來，佟析秋發現，唯有在園林口附近的梅樹採霜時，手會冰涼刺骨地疼。

連著幾日下來，她一回衡璽苑就泡溫水，泡完又趕緊捂著湯婆子，久久不放。

這時，亓三郎往往會皺著眉，不悅地看著她，讓她將此事交由下人去做。

但佟析秋偏不肯，非要親自上陣。不聽話的後果，自然就是被亓三郎逮著，糾纏至半夜，累極地窩在他懷裡，任他伸著魔爪，恣意揉捏。

靠他越近，她越能聞到他身上那股若有若無的冷香，香氣特別，讓她很是愛聞。

每每這時，她都會嘟囔幾句，回回惹來他低低的沈笑，大掌愛憐地拍著她的小臀，以作為「說謊」的懲戒。

「我一個大老爺，身上哪來的香？妳從何處聞來的？」

佟析秋搖頭，她確實聞到了，奈何累極無法反駁，隔天早早起來為他更衣時，再聞，香氣卻消失，果真奇怪……

在梅林採了五天的梅花霜，才將將有一小罈的量。

看看罐裡還浮著幾瓣梅蕊，佟析秋低低一嘆。「這冰露也太難採了，還是先釀這罐吧。」

藍衣點頭，見她死死捂著湯婆子，便道：「若少奶奶信得過婢子，後面的工序，就由婢子來完成如何？」

佟析秋頷首，實在是手骨凍得太疼，不想動彈，遂由藍衣去做了。

待釀好，主僕倆抱著酒罈去梅林，找棵最大的梅樹，埋到其根下。

藍衣有些不放心，問佟析秋。「會不會凍壞了？」

佟析秋也不確定，卻搖搖頭。「應該不會。」敏郡王妃就是這樣做的呢。

這時，花卉匆匆跑來，呼道：「少奶奶，不好了！」

藍衣皺眉，轉身扠腰看她。「誰不好了？說的是什麼話？」

花卉立時住嘴止步，對佟析秋福身。「婢子該死，請少奶奶責罰。」

佟析秋看她一眼，並未叫起，只問：「何事？」

花卉這才抬眸，向她稟道：「主院有婆子來說，四爺屋裡那位懷著身孕的通房流產了。」

藍衣一聽，隨即柳眉倒豎，看著她譏諷道：「不過是半個奴才，流產就流產，還是別房之事，妳嚷個什麼勁？在這裡大喊大叫，沒半分規矩，不知道的，還以為是咱們少奶奶把人怎麼著呢……」

話未完，佟析秋便轉眸盯藍衣一眼。

藍衣自知失言，趕緊閉嘴，不再言語。

佟析秋命花卉起身，對藍衣吩咐道：「先回院子再說。」

說罷，主僕三人便趕回衡璽苑。

佟析秋進了屋，綠蕪送來暖湯，悄聲道：「大房鬧得厲害呢。剛才婢子去大廚房取食材時，聽說那位哭得嗓子都啞了，聽她的意思，好像咬定是四少奶奶下的手，這會兒兩人正在主院對質。」

佟析秋沈吟著接過暖湯，輕抿了口，便喚來藍衣道：「去庫房看看，我記得上回婆婆送了一盒血燕，妳將它取來，等會兒待事情完了，送去大房。」

藍衣點頭，福身退下。

佟析秋把湯喝完，倚在靠枕上閉目養神。迷迷糊糊之間，彷彿有爭吵之聲傳來，遂皺了下眉，以為是院子裡的婢女做錯事，藍衣正訓著，可仔細一聽，又覺得不對勁。

哄鬧中，有人沈喝：「若是再攔，休怪本夫人不講情面，直接衝進去拿人！」

佟析秋緩緩睜眼，聽出是蔣氏的聲音，對外喚道：「藍衣！」

應聲跑進來的卻是柳俏，有些不自在地看著佟析秋，轉轉眼珠，小心上前道：「少奶奶，大夫人來了，說是……說是……」

佟析秋抬眸看她，見她低頭，便自行起身。

柳俏見狀，趕緊伸手來扶。佟析秋任她扶著下炕，理理身上的襖子，吩咐道：「去把那件猩紅大氅找出來，給本奶奶披上。」

柳俏應下，轉身去內室。

外面鬧得正凶，好似還動起手來，伴隨婆子淒厲的尖叫，佟析秋不難猜出，定是藍衣在教訓人。

蔣氏抖著聲音高呼著。「反了，反了，妳這低賤的奴才，竟敢動本夫人的人！妳信不信，我叫護衛扒下妳這身人皮？」

佟析秋皺眉，對磨蹭還未出來的柳俏冷聲喝道：「要不要本奶奶幫妳找？還是妳糊塗了，連自己管理的箱籠放著什麼都不知?!」

柳俏聽得一驚，急急翻動衣箱，終於找到大氅，出了內室，快步踱到佟析秋身旁，抖著聲音道：「少奶奶……婢子幫、幫妳披上吧。」

佟析秋眸色一深，見她低首不敢抬眼，遂冷哼著打掉她的手，自己將大氅繫好，這才舉步向屋外走去。

第四十九章　態度

此時，外面正鬧成一團，蔣氏帶來的幾個婆子皆被藍衣扭斷手，倒在地上不斷呻吟。

蔣氏嚇得連退好幾步，對身邊的紅綃大喝。「去前院傳管事，叫護衛前來，本夫人今兒要扒了這賤婢的皮，看她還敢如何囂張！」

佟析秋推門出來，正好看到這一幕——藍衣扠腰立著，對蔣氏的尖吼很是不屑，而蔣氏面色鐵青，抖著右手食指指著她，咬牙切齒的樣子，似恨不得將她剝皮吃下肚般。

聽到開門聲，蔣氏立即厲眼掃來，見到佟析秋，當即尖吼出聲。「老三家的，妳就是這樣管教下人的？如此犯上的惡僕，妳還敢讓她做一等管事婢女？」

佟析秋不慌不忙地移步過去，笑容得體地掃了倒成一地的粗使婆子一眼，這才轉頭假意斥藍衣一句。「如何這般沒規矩？大娘帶人前來，怎麼行了那等粗魯之事？」

藍衣也佯裝委屈，躬身對佟析秋一福，癟嘴道：「大夫人帶了好多人來，說是要拿少奶奶去主院問話，婢子雖是急了，可還是有禮地回道少奶奶正在歇息，問大夫人可否待少奶奶醒後，婢子再去通傳。」

說到這裡，她雙腿一跪。「婢子並不敢隨意動手，可大夫人命人硬闖，婢子怕擾了少奶奶休息，不得已才出手的。」緊接著磕頭。「婢子有罪，請少奶奶責罰！」

佟析秋喚她起身，轉眸看著蔣氏，一臉為難道：「大娘妳看，她也是護主心切，不如就這麼算了？」

這般明顯的袒護，蔣氏差點氣得仰倒。「護主心切就能打了本夫人的人？」

佟析秋聞言，目光瞥向躺在地上的七、八個壯實婆子，勾唇一笑。「卻不知，大娘來衡璽苑，居然要帶這麼多人手。」

「老三家的，妳少在這裡跟我打馬虎眼！」蔣氏氣得跳腳，指著她的鼻子，就是一頓喝罵。「妳的是非，可不只婢女打人這件事，還有更惡劣的。想不到妳看著嬌嬌弱弱，卻是個披著人皮的毒婦。當真是鄉下泥腿，上不得檯面的市井小人！」

對於她猛烈的攻擊，佟析秋只似笑非笑地看著她，問道：「不知析秋哪裡得罪了大娘？讓妳如此氣急敗壞，行了有失身分之事。」

對於她的指控，蔣氏冷哼一聲。「身分？比起侯府沒了的香火，本夫人還要這身分何用？」

佟析秋聞言，沈了臉色。侯府香火？除了流產的那位，還有誰懷著侯府的子嗣？遂挑起眉頭，輕哦了聲。「那跟我有什麼關係？」

對於她輕慢的動作，蔣氏怒極反笑。「有沒有關係，對質完了就知。」

佟析秋哼笑。「對質？為了什麼對質？與誰對質？大娘這話說得可就傷人了，我一個清清白白的女人家，成日裡謹守婦德，如何便淪落到與人對質了？」

蔣氏聽她伶牙利齒，臉色鐵青，正待大喝，不想這時領頭護衛帶了兩個跟班行來，拱手行禮。「大夫人，管事說後院有大膽之奴以下犯上，特意命屬下過來查看。」

蔣氏看著來人，得意地揚起下巴，指著藍衣哼道：「就是這個賤婢對本夫人不敬，快將人拿下。」

護衛剛說個是字，佟析秋便上前一步，護在藍衣面前，指著地上的七、八個婆子說道：「這些賤奴敢擅闖蘅璽苑，全給本奶奶綁了！」

蔣氏咬牙看她。「妳倒是敢！」

「跟大娘學的，不過彼此彼此罷了。」

「佟析秋！」她的傲慢徹底激怒了蔣氏，指著人大罵。「妳手段惡劣，使錦兒的通房流產不說，還敢違背本夫人的命令？睜大妳那雙狗眼好好看看，此地乃何地！」

「何地？」身後響起軟糯卻帶著威嚴的聲音，明鈺公主哼笑著，挺直背脊站在那裡。「敢情侯府當家作主之人乃大夫人？」

蔣氏回頭，見到她時，臉色變了變。

一干下人見狀，齊齊行禮。「參見公主。」

佟析秋亦是快步近前，福身道：「婆婆。」

明鈺公主輕嗯，喚了聲起，待眾人起身後，不緊不慢地向蔣氏走去，一雙桃花眼定定看著她，不容她閃躲，見她青白了臉色，便嗤道：「當真好大的膽子！竟是見人不拜？」

蔣氏聞言，臉色當即又白了一分，眼神裡有著明顯的恨意。

明鈺公主嗤笑，懶得再理，轉眼看護衛，挑眉道：「怎麼，這是要拿了誰？」

護衛一陣尷尬，看看蔣氏，又看看明鈺公主，夾在中間，不知該如何回答。

最後，領頭的無法，只得硬著頭皮道：「管事說後院有奴才以下犯上，屬下這才過來捉人。」

明鈺公主抬眸掃向那幾個倒地的婆子，點點頭。「倒是應該。將這群擅闖主子院落的刁奴抓下去吧，屆時綁了，統統發賣。」

蔣氏聽她說得理所當然，終於忍不住，咬牙哼道：「公主未免太以權壓人了。」

「以權壓人？」明鈺公主不屑地挑眉。「若本宮未記錯，剛剛大夫人亦是在行以權壓人之事吧。」

見蔣氏語塞，明鈺公主揮手讓佟析秋近前，滿臉不豫。「不過通房小產罷了，用得著這般大張旗鼓？不知道的，還以為侯府三少奶奶身分低賤得不如半個奴才之子呢。」

蔣氏聽了，立即咬牙，用幾乎從齒縫裡擠出的話語說道：「本夫人早說過，那孩兒將來是要過繼到董氏名下的，可是侯府長孫，如何就成公主口中的低賤人了？」

「本宮有說嗎？」明鈺公主轉頭，輕蔑地看著她。「有天大的事情，也是你們大房之事，跟我們這房有何干係？自己的孩子保不住，卻拿別房之人來撒氣，大夫人當真是好本事。」

對於明鈺公主的諷刺，蔣氏心中氣極，卻又不敢直接衝撞她，只能恨恨說道：「有人說這幾天老三媳婦連連進出梅園，而漣漪的肚子日前還甚是安穩，如何今天就突然滑胎？不是她做的手腳，又是什麼？」

明鈺公主冷哼一聲，自是知道佟析秋去梅園採冰霜的事，不過與那通房小產又有何干係？

佟析秋腦中卻瞬間閃過一個念頭，還來不及抓住就已消失。於是抬眸，卻聽明鈺公主諷道：「竟不知去梅林採點冰霜，就成了使人滑胎的凶手？大夫人這個理由未免太過牽強。」

蔣氏聽了此話，更是怒火中燒。「有沒有使暗手，一查便知！」說著，便轉頭看佟析秋。「妳敢不敢讓妳院中的小蹄子們讓道，讓本夫人去搜屋子？」

激將法？佟析秋挑眉，哼笑道：「莫說我有無做過，就是有做，大娘好像也無權搜本奶奶的屋子吧！」

明鈺公主聞言，對身後的桂嬤嬤吩咐。「派人去西北大營找侯爺，就說他的寶貝嫡長孫沒了，請他快快回府。」

一句寶貝嫡長孫，讓蔣氏的臉色青紅交錯。過繼的事，鎮國侯本就有些不滿，這樣說，豈不是火上加油？

桂嬤嬤福身退下，明鈺公主看向蔣氏。「咱們也別在這裡較勁，孰是孰非，待侯爺回來，自有評判。若真是本宮這房的錯，大不了，屆時讓他們隨本宮去公主府，再不踏入侯府半步！」

蔣氏聽完，眸光突然閃了下，旋即又隱下去，哼了聲，算是同意。

另一邊，鎮國侯聽得手下來報，嚇得急急趕回府。

一聽到嫡孫兩字，他以為是明鈺公主這房的佟析秋懷了身子，不想，回到府中，管事便悄悄上前報了後院爭執之事。

鎮國侯聽完，當即皺眉，快步朝衡璽苑行去。待看到一行人站在外面對峙，眉頭皺得更緊，冷聲問道：「怎麼回事？不是說嫡孫沒了？為何管事又說是錦兒通房滑了胎？」

蔣氏有些尷尬地低頭，明鈺公主則不屑地哼笑。「不是嫡孫是什麼？大夫人說那孩子將來要過繼給老四家的，既是給她，可不就是侯爺的嫡孫？既是如此，可不得寶貝著？」

鎮國侯聽罷，當即冷眼掃向蔣氏。

蔣氏雖有些瑟縮，卻還是不滿地將事情說出來。「錦兒這房好不容易有了孩子，如今卻不明不白流掉。這無地可查也就罷了，偏妾身聽聞，老三家的這幾天老往梅林跑，漣漪又愛用梅瓣上的露珠泡茶。日前請脈，孩子還好好的，為何老三家的去梅園後，才幾天，孩子就沒了？」

鎮國侯沈下眼。「妳有證據？」

「妾身沒有。」蔣氏哼道：「妾身雖因氣急而魯莽行事，可老三院中下人無禮，攔著不讓妾身進去，自然就會更加起疑。」說到這裡，垂首低眸。「妾身為自己的魯莽先賠個禮，可這事兒，卻是明擺著有人使暗手。」眼神向佟析秋瞟去。

佟析秋暗哼，認錯認得倒是快。不等鎮國侯開口，便立刻跪下去。天寒地凍，地上積了薄冰，涼意很快滲進膝蓋。

明鈺公主著急，讓人攙她起來，卻被佟析秋揮手拒絕，跪在那裡，不慌不忙地說道：「剛才大夫人帶人硬闖，要抓了兒媳去對質，兒媳雖然不怕，但也不能不明不白地讓人定罪。

「為了公正，不如我們兩房都不要插手，請公公親自喚人進去搜查，看看析秋屋裡到底有沒有藏那滑胎之藥。」

「妳躲在裡間久未出來，誰知妳有沒有銷毀證據？」蔣氏咬牙看她，心中不服。剛才不讓她進門，這會兒竟輕易答應鎮國侯派人去搜，何嘗不是一種變相打臉？

佟析秋挺直背脊，眼中正氣凜然。「大娘不是說那通房是喝了梅露泡的茶而小產嗎？既然這樣，那析秋定會每天前去撒藥，這來來回回的，屋中難道不會留下痕跡？府中有出入的對牌可查，亦有府醫坐鎮，若真是析秋所做，總會有人知曉吧。」

蔣氏語塞，佟析秋又對鎮國侯磕頭。「除卻上月出府去了芽菜鋪子，這個月來，析秋從未派人離府，公公一查便知。至於府醫，析秋更是從未召過。還請公公明鑑！」

鎮國侯聞言，心裡有底，揮手讓佟析秋起身，轉首問蔣氏。「那通房何在？」

「正跟董氏在主院等著老三家的過去對質呢！」

鎮國侯輕嗯一聲點頭。「既然孩子流掉，就沒用了，再給錦兒納一個便是。不過庶子而已，且她竟比正室早有身孕，可見也不是個好的。」

鎮國侯輕飄飄的一句話，令蔣氏震驚不已，低呼出聲。「侯爺，這……」

「怎麼？」鎮國侯冷眼看她。「妳覺得老三媳婦會跟半個奴才之子爭地位？」

蔣氏灰了臉，極不甘地抬眼，卻見鎮國侯正深深看著明鈺公主，突然慌了神，覺得有什麼東西似乎改變了……

有鎮國侯鎮壓，蔣氏只能偃旗息鼓，哀怨地問了句。「難不成侯爺就任了那凶手殺害侯府子嗣？」

鎮國侯並未理她，兩眼直直地望著明鈺公主。

剛才他進府時，管事也提了明鈺公主說要搬去公主府之事。

以前，他可能覺得沒什麼，可自從她說出二十年前的事後，心裡就有了異樣的看法。加上這幾個月去清漪苑時，明鈺公主雖然悉心服侍，卻總讓他覺得不踏實。為怕明鈺公主真搬去公主府，遂暗暗袒護佟析秋。

蔣氏看到這一幕，自是恨極，卻無可奈何。

再看明鈺公主，此時她正拉著佟析秋的手，邊走邊吩咐院中的婢女們。「趕緊給妳們主子找身乾爽衣物換了，地上寒涼，可別過了寒氣，傷著身子。」

藍衣和綠蕪等人齊齊福身應了，跟著她們進屋。院中瞬間只剩下一群被掰斷手腕的粗使婆子，並鎮國侯與蔣氏一行人。

鎮國侯回神，見蔣氏還未離去，皺了眉，逕自抬步回主院。

雅合居主院裡，董氏得了婢女打探來的消息，眼色一深。

因漣漪懷上身孕，連月來，她的心情就不舒暢，在聽到那賤人滑胎時，還不待高興，卻被小賤人反咬一口，咬定是她暗中下了毒手。

這般嚴重罪名，如何能受？她想起最近幾日佟析秋常去梅園，便問漣漪是否還在喝露珠茶？

對於董氏知道她愛喝露珠茶之事，漣漪震驚不已，那可是她的秘密。這茶是個偏方，聽說常喝便極有可能生下男胎。為著以後的榮華，她從懷子起，就悄悄喝著。

聽到董氏這麼問，漣漪更是激動，只有她知道她愛喝這茶，那便是她使壞了。

兩人的對罵被趕來的蔣氏發現，追問後，董氏說出佟析秋有去梅林的事。而漣漪又常採梅林的露珠泡茶，只要有心想了解，根本藏不住，遂覺得這事極可能是二房做的手腳。

蔣氏聽了這話，當即就派紅綃去衡璽苑喚佟析秋來雅合居。

孰料她去後，卻被藍衣擋下，連著兩次都未能將人叫來，終是惹得蔣氏氣極，親自帶人前去，是以才有了剛剛那場鬧劇。

鎮國侯來到雅合居時，見董氏正等在那裡，就問：「那通房呢？」

「身子有些撐不住，兒媳讓她先回去了。」

鎮國侯頷首。「這事暫且放下，屆時再從妳身邊挑個得意的開臉，送給錦兒吧。」

董氏咬牙，垂首低眸回道：「是。」

蔣氏進屋，正好聽見這話，面上生了委屈，看向鎮國侯道：「侯爺是要包庇到底？」

鎮國侯不悅地轉眸掃她一眼。「一個通房，妳這般大張旗鼓地鬧，就不是想除人？」

蔣氏語塞，鎮國侯忽然不想待在這裡了。「若是無事，就不要去惹事。」

見鎮國侯又要走，蔣氏難受地看著他，不可置信地低吼。「侯爺說這話，難道覺得這事是妾身故意所為？那可是妾身的親孫兒啊！」她比任何人都盼著孫子降生，如何能疑她？

鎮國侯冷冷地睇她一眼，不耐煩地舉步出去。

哐噹！見人離屋，蔣氏氣急地將高几上的花瓶揮落。

還未出院的鎮國侯聽見，腳步頓了頓，暗嘆一聲，終是搖頭，大步跨出了雅合居。

董氏站在那裡，有些心驚地看著蔣氏，小心翼翼喚道：「婆婆。」

蔣氏厲眼掃去，眸中的厲光，驚得董氏忍不住縮了脖子。

「這件事是不是妳下的手？」

董氏聽罷，嚇得撲通跪下，淚水霎時滾出眼眶。「冤枉啊婆婆，兒媳敢對天發誓，絕不是兒媳下的手。雖說兒媳心裡不舒服，可從未想過要使壞啊！」

「此話當真？」蔣氏存疑地問道。

董氏連連點頭，甚至舉起右手，堅定道：「兒媳敢對天發誓，若有使壞，便不得好死！」

蔣氏聞言，頹喪地坐到椅子上，眸光晦暗不明。「難不成真是老三媳婦？」說著，又咬了牙，恨極道：「必定是。想必她們跟我們一樣，不想讓大房早一步生出長孫，當真是好毒的心思！」

說罷，她氣怒地揮手，又一只瓷盞落地，噼啪聲再次響徹雅合居。

晚上，亓容錦回院聽說此事，憤恨地看著董氏，眼神陰鷙。「妳確定是那房做的？」

董氏見他那模樣，氣急地低吼。「爺是懷疑妾身？」

亓容錦偏頭冷哼。自漣漪有孕開始，董氏便不爽至極，成日盯著漣漪抓錯處、立規矩，變著法地折磨人。若說這事跟她沒一點關係，他是無論如何也不相信！

董氏見狀，還有什麼不明白的？冷笑道：「妾身再不滿，也斷不會棄大局不顧。漣漪的肚子有何意義，你我最明白，我如何會做出那等無腦之事？」

亓容錦見她不似說謊，心中疑惑散盡，卻又升起對二房的恨意，陰狠道：「以為殺了爺的孩子，就能贏過爺了？休想！」

董氏疑惑，卻見亓容錦大力從炕上起身，驚道：「你這是去哪裡？」

亓容錦漫不經心地瞥她一眼，冷哼道：「漣漪沒了孩子，爺自然要去安慰一番。」

董氏聞言，眸中恨光乍現，見他真的出屋，不由暗呸了聲，那賤人活該沒了孩子！

另一邊，亓三郎回府後，緊皺的眉頭就沒有鬆開過。

佟析秋給他挾菜，揮退屋裡的婢女，才輕聲道：「今兒這事，倒是令妾身想起一事來。」

「何事？」亓三郎未吃她布的菜，而是看著她追問。

佟析秋伸手為他撫平眉宇。「夫君可還記得，這幾天，妾身自梅園回來後，會一直捂著湯婆子？」

亓三郎點頭，拉下她的纖手。「下回別去了。」

佟析秋輕笑。「一罈已足夠，再不想去了。我這雙手在鄉下挖凍菜時，已凍出毛病，如今只要一沾涼，小手指就會感到透骨的寒與疼。哪怕只有微微變化，也能感覺出來。」

見亓三郎又皺眉，她再次伸手為他輕輕撫平。「這幾日在梅林採霜露時，雖然梅瓣上的雪會凍手，可妾身卻覺得古怪，那涼意似有不同。」

「所以？」

佟析秋放下為他撫眉的手，盯著深邃的鷹眼，認真道：「我想暗中查查此事。」

亓三郎不悅，看著她的眼裡滿是不贊同。「查它做什麼？左不過是那房自己鬧出的事，與我們何干？」

「夫君認為這事是大房有意嫁禍？」

亓三郎認真道：「府中就那麼兩房人，她們能給妳下藥、使絆子，就不能捨個孩子來設計妳？」

佟析秋搖頭，遂把心裡的想法告訴他。

今兒蔣氏說起過繼的事時，心情很激動，那模樣分明是認真的。如今兩房都沒嫡子，哪怕是通房生下庶子，也是長孫。那樣的話，於她們來說，爭世子之位就會多一分勝算。

男人可能粗心，有些不屑這事，可內宅女人是時時刻刻都在想著更進一步。是以，蔣氏她們沒必要出這麼大的招來設計她。

漣漪只是個通房，連半個主子都算不上，就算設計成功，於她來說也損失不了什麼，最多被鎮國侯厭惡罷了。可現在掌管後院的是蔣氏，這種得不償失之事，實在沒必要做。

聽佟析秋仔細分析完，亓三郎亦覺得有些蹊蹺，末了，看著她問：「可要我幫忙？」

佟析秋點頭。「如今那枝頭上的東西還不知是什麼，得趕緊讓藍衣摘幾枝回來。怕凶手見事情成功，不再撒藥，藥效若淡去，就不好查了。」

亓三郎輕嗯。「也好。明日我當值時，拿去給太醫驗驗。」

佟析秋看他，笑得促狹。「由夫君拿去，會不會反而引人注意？」

亓三郎沈吟。「那就交給子煜那小子去驗。」

佟析秋頷首，喚藍衣進來，悄聲對她耳語幾句。

待藍衣點頭退下後，兩口子說完正事，這才開始用膳。

晚飯後，藍衣趁院中人不注意，進了暖閣，將採來的梅枝交給佟析秋。

佟析秋接過，用手一一試摸。

亓三郎看得很不爽，尤其知道她的手骨留有病根後，更為擔心了。

待佟析秋摸到熟悉的涼意，伸手拿出，遞給亓三郎。「就是這叢！」

亓三郎接了，立即吩咐藍衣端溫水進屋。待水送來，甚至親手為佟析秋洗著那纖細小手。

佟析秋看得好笑，清澈水潤的杏眸微微一瞇。「夫君這是準備疼寵妾身的表現？」

亓三郎黑臉，並未理會她的調笑，幫她拭乾後，並不急著放開巾子，而是走到一邊，拿湯婆子塞給她後，這才抽出巾子，命令道：「好生拿著。」

佟析秋笑得乖巧，點點頭，晚上就寢時，主動纏上了他的腰。

結果，惹得亓三郎粗喘不說，更是化身為猛獸，把她吃得一乾二淨。

累極地窩在他懷裡的佟析秋，照例湊到他的胸膛前聞著，卻不似前幾次那樣有異香傳來，有些不滿地嘟了嘴。「奇怪，怎麼沒有了？」

亓三郎好笑，拍著她的小臀，戲謔道：「本來就沒有。」

第五十章　暗查

翌日，佟析秋帶著藍衣跟綠蕪，一人手拿血燕、一人身揣百兩銀票，去了董氏住的婷雪院。

董氏聽見婢女來報，懶洋洋地等佟析秋進門，才假意地笑著迎上去。

兩人互相見禮後，便平坐在暖炕上。

董氏坐在那裡，沒喚人上茶，只扭著手絹問佟析秋。「嫂嫂此時前來，有何事不成？是來看笑話的吧！」

對於她話中的酸意，佟析秋充耳不聞，命藍衣將盒子遞上。「不過是來略表關心，還請四弟妹代為轉交。」

董氏似笑非笑，命婢女將盒子接過，打開來瞧。「喲，是上等血燕呢，應該很貴重吧？漣漪那丫頭可吃不起這般貴的東西。」

對於她的諷意，佟析秋只淡淡勾了下唇角。「既然如此……」轉頭吩咐。「藍衣，收回來吧。」

「是！」藍衣福身，上前從那婢女手中奪過盒子。

董氏見狀，瞬間傻了眼，佟析秋卻笑得得體地說：「不能送禮，那我便去看看漣漪姑娘，不知四弟妹允否？」

董氏忍著氣，道：「她身子虛著呢，不便見客。」

對於佟析秋拿回燕窩之舉，董氏頗為不滿，她要不要是一回事，送了又收回去，是另一回事。這種打人家臉的事，也就二房不要臉地常幹著。

佟析秋點頭。「那我讓人去看看吧。」

董氏聞言，不便再攔，輕嗯了聲。

佟析秋喚來綠蕪道：「妳代本奶奶去看看漣漪姑娘。」

綠蕪福身退下後，佟析秋與董氏相對無言地坐著，自始至終，董氏都未命人上過茶水。

待綠蕪回來稟了漣漪的近況後，佟析秋便起身告辭。

主僕幾人被僵著臉的董氏送出來，還未走至院門，便聽一道嬌柔的聲音傳來——

「三少奶奶請留步。」

佟析秋轉身，發現遊廊處立著一名嬌俏柔弱的女子，臉色蒼白，眼中淚光盈盈。

見佟析秋看來，女子恭敬地行禮。「婢子漣漪，給三少奶奶請安。」

佟析秋走過去，免了她的禮，眼露嗔怪道：「妳如今還在坐小月子，怎地就這般恣意跑出來？這天寒著呢，若不好好保養身子，可是要落了病根。」

漣漪抬起濕潤的眸子望著佟析秋，並未回答她的話，卻相邀道：「不知三少奶奶可否隨婢子至偏院一敘？」

佟析秋點頭，跟在她身後，眼角瞟見從董氏送客後就暗暗盯著她們的人往主屋跑去……

待來到偏院，一踏進漣漪的屋子，一股寒意立時自腳底升起。

漣漪請佟析秋上座，又行過禮後，才自嘲道：「還未多謝三少奶奶剛剛的慷慨解囊。」

佟析秋緊捂手上的湯婆子，讓她起身坐下，便聽她恨恨道：「昨日婢子小產，她們用三少奶奶來搪塞，可婢子不是那般好糊弄的。」

佟析秋聽了，眼色一深，卻見漣漪抬眸對上她的目光，繼續說道：「前些天把平安脈時，婢子覺得肚子寒涼難忍，可府醫堅稱胎象穩健，看婢子鬧得厲害，只好幫婢子熏艾（注）哪知，不過幾天……」說到這裡，止不住地掉起淚。

佟析秋將絹帕遞給她，開口道：「這些天，我確實有去梅園，也是去採梅花上的霜露，不過是為了釀酒，且只去了五天。昨兒大娘說人人都知妳愛喝露珠茶，恕我孤陋寡聞，還真不知呢。」

漣漪點頭。「我信。」

佟析秋看她。「妳是從何時喝起的？」

「從懷了四爺的孩子之後。」

佟析秋疑惑。「為何挑在這時候喝？有意義嗎？」

「有。」漣漪點頭。「這是秘方，說是常喝可使人生下男胎。」頓了下，又哼笑一聲。「以為保密著呢，哪知早被人算計上。」說完，又朝門口看去，婢女已不知何時溜走，眼中嘲諷更甚。「小賤蹄子怕早想另攀高枝了！」

注：熏艾，一種中醫療法，將艾草製成條狀，焚燒後，以其煙熏穴位。

佟析秋沒有閒情聽她發牢騷，又問：「偏方是妳家傳的，還是有人告訴妳？」這般無稽的說法，也能相信？

漣漪回頭，沈思一下，道：「是婢子從同年進府的姊妹紫菱嘴裡聽說的。」

「紫菱？」

「嗯。」漣漪頷首。「她是伊姨娘的貼身婢女。」

伊姨娘？鎮國侯的妾室？佟析秋皺眉看著她。「妳就這樣信了？」

漣漪紅了臉，扭著絹帕，囁嚅道：「聽說伊姨娘當年就是因為愛喝露珠茶，才懷過男胎。」

佟析秋驚訝，待回過神，便趕緊吩咐藍衣。「等會兒讓人給漣漪姑娘送點炭來。可憐見的，這般冷的天，屋子卻凍得如冰窖般。」

「不勞嫂嫂費心了！」

不知何時出現在門口的董氏，皮笑肉不笑地走進來。

漣漪迎過去，卻見董氏兩眼直直盯著佟析秋，似笑非笑地道：「嫂嫂不是走了嗎？如何又到這偏院坐著？」

佟析秋面上無半分緊張，用絹帕掩嘴笑道：「出院子時，見漣漪姑娘小臉蒼白地倚在廊下，一問才知，原來是找不著婢女燒地龍呢。剛剛流產的人，身子正虛著，卻沒個伺候的婢女，看著怪可憐的，我便讓人扶她進來。」

「不想，在這裡等了大半天，別說茶，連個人影也沒瞧見。想來四弟妹平日寬厚待下，讓這群奴才起了懶意吧。」

董氏嘲諷地看著佟析秋賣好的嘴臉，暗哼了聲，對身邊的婢女喝道：「伺候漣漪的人呢？去給我找出來！沒臉沒皮的騷玩意兒，是誰准她到處亂竄的？等會兒逮到人，讓杖責的婆子先打她二十大板再說。」

「是。」婢女福身，匆匆退下。

佟析秋聽了這語帶雙關的話，也不惱怒，依舊淡然坐著。直到伺候漣漪的婢女哭叫著挨了打，董氏又命人重新給這屋子生上地龍後，才在漣漪感激的目光中，回了衡璽苑。

晚上，亓三郎回來，對佟析秋道：「那花上之藥是銀丹草。」

見她疑惑，亓三郎眼色一深，又道：「此草產自西域，有提神醒腦之功效，性寒涼，懷有身子之人是萬不能沾的。」

佟析秋聽到提神醒腦幾字後，想起昨天一閃而過的念頭，恍然大悟地呼了聲。「難怪這麼熟悉。」

見亓三郎不解地看來，佟析秋嘻嘻一笑。「鄉下田間有這種草，妾身管它叫薄荷。以前拔過，氣味涼涼的，很是好聞。」

不過，薄荷非西域獨有，只是中原懂其藥理的人不多，甚少使用罷了。

亓三郎並未懷疑她說的話，明白地頷首。

佟析秋見他眸光深沈，便說了白天去婷雪院的事。「問了幾句，感覺不像說謊。可這般荒誕的理由，她居然相信……」邊說邊搖頭，忽見亓三郎一瞬不瞬地盯著她瞧，不由摸了下臉。「怎麼了？」

「無事。」亓三郎搖頭。「等會兒我去找父親。」

佟析秋頷首，並未追根究柢，起身道：「那妾身讓人擺飯，夫君用過膳再去吧。」

亓三郎應下，陪著佟析秋吃完飯，便出門了。

亓三郎在伊姨娘的院中找到鎮國侯，說有要事相商，請鎮國侯去前院。

父子倆進了書房，亓三郎自懷中拿出一張摺好的宣紙，遞給鎮國侯。

鎮國侯有些疑惑。「這是什麼？」

「前些天秋兒去梅林採霜露時，發現梅枝有異樣，加上昨兒之事讓她深覺蹊蹺，遂趁著夜色偷摘幾枝回來，讓兒子帶進宮請太醫驗驗。」

鎮國侯聞言，不動聲色地把紙攤開，見裡面是一些青青紅紅的小細渣，便撚起一點湊到鼻端聞，隨即問道：「這是……」

「是銀丹草。」見他訝異，亓三郎沈聲道：「那漣漪愛喝露珠茶，每天都會命人到梅園採露。兒子問過看管梅園的婆子，近一月來，除了秋兒跟漣漪身邊的婢女有進梅林外，再無人去過。」

鎮國侯凝了臉，看著亓三郎道：「你想說什麼？」

亓三郎跪下。「這回，秋兒怕是不小心替人背黑鍋了。」

鎮國侯不語，只淡淡看著宣紙裡的碎屑。

亓三郎眼色深沈，又道：「伊姨娘曾跟著父親在邊疆待過一段時日，且小有身手。今日秋兒去婷雪院時，從漣漪嘴裡問出，是伊姨娘身邊婢女透露出喝露珠茶容易懷男胎之事，還說了當年伊姨娘便是如此……」

「我已知曉，你下去吧。」鎮國侯未待他說完，便打斷話頭。

亓三郎抬眼看他，隨即垂眸道：「是。」便起身告退。

待亓三郎走後，鎮國侯拿著宣紙，向伊姨娘的院中行去。

彼時，年近四十的伊姨娘，正靜靜坐在暖閣的燈燭下。容貌看起來雖不令人驚豔，氣質卻很溫暖。

聽下人來報，見鎮國侯進屋，她微笑著迎上前。「侯爺回來了。」

鎮國侯淡嗯一聲，伸手扶起她，向暖炕走去。

待鎮國侯坐上炕，伊姨娘親自送上茶盞，等他接過喝了，便去幫他捏肩膀。

鎮國侯垂眸，看著茶盞，低嘆道：「妳還在恨？」

伊姨娘的手頓了下，也不隱瞞。「嗯。」聲音一如既往的溫柔。

鎮國侯拿出包著碎末的宣紙，攤開後放在精緻的炕桌上。「銀丹草是妳放的？」

「是。」伊姨娘並未否認，亦知否認會惹鎮國侯不喜，看著那些草屑，輕笑道：「本以為能神不知、鬼不覺呢，不想竟讓三少奶奶背了黑鍋。」

自漣漪開始喝露珠茶後，她便每天潛去梅園，將銀丹草的碎屑撒在梅花樹上。

下人採露，為了偷懶，不想走遠路，大多會挑入口的樹來採，因此只要撒滿這幾棵樹就成。這也是佟析秋去採露時，感覺某些樹枝有涼意，某些又沒有的原因。

再一點，下人的懶惰也給施藥者帶來莫大好處，一旦滑胎，若引人懷疑到梅林採梅枝來驗時，下人們絕不會走到入口就採，而是會進園裡，找相對漂亮點的枝條，或至容易引人下藥的地點摘採。這樣一來，自然就查不到有問題的梅樹了。

鎮國侯聽她這般說，眉頭不由深鎖。「露珠茶也是妳故意透露的？」

「是。」伊姨娘淡然回答，依舊笑得溫婉。「明日侯爺看到三少奶奶，請侯爺替賤妾向她賠罪，就說賤妾無心害她，不想萬事皆遇了巧。」若她早幾天採露，或晚幾天再去梅園，就不會正好撞上了。

鎮國侯抬眸看她，正欲張口，卻見她眼中閃過恨意。

「侯爺別說什麼放下之語。當年賤妾的孩兒被逼著脫離母體時，那種噬骨之痛，賤妾永生不會忘記。」

蔣氏想利用孫兒助兒子當世子，也要看她肯不肯。

伊姨娘的恨意再難藏住，停下了給鎮國侯按肩的手。

「賤妾會這般，完全是出於報復，她欠賤妾的，賤妾一定會要回來。侯爺應該感謝這般多年來，賤妾只阻了她的生育，卻未對府中晚輩施過狠手。」

鎮國侯聽得瞇眼，她又道：「按理，連董氏的雪姊兒都不該出生才是，偏她命大，寒涼之藥並未讓她滑掉。」
鎮國侯不可置信地看著突然變得陌生的人兒，起了身，想說什麼，卻覺得伊姨娘同樣是個可憐之人。當年，亓容錦出生不久，她便有了身孕，但懷胎六月時，硬生生流掉了。那種胎死腹中、為了活命必須生下的痛苦，定是十分椎心。
想到這裡，他淡淡看著她，聲音寒冷刺骨。「再沒有下次，否則休怪本侯不留情面。」說罷，抬腳欲走，不想身後卻響起陣陣低沈的笑聲——
「不留情面？侯爺何曾給人留過情面？」伊姨娘淒絕地呼道：「當年被她害死孩子的，可不止賤妾一人。對付我們就算了，竟連明鈺公主都敢下手，當真不怕……」話未落，人已倒。
鎮國侯冷冷看著癱在地上、一動不動的人兒，收起揮出的大掌，喚紫菱過來。「伊姨娘瘋了，把門窗關好，好生看顧著！」
「是。」紫菱嚇得哆嗦，看著不停流淚的伊姨娘，趕緊讓粗使婆子把人抬去內室床上。
鎮國侯立在那裡，深深望了一眼，終是轉身離去。
亓三郎回到院中，將懷疑伊姨娘之事告訴佟析秋。
佟析秋恍然。「想來是讓我給撞上了？」
若只接觸或服用銀丹草幾天，且是微量，應不至於那般容易滑胎，且漣漪說過，幾天前肚子便覺寒涼，想來已接觸一段時日。可伊姨娘為什麼要對晚輩下手呢？

佟析秋不解地看向亓三郎，亓三郎卻輕拍著她。「上輩之事，與我們無關。」

好吧，佟析秋點頭，起身出去，喚下人將沐浴之水抬去淨房，準備洗漱歇息。

隔天一早，佟析秋從清漪苑請安回來，便聽綠蕪小聲來報。「少奶奶，伊姨娘被送去莊子，聽說是瘋了。」

佟析秋沈吟頷首，回想昨晚亓三郎所提的上輩之事，並未多說什麼，靠在榻上，看著窗外的飄雪。

藍衣將湯婆子裡涼掉的水倒掉，重新裝熱水遞給佟析秋後，冷哼道：「也不知管針嵛的柳俏又去了哪裡，婢子想要根線都找不到人。最近她老往外跑，不知道的，還以為主子怎麼重用她呢。」

佟析秋勾唇。「想來，別院的主子對她更好吧！」

藍衣與綠蕪聽罷，恭敬立著，不敢再出聲。

佟析秋凝視著越下越大的雪，憶起前天蔣氏來鬧時，柳俏服侍她的異狀。看來，得好好清理她的院子了。

雅合居裡，蔣氏聽說伊姨娘被遣，存了幾分疑惑，便命人帶紫菱過來。

一頓威逼後，蔣氏得知漣漪喝的露珠茶正是出自伊姨娘之手，冷笑連連。「想不到一個小小姨娘也敢興風作浪，到底小看她了。」

董氏坐在下首，看著婆婆眼中的恨光，轉了下眼珠，問道：「婆婆，咱們要不要……」做了個捂口的動作。

蔣氏斜睨她，沒好氣地開口。「她能設計通房，就能設計了妳。好好查查妳身邊的人，尤其是吃食，要更加注意。」自家兒媳生下頭胎後，已一年多沒動靜，或許是被伊姨娘算計了。

董氏亦是一驚，趕緊起身謝過，提著心回了婷雪院，找來心腹，開始暗查起來……

清漪苑裡，明鈺公主聽說此事後，冷笑了聲。

「到底是伊姨娘有膽色，本宮倒是羨慕得緊呢！」說罷，她喚桂嬤嬤前來。「派人護著她，別被有心人害了。」

桂嬤嬤道：「老奴這就去安排。」

明鈺公主點頭，待她退下後，心裡有些替伊姨娘可惜了。

晚上，鎮國侯來了清漪苑。

明鈺公主細心地為他寬衣，鎮國侯則垂眸看著她道：「本侯讓人把伊人送走了。」

明鈺公主正將他寬大的腰帶取下。「妾身聽說了。」

鎮國侯冷哼。「以妳們的聰明，該猜到的，也都猜到了吧。」

明鈺公主也不避諱，淡聲道：「左不過跟那通房滑胎有關。」說著，將他寬大的直裰脫下，重新繫好裡衣的帶子。

「哦？」鎮國侯挑眉。「那妳可知，這事是老三媳婦發現的，且是老三找人驗藥？」

明鈺公主停了繫衣帶的手，抬起瀲灩桃花眼看著他，似笑非笑地道：「侯爺這話是何意？是說卿兒他們不該去追查，應該替人背黑鍋，任大夫人懷疑我們這房？」

見鎮國侯抿嘴，表情生出幾絲不滿，明鈺公主又哼道：「當真好笑，此事不過誤打誤撞罷了。若換作妾身，倒寧願背了這黑鍋，任伊姨娘繼續行事。」說到這裡，冷笑著搖頭。「卿兒他們是不知其中內情，才跑去查個清楚明白。」

鎮國侯聞言，只覺有口難辯，想說他並不是那個意思，可似乎又與向來清冷、不喜辯解的性格不符。

他正為難之際，守在外面的桂嬤嬤敲響門扉，稟道：「公主，雅合居來人傳話，說大夫人得知伊姨娘的事後，心緒不穩而暈倒了。」

鎮國侯聽了，眼瞳一縮，提起脫下的直裰，就往身上套。

明鈺公主冷冷望著，見他慌亂緊張地穿好衣服、準備離開時，才回眸看她，囁嚅道：「本侯去瞧瞧就回。」

明鈺公主並未多言，只漫不經心地對鎮國侯行了禮，便背過身去，不再理會他。

鎮國侯愣住，隨即回神，大步走出了清漪苑。

第五十一章　反擊

鎮國侯剛到雅合居的院門，紅綃便急急出來迎他。

「大夫人呢？」

「按了人中，已經轉醒，不過心緒不穩得厲害。」

鎮國侯點頭，快步向內室邁去。

另一邊，蔣氏聽見鎮國侯的聲音時，便暗暗掐了自己的大腿一把，待看著那高大頎長的身軀行來時，就滿眼淚水、哽咽難耐地喚道：「侯爺，我兒命苦啊！」

鎮國侯聽得急走兩步，在床頭坐下，握住她的手，皺眉輕道：「本侯已派人送走伊人了。不過一個通房罷了，如何又跟錦兒扯上關係？」

「不，還有老四媳婦，她也被算計了！」蔣氏淚漣漣地搖頭。「漣漪的事，讓她對府醫起疑，遂命人從外面請大夫來把脈，才知自己也不知不覺服了銀丹草一年之久，若想要孩子，只怕還得調養一年半載才成啊……」

這種事也值得暈厥？鎮國侯皺眉，看蔣氏哭得越發不成樣子，心中升起幾分煩燥。不知從何時開始，她居然也用起這般膚淺的計謀。想著，便冷哼一聲。「不是可以吃藥調養回來嗎？又有什麼好傷心的？」

蔣氏暗中咬牙，他當然不傷心了，若真等個一年半載，萬一二房先有了孫子怎麼辦？雖這麼想，可該哭的還是得哭，好不容易把人騙到主院，難不成要放回去？

於是，她用絹帕按著眼角，哽咽道：「錦兒已十九了，再這樣下去，嫡子何時才能出生？我這做娘的，當真為我兒不值啊……嚶嚶……」

鎮國侯聞言，心下越發不滿，瞇起的眼裡有怒火在竄。「錦兒還有雪姊兒，卿兒年長他一歲，卻是連個孩子也無。妳到底有何可哭的？還是又在打什麼主意？」

蔣氏驚了下，抬眸瞄去，見他亦冷冷看來，吐出的話語越發絕情。「本侯說過，世子之位，誰也不傳，有本事就自己掙去！」說罷，起身要走。

蔣氏見狀，驚呼出聲。「侯爺，難道你要眼睜睜看妾身死了才成嗎？」真要做得這般絕情？自己掙，那她兒子幾時才能爬上二等爵位？這一切明明該是她的，為什麼還要掙？她不甘心！

不想，鎮國侯聽了她的話，嗤笑出聲，轉首看著她。「妳不會。」她的兒子尚未爬上高位，她的野心還未實現，如何肯死？

這一刻，鎮國侯心裡生出了失望。曾經潑辣、心直口快的人，何時變成這副模樣？是他從未發現過？還是蔣氏一直隱藏著？

想到這裡，他覺得疲憊，不想再看她，搖著頭，快步離開了內室。

蔣氏看著鎮國侯遠去的背影，目光渙散，口中喃喃道：「侯爺，你變了……」話落，眼神突然凌厲起來——

明鈺那個賤人，搶了她的男人、地位、榮譽，一切都是她害的！

蔣氏恨極，立時對外沈喝。「紅綃！」

守在門外的紅綃聽了，便戰戰兢兢地推門，慢步走進去，福了身，抖著聲音喚道：「大夫人。」

蔣氏見狀，狠戾地勾起嘴角，突然拿了床頭放置的錦凳，朝她的肩膀狠敲下去。

因為太過疼痛，紅綃捂著肩膀，一個趔趄，同時驚叫出聲，卻聽蔣氏暴喝。「不准叫！」

紅綃咬牙跪下，眼淚大顆大顆掉落，對主子磕頭求饒。「大夫人饒命，婢子錯了……」

「賤人！」不待她說完，蔣氏又狠力揮動錦凳，砸向她的後背。

在外院守夜行走的婢女們，聽見內室裡傳出斷斷續續的哭聲，皆不由縮起了脖子……

對於去而復返的鎮國侯，明鈺公主雖有著幾分意外，但還是遮掩了心緒，起身相迎，照常為他親手寬衣。

鎮國侯低眸看著明鈺公主溫柔解開繫帶的動作，想了想，伸出大掌，輕輕覆上她的柔荑。

明鈺公主怔住，隨即回神，不著痕跡地把手抽出，依然不言不語地為他解衣帶。

鎮國侯有些尷尬，可不說點什麼，又覺屋子靜得可怕。這個發現，令他訝異不已。曾幾何時，向來寡言的他，會覺得安靜是可怕的？

他清了清嗓子，見她已將外衣的繫帶全部解開，抬眸示意他伸手，好為他將衣服脫下。

頭一回，他有些不敢望進那雙瀲灩眸子，又輕咳一聲，才似解釋般地開口。「那個，蔣氏因伊姨娘對老四媳婦下藥，所以才哭暈過去。」

明鈺公主嗯了聲，為表她還是「關心」那房，便隨口問道：「可是不能生了？」

「倒沒有，不過要調養個一年半載。」

明鈺公主聞言，忍不住譏諷。「還真是嬌貴，這點事就受不住？」那她是不是得去死了？

鎮國侯臉上生出幾分尷尬，明知蔣氏騙人，還是忍不住維護。「她也是愛子心切。」

「愛子心切？」明鈺公主冷笑。「若是這樣，那妾身是不是該哭死在皇城門前呢？」

「這話是何意？」鎮國侯皺眉看她，眼中有了幾分不解。

明鈺公主自知失言，卻不想再隱瞞，遂轉身從暗格裡拿出一只盒子，把收在其中的紙遞給他。

「侯爺自己看吧。這可是大房給的好方，要不是秋兒在未有癸水時嫁進侯府，被此藥害得提早成了人事，怕是如今仍被蒙在鼓裡呢！」

鎮國侯疑惑地接過，鷹眼立時瞇起，再看向明鈺公主時，目光中又生了幾分愧疚。

孰料，明鈺公主壓根兒不領他的情。「侯爺別再用這種眼神看妾身。當年妾身從懷子到生產，服過一次便罷，能忍的也就忍了，偏蔣氏還做出矯情的樣子。我兒受的委屈，我還未哭，她這點不痛不癢的皮毛，卻先唱上曲了。難怪人家說，會哭的娃子才有糖吃呢！」

她噼哩啪啦說了一大堆，鎮國侯聽得心火越來越旺。這藥方，他再熟悉不過，除了蔣氏，無人會用。

想到這裡，他再次拿起脫掉的直裰披上，大步急急走出明鈺公主的內室。一個晚上兩回披衣上主院，真是罕見至極。

明鈺公主對跑進來關心的桂嬤嬤搖搖頭。「無事。」

如今，她心中暢快至極。或許學做伊姨娘才是正道，忍，終究換不來同情！

鎮國侯再次來到雅合居時，院中下人驚訝不已，遠遠地，便有婆子大聲稟著。「侯爺來了！」

鎮國侯轉身，冷冷一瞟，那婆子嚇得哆嗦，立時噤了聲。

待行到院落，一路走，一路有婢女攔道行禮。

鎮國侯冷笑，對她們喝道：「哪個不怕死的再攔，明日便統統發賣出去！」

這話說得院中的下人們縮了脖子，可不攔，同樣逃不過被罰的命運。兩頭都討不了好，誰也不想因此丟了性命。

鎮國侯看著這群躊躇的下人，心裡明白幾分，邁開步子進了主屋，大力掀開門前掛著的棉簾——

只聽暖閣傳來一陣乒乒乓乓的聲響，伴隨著蔣氏的喝罵，什麼賤人、賤種、賤貨，全被她吼了個遍。不僅如此，裡面還有婢女勉強壓抑的嚶嚶哭泣。

鎮國侯實在聽不下去，一把推開連著內室的房門。

彼時的蔣氏已經打紅了眼，正拿著一塊花瓶碎片，用力扎進紅綃後背，那股狠勁，連認識她多年的鎮國侯都未曾見過。

鎮國侯冷了眼，沈聲喝道：「妳打她做什麼，她哪裡做錯了？管杖責的婆子呢，為何不交由她們行刑？」

蔣氏猛然聽見有人，很是不滿地抬起那雙氣紅的眼，待看清來人後，驚得睜大眼、縮緊瞳孔，立刻扔掉從紅綃背上拔出來的碎瓷片。

鎮國侯皺眉看向紅綃，紅綃亦是震驚，不知鎮國侯會去而復返，雖覺奇怪，可心裡卻鬆了口氣，跪下給他磕頭。「侯爺！」

鎮國侯見她臉上無一絲傷痕，可背上的棉褙子已破了好幾個洞，有的甚至滲出血來。

蔣氏隨著他的眼光看去，臉色難看地僵扯了下嘴角。「紅綃這賤婢做錯事，妾身正在訓她呢。」

鎮國侯並未理會她，只對跪著的紅綃道了聲。「出去！」

「是！」紅綃起身，顫抖著已經麻木的雙腿，步履不穩地退下。

蔣氏看著她走路的身形，莫名地怒火中燒，認為她是故意這般走動，想勾引鎮國侯，眸光直直盯著她的後背，似恨不得將她給瞪穿般。

鎮國侯見狀，瞇眼問道：「怎麼？妳就這麼恨她？」

蔣氏驚得回神，急急矢口否認。「妾身不過是怕她亂了規矩，失了本分罷了。」

「失了本分？」鎮國侯冷哼。

蔣氏看著他的冷眼，心慌了下，低眸看向那一地狼藉，更是心驚肉跳。可再如何恐懼，也要硬著頭皮面對。

她平復心緒，僵笑著抬起頭。「侯爺如何又來了妾身這裡？」難不成是明鈺公主惹惱了他？

想到這裡，蔣氏心中忍不住升起一絲喜意，面上謙恭道：「侯爺稍等，妾身即刻命人進來打掃。」

見蔣氏福完身就要出去，鎮國侯一把將她的胳膊抓住。

蔣氏心頭急跳兩下，轉身疑惑地喚了聲。「侯爺？」

鎮國侯置若罔聞，低眸厲眼看她，眼中冷意讓她不寒而慄，再次僵了臉，喚道：「侯爺！」

「妳派人對老三媳婦下藥？」

突來的話語，讓蔣氏瞬間白了臉，勉強壓下慌亂，佯裝糊塗道：「侯爺說什麼，妾身不明白。什麼下藥？妾身如何會拿侯府子嗣開玩笑？」

鎮國侯瞇眼看她，將一直緊捏在手中的紙攤在她眼前。

「除了妳，沒人會用這方子。當年的妾室及明鈺都被妳害過。妳忘了本侯的警告不成？」

此方活血通瘀，女子服用後不易有孕，若好運懷上，也很難撐到足月生產。當年明鈺公主雖是特例，可生產時也血崩了。

蔣氏灰著臉，連連後退，仍矢口否認。「妾身確實沒用在老三媳婦身上啊！」

當年，鎮國侯發現她對那些人下毒後，嚴厲警告她不能再犯，否則定不饒恕。如今替她動手的紅菱已經被趕走，未找到機會再下藥，又是怎麼被發現的？

想到這裡，蔣氏的心涼了半截。難不成上回紅菱被趕時，鎮國侯就已經發現了？那為何沒說出來？

蔣氏越想，臉色越是青白，趕緊用力掙扎，擺脫他的箝制，撲通一聲跪下。

「自侯爺警告妾身後，妾身便發過毒誓，不再使用此方。妾身確實不知這件事，怕是有人故意陷害妾身啊！」說著，她跪爬過去，拽著鎮國侯的衣襬，哭得好不淒慘。「上回侯爺說，明鈺公主已經知道妾身所做之事，侯爺如何敢肯定，這不是她故意耍的把戲？她是想以此來讓侯爺厭了妾身啊！她就是個毒婦，當真好毒的心……」

「住口！」不待蔣氏繼續誣衊明鈺公主，鎮國侯一聲厲喝讓她住口，失望地搖頭道：「妳真是死不悔改！之前小錯不斷，本王都能替妳擋著，只因妳口直，又不瞞事，遂睜一隻眼、閉一隻眼。如今犯下大錯，妳不但不認，更為著所謂的權勢，用盡手段。當真是好深的心計，妳如何就變成了今天這副模樣？」

接著，鎮國侯把蔣氏拽著的衣襬用力扯出來，背手而立，聲音冷漠。「想來妳也掌夠了府中中饋，從明天開始，便移權吧！」

「侯爺！」蔣氏大哭。如何能移權？大房原就無甚優勢，再失去掌家之權，那鎮國侯府將徹底落入二房之手了。

想到這裡，蔣氏連連跪行，再次抓著鎮國侯剛扯出的衣襬，哭喊道：「妾身知錯，不該起了那小人之心，求侯爺再饒我一回吧！」哭得滿臉鼻涕眼淚，再無半分往日的得體端莊。

鎮國侯見狀，心生不忍，卻並未心軟，再次大力扯出衣襬，轉開身，疲憊道：「明日便將管家權移交給老三媳婦吧。」說罷，便向屋外而去。

蔣氏不可置信地張大雙眼，見他提腳跨出門檻，當即悲呼一聲。「侯爺……」不待鎮國侯反應過來，已死死抱住他的大腿，臉蹭上去，不斷哭訴道：「妾身錯了，求侯爺饒恕！」

「放開！」鎮國侯眼中生出一絲羞惱。又因蔣氏抓得太緊，裡褲開始下滑，遂鐵青著臉，再吼一次。「我叫妳放手！」

蔣氏不聽，死死抱著他的大腿，不停搖頭，嘴裡一遍遍求饒著。

鎮國侯想舉步走人，卻發現褲子已被拉得快落下。

在外面聽見吵鬧聲的紅綃趕來，撞見這一幕後，嚇得連連後退。

這下，鎮國侯更是羞窘難堪，見蔣氏還不顧臉皮地死抱著他，怒氣攻心之下，便用力提腳，將蔣氏狠狠甩了出去。

「啊——」

蔣氏如何受得了一個長年帶兵之人的腿力？驚叫時，整個人向後飛去，地上的碎瓷渣更是無情地扎入她側著的身子裡。

蔣氏不敢相信鎮國侯竟對她動手，剛想說話，胸口一悶，一口鮮血便嘔了出來。

鎮國侯眼中閃過不忍，卻又覺得該給她一點教訓才是，遂冷哼一聲，甩袖轉身，大步離去。

紅綃看得膽戰心驚，趕緊喚人請府醫，又叫其他婢女進來扶人。

不想，一個未留頭的掃灑小婢女跑過來，支吾著說：「紅綃姊姊，哪裡還有府醫？剛剛不是被大夫人杖責後扔出府了嗎？」

紅綃愣了下，這才記起，因發現董氏也被伊姨娘下了銀丹草，蔣氏來氣，已命人杖責府醫，下午時把人扔出了府。

她看著滿屋狼藉，頓時不知如何是好了……

第五十二章　變天了

三更不到，衡璽苑的院門便被人拍響了。

亓三郎怕吵著累極的佟析秋，命婢女悄悄將人帶到偏廳候著。

不想，就在他穿衣起身時，佟析秋一個嚶嚀，睜開累極的雙眸，伸了懶腰，一雙雪白藕臂便出現在眼前。

亓三郎看得目光一深，移開目光，見她肩頭還有不少青青紫紫，眼中閃過心疼，遂走過去輕撫她滑膩的肩頭，叮囑道：「待會兒叫下人準備熱水，好好泡泡。」

佟析秋眨著迷濛杏眸，見他的鷹眼正泛著幽光，趕緊一把扯住被子，將光裸的身子掩了個嚴嚴實實。

亓三郎好笑不已，大掌輕撫著她的髮絲。「有人來了，我先去看看發生何事。」

佟析秋點頭，目送他出去時，似乎聽見他在跟藍衣低語。待藍衣進來伺候她穿衣，便聽她道：「少奶奶，三少爺命婢子備了熱水，妳先去淨房泡泡吧。」

佟析秋點頭，在藍衣扶她下床時問了句。「是誰這麼早就來敲門？」

藍衣不說話，扶著她進淨房，待服侍她泡入浴桶後，才小聲道：「府中怕是要變天了。」

佟析秋聽得一愣，挑眉看向她。

藍衣點頭，拿起巾子替她擦洗有瘀青的地方。見她全身上下布滿青青紫紫，不好意思地羞紅了臉。

佟析秋早已習慣了。當初，初夜後被藍衣服侍洗澡時，她的臉皮比她還薄，如今便見怪不怪了，遂閉眼靠在桶壁上，輕聲問道：「昨晚發生了何事？」白天只聽說大房杖責府醫並逐出府，晚上亓三郎又纏著她，早早便累得睡了過去。

藍衣低頭，在她耳邊悄聲道：「婢子只知道，昨兒晚上侯爺往返雅合居兩次，且第二次回來時，聽下人說，臉色很難看。不僅如此，在雅合居附近當差的巡夜婆子，說當時院裡傳出不小的爭吵聲。」

佟析秋沈吟著，睜了眼，沐浴完便起身在藍衣的服侍下穿好衣服，綰了漂亮的髮髻後，便步出內室，向偏廳行去。

此時正好寅時，佟析秋看了看還未亮起的天色，命守門的婢女將偏廳的棉簾掀開，跨步進去時，才發現原來是桂嬤嬤等在那裡。

桂嬤嬤看到佟析秋，趕緊起身行禮，佟析秋還了半禮後，才笑問道：「桂嬤嬤這麼早就來了，是婆婆有事吩咐不成？」

桂嬤嬤點點頭，亓三郎走過來，握著她微溫的纖手，命藍衣拿來皮筒跟湯婆子，才對她輕道：「走吧，去見母親。」

佟析秋頷首，一行人去了清漪苑。

彼時，清漪苑燈火通明，鎮國侯坐在上首，見到亓三郎夫妻，也不待兩人行禮，便起身吩咐他們跟上，向雅合居而去。

佟析秋走著，覺得事情似乎不單純，便小步快行，向明鈺公主挨去，輕聲喚道：「婆婆？」

明鈺公見她投來詢問的眼神，便嚴肅了臉色，輕點下巴，從狐皮皮筒裡伸出纖手。

佟析秋見狀，趕緊把自己的手也伸過去。

明鈺公主抓著她的小手輕拍，小聲道了句。「大房被卸了掌家之權。」

佟析秋怔住。卸權？究竟發生了何事？不解地看向明鈺公主，卻見她不屑地勾了勾唇。「有人矯情地想博取同情，本宮看不慣，撕下她的面具罷了。」見佟析秋仍不解，就提醒道：「可還記得那張婦人方子？」

佟析秋點頭，恍然大悟。

見她明白過來，明鈺公主頷首道：「本宮交給侯爺了。」

佟析秋沈默下來。原來如此，看來，蔣氏惹得鎮國侯動手了。

一行人來到雅合居時，蔣氏全身疼痛，一夜未眠。因府醫被遣，無人敢幫她拔去扎進身子的碎瓷；想請太醫，奈何沒有鎮國侯的令牌，就算去了太醫院也無用。

這會兒聽到門房婆子來報，躺在床上的蔣氏，因發不了火而心氣不順，差點將一口銀牙給咬碎。

伺候她的紅綃快步出屋，跟著院中的婢女、婆子，齊齊向鎮國侯一行人行禮問安。

鎮國侯瞥她一眼，沈聲問道：「大夫人如何了？」

紅綃垂首，聲音哽咽。「回侯爺，大夫人嘔了不少血水，身上的碎瓷到現在還沒取出來呢。」

「為何沒命府醫前來？」鎮國侯說著，眉頭一皺，大步向屋子行去。

明鈺公主拉著佟析秋的手，不屑地對他離開的背影嗤笑了聲，才不緊不慢地跟著進屋。

內室裡，蔣氏見鎮國侯掀簾進來，眼淚立刻奪眶而出，喊道：「侯爺！」那委屈羸弱的模樣，雖不美，但被話語和淚水一襯，倒顯得有了幾分楚楚可憐。

鎮國侯眼中滑過一絲不忍，面上卻依舊不動聲色。「聽下人說，碎瓷還未拔出，怎麼不請府醫前來？」

蔣氏垂眸，苦笑連連。「哪裡還有府醫。昨兒妾身一氣之下，將人打發出府了。」說著，抬起淚眼，可憐道：「反正妾身已鑄成大錯，這般淒慘受苦，就當是賠罪吧。」

鎮國侯走過去，掀開蓋住蔣氏的棉被，見她只著了裡衣、裡褲，且褲子上還有不少血跡，便伸出大掌，撕下一截裡褲，雪白肌膚立時出現在眼前。

蔣氏羞得臉色發紅，輕呼了聲。

鎮國侯眸色深沈，看著扎進她身裡的碎瓷，喚了來人，待紅綃進房，便拿出身上的令牌。「去林府請林太醫，就說府中有人受傷，勞駕他過來診治。」

待紅綃應下離去，蔣氏感動得再次流淚，不停低喚著侯爺，只差沒把整個身子貼上去了。

鎮國侯卻不動容，見事情安排好，便對她道：「派人把庫房鑰匙和帳冊拿出來。妳身子不便，從今兒起，讓老三媳婦打理侯府吧。」

蔣氏的感動僵在臉上，看著鎮國侯的眼裡滑過失落，心裡狠狠將二房罵了一遍後，才忍著怒氣說道：「老三家的從小在鄉下長大，上京沒幾個月就嫁入侯府，妾身又聽說她與娘家的關係不好，這樣一來，她可有掌管中饋的經驗？若屆時將侯府打理得亂七八糟，如何是好？」

鎮國侯沈吟，不待開口，又聽蔣氏急道：「要不讓婉兒一起管吧！她跟在妾身身邊也有一年了，對於府中的事務，比老三媳婦熟悉得多。」

鎮國侯別有深意地瞥她一眼，蔣氏則趕緊低了頭，心中咬牙，這是她唯一願做的讓步了。讓董氏一起管，好歹還有一半的權力在大房這裡，以她多年的經營，就算二房拿了半個管家權，也不一定能討得好處。

鎮國侯起身，並不點破她，只說道：「讓人把東西拿出來，本侯在偏廳等著。」

蔣氏見他不答應，一時心急，又喊叫出聲。「侯爺真要如此心狠？寧願將侯府交給一個沒管過家的鄉下泥腿，也不肯再給妾身半點機會？」

鎮國侯聽得發笑，轉首看著她，嘲諷更甚。「妳掌管侯府多年，老三媳婦接手本就費力，再加一個董氏……妳打的是什麼主意，本侯豈能不知？經過昨天的教訓，還未長記性嗎？」

蔣氏愣怔，見他果真舉步離去，氣得雙手絞著被子，嘴裡喝罵不休……

佟析秋等人在偏廳等著，待鎮國侯出來不久，就有婢女抱來一個不大的木箱，並一大串鑰匙。

明鈺公主只瞟了一眼，便冷冷勾起嘴角。

佟析秋心中猜到幾分，瞥向上首的明鈺公主——這是要讓婆婆掌家？

她正想著，鎮國侯卻命人把木箱與鑰匙放在她手邊的茶几上，淡聲開口。「從今兒起，侯府便由老三媳婦來管。」

佟析秋大驚，惶恐地起身，垂首道：「公公怕是高看了兒媳，兒媳從未學過管家之法，怕是打理不好這般大的侯府。」她又不傻，蔣氏在這裡盤踞二十來年，真要接手，雜七雜八的事情還不得累死她、算計死她？

鎮國侯並未理會，輕哼了聲。「讓妳拿著便拿著。如何管理，都依了妳。」能作出那等詩句，又能暗中查出滑胎之事，平日裡一句話就能噎住人，會是一個無見識的泥腿子？她想躲懶，他偏就讓她去管。這個府中，手腳不乾淨的人多得是，也是該清理清理了。

佟析秋心中悲呼不斷，眸光向上首的明鈺公主瞟去，希望她能出聲相救。

明鈺公主正想開口，卻聽見外面有人稟報。「四少爺、四少奶奶來了。」

亓容錦跟董氏進屋後，向廳中眾人一一行過禮，鎮國侯便揮手，讓他們去內室看蔣氏。

亓容錦心中恨極，卻只能忍著怒火，先與董氏進去。

接著，鎮國侯對亓三郎吩咐道：「等會兒與我用膳，再一起上朝。」

亓三郎點頭。「是。」

佟析秋不敢坐下，又用眼神暗示亓三郎。

亓三郎見狀，便沈吟地看著鎮國侯，開口道：「父親，最近秋兒在調理身子，怕是無法打理如此繁瑣的家事，不如另找他人代替可好？」

「哦？」鎮國侯挑眉。「那你們想要找誰代替？」說完，不待他開口，轉眸看向明鈺公主。「你母親？」

明鈺公主愣了下，眼裡生出不滿，顯然不願掌家。

佟析秋心中哀號，她也不想啊……

此時，亓容錦夫妻掀簾出來，這次的臉色，比剛剛更難看不少。

待兩人落坐，亓容錦總覺廳中這些人面上似乎都在炫耀，咬牙又想起身，卻見董氏暗暗衝他搖頭，只得忍住。

董氏心想，這時鬧開，絕對討不到好果子吃。鎮國侯能下那般重的手對付蔣氏，定是抓到了把柄，若他們再鬧，一個弄不好，恐怕連侯府都待不下去。

何況掌家……她在心裡哼笑了聲，不管二房那位多聰明，終究只是鄉下來的泥腿子，若想把偌大侯府的家務理明白，怕有得她受了。

鎮國侯見狀，沈了臉，直接命令佟析秋。「管家的事就這麼決定了。時辰不早，老三家的，去安排擺飯吧。」

佟析秋聞言，心裡叫苦不迭，卻只能乖乖照辦了。

待吃罷早飯，送走府中三個大男人後，明鈺公主拍著佟析秋的纖手，說道：「我把桂嬤嬤借給妳，屆時有不懂之處，有她在，也好及時幫妳一把。」

佟析秋感激道：「謝謝婆婆。」

明鈺公主搖頭，免了她的禮，再拍拍她，便帶著婢女離開了雅合居。

董氏看著佟析秋，皮笑肉不笑地走過來，懶散地行了一禮。「恭喜嫂嫂終獲掌家之權，榮登侯府當家主母之位。」

佟析秋懶得看她，直接命藍衣與桂嬤嬤收起那些代表掌家的物什後，吩咐道：「去管事廳。」

「是。」兩人福身，跟著她出了院子。

而自始至終未得佟析秋回應的董氏，看著幾人走遠的身影，咬牙呸了一口，便進內室侍疾了。

此時，管事廳內早已站滿了各房各處的管事。

大家看到佟析秋進來時，有人驚訝、有人鄙視，更有甚者，則直接漠視，不屑一顧。

佟析秋抬眸將這些人掃了一遍，才慢步上座，命藍衣將木箱打開後，拿出帳冊和對牌，一邊看、一邊哼笑著對桂嬤嬤問道：「平日裡大夫人過來，也是這樣？」

桂嬤嬤眼色一深，搖頭。「不是。」

「哦？那是怎樣？」

桂嬤嬤聽了，直接行到佟析秋的下首，對她屈身一禮，喚道：「三少奶奶。」

佟析秋頷首，抬起水潤杏眸掃向下首眾人，雖笑意盈盈，可眸光卻是冰寒如箭。

「看來，各位管事都已年邁，到了該換人的時候。」

話落，一些小管事驚了下，有那識趣的，立即屈膝行禮。「三少奶奶。」

「妳掌管何事？」佟析秋問著最先行禮的婆子。

「老奴是家生子趙家的，管理侯府花房。」

佟析秋頷首，找出花房的帳冊，讓桂嬤嬤遞對牌給她。「花房可缺銀錢？」

「倒是不缺。侯爺喜歡的那株山茶，需要用山泉水養在琉璃房中，銀錢是一月一結的。」

佟析秋聽了，在帳冊上做下記號，又喚道：「蔣家的。」

蔣家的出來，卻聽佟析秋對桂嬤嬤吩咐道：「今兒廚房就由桂嬤嬤全掌了吧。」

蔣家的大驚，看著佟析秋輕呼。「三少奶奶難道不怕別人說嘴嗎？」

佟析秋淡淡看她。「說什麼？」

蔣家的哼道：「都說新官上任三把火，三少奶奶頭一天來，就下了廚房總管事，移交給自己心腹。做得這般明顯，就不怕別人說妳不公？」

「哦？」佟析秋挑眉，將帳冊交給藍衣拿著，看著她道：「本奶奶何時說過要下了妳這總管事的？」

沒有嗎？蔣家的有些疑惑，可她剛才明明說讓桂嬤嬤全掌啊。
「那妳……」
不待她把話說完，卻聽佟析秋起身，厲聲喝道：「妳好大膽子！藍衣！」
藍衣朗聲道：「在！」
「叫人來把蔣家的拖出去，杖責三十大板！」
「是！」
見藍衣快步跑出，桂嬤嬤跟著喊道：「管刑事杖責的婆子呢？」
話落，一名粗壯婆子走出來，看向佟析秋時，雖有些傲慢，仍有禮地喚道：「三少奶奶。」
佟析秋冷眼看她。「可有聽到我說什麼？」
「有。」
「既然有，為何不去？」
婆子語塞，蔣家的忍不住跳腳。「三少奶奶，妳以權壓人！老奴犯了何事，竟要杖責老奴？」
佟析秋冷笑，轉首問桂嬤嬤。「桂嬤嬤，妳說她們可有犯事？」
「有！」
「何事？」蔣家的怒目瞪著桂嬤嬤，大聲吼道。
桂嬤嬤挑眉看她。「對主母不敬。」

她。

「我何時對主母不敬了？妳別血口噴人！」蔣家的氣極，伸手指著桂嬤嬤，恨不得咬了

桂嬤嬤不疾不徐，開口道：「少奶奶喚妳時，妳未對少奶奶行禮。」

佟析秋哼了聲。「如何，妳可有行禮？」

「我……」蔣家的頓住，確實是這樣。

蔣家的滿臉通紅，卻依然嘴硬。「就算如此，三少奶奶也不該說出讓老奴誤會的話。」

佟析秋呵呵笑。「誤會？妳挨了三十大板，今兒能下得了床？不交由桂嬤嬤打理，那要交由誰管？別忘了，她也是廚房管事的其中一位。」

蔣家的語塞，站在那裡，臉色憋得青紫。

接著，佟析秋轉眸看向管刑事杖責的婆子，對桂嬤嬤吩咐道：「去叫行刑的婆子來，挑出一個做今兒的刑事杖責管事，工錢比平日多一倍。」

「是。」桂嬤嬤福身退下。

廳中眾人震驚不已，管刑事杖責的婆子向佟析秋看去，佟析秋冷眼相對。「想來這般多行刑的婆子中，總有那麼一、兩個會聽本奶奶的話。屆時若做得好，不妨升到本奶奶院中做管事去。」

那婆子聽得眼瞳微縮，而佟析秋再次掃了下首一眼，便靜靜回座等著。

不過一盞茶工夫，就有兩個粗壯婆子拿著杖責的大棍跑過來。

佟析秋見狀，伸手指道：「一人十五大板。打完就來這裡拿對牌，今日一日管事之職由

妳們來當。若明天她還下不了地，就由妳們繼續代替。」

「是！」兩個粗壯婆子興奮不已，趕緊跑去拉了蔣家的。

蔣家的揮手想反抗，佟析秋卻盯著她，冷冷道：「若是反抗，記下後交由侯爺處置。」

藍衣應是，趁大家不注意，使了暗手，蔣家的立時慘叫出聲，撲通跪倒，接著飛快按下她，扒掉褲子，道：「打！」

噼哩啪啦的敲擊聲隨即重重響起，蔣家的痛呼，聲音更是一浪高過一浪。

佟析秋拿著帳冊，繼續喚道：「林家的。」

「老奴在。」這回出來的管事，雖然眼裡還有不恭，不過表面工夫卻是做足了。

佟析秋嗯了聲，跟桂嬤嬤使個眼色，讓她發了對牌。

管刑事杖責的婆子見蔣家的被打得血肉模糊，再看興奮揮棍的兩個婆子，只覺這些笨婆娘為了管事之職，還真是下得了手，就不怕得罪了大夫人？

她回想佟析秋剛剛的話，好似是說，蔣家的一日下不了地，就任她們繼續代領管事一職，遂驚得手腳一抖，再次看去，才發現這兩人是想把人往死裡打啊。

「三少奶奶，老奴錯了！」突然想通的她，趕緊跪下認錯。

此時佟析秋正好把對牌理好，聽到這句認錯，並未吱聲，而是繼續照著帳冊上的名字，喚人來領對牌。

婆子咬牙，聽見蔣家的慘叫聲已經開始變味，心一橫，頭用力向地上磕去。「三少奶奶，老奴知錯了，老奴再不敢怠慢您，求三少奶奶看在老奴為侯府盡忠近三十年的分上，饒老奴一回！」

佟析秋勾唇，三十年嗎？還真是久呢，看來資格也夠老了。遂把冊子遞給桂嬤嬤，看向那婆子笑道：「既如此，便起來吧。」

正在行刑的兩個婆子聽見，下手忍不住輕了些。

佟析秋見狀，丟了顆安心丸過去。「等會兒妳們到衡璽苑，做了衡璽苑的行刑婆子吧。」

「是！」兩人聽罷，又狠狠使勁，將三十大板打完了。

待停了杖責，眾人看著血肉模糊、不住呻吟的蔣家的，只覺自己身上的肉都跟著疼了。

而佟析秋還不放過她們，對藍衣吩咐道：「這些見本奶奶進門後未施禮之人，各記小錯一次。發放月例時，各扣一百錢。」

藍衣應下。「是。」

眾人又驚又怒，佟析秋卻平靜地迎視著她們，雙眼掃過之處，有些人受不住這般氣勢，低了頭。

佟析秋收回眸光，又冷道了句。「等會兒我讓人寫張獎罰分明的告示貼出來。府中不論管事或奴僕，有功皆賞，有過便罰。今後該當如何，各位自行在心中思忖。這天，終究是要變的！」

說完，她不理會她們驚恐的眼神，揮手道：「時辰不早了，領完對牌後，若無事稟報，就散了吧。」

眾人齊齊應下，這回皆有禮地屈了膝。

待人散去，佟析秋盯著還趴在地上的蔣家的，哼笑一聲。「看來，妳得在床上待幾天了。」轉頭看桂嬤嬤。「桂嬤嬤，勞妳多辛苦些。」

桂嬤嬤淡淡回答。「無妨。」

佟析秋點頭，起身時扶了下腰，吩咐道：「把人抬走，再好好清理一下，別弄髒了廳裡。」

「是！」負責打掃管事廳的婢女應下，不敢再多言了。

第五十三章　新規

佟析秋回院後，便躺在暖炕上不想動。

綠蕪端上熱湯，又去內室拿了床被子過來。

佟析秋看著她問：「柳俏呢？」

「兩刻鐘前，婢子有看到她，這會兒不知去哪裡了。」

佟析秋輕嗯，將湯盅喝完，隨即淡聲吩咐。「繼續留意著。若真是別的主子好，屆時送走便是。」

待綠蕪應聲退下，佟析秋拉著被子蓋好，便補起眠來。

一覺醒來，已是午時。

花卉端來洗漱的水，幫她扭了巾子擦臉。綠蕪則在一旁擺炕桌，布上飯食。

待收拾好，佟析秋便喚來藍衣，讓她們先出去。

佟析秋喝了口老鴨湯，問道：「我睡著後，可有事情發生？」

藍衣點頭，撇撇嘴。「四少奶奶來過，說是大夫人喚少奶奶去一趟呢。」

「妳怎麼回的？」蔣氏喚她能有何事？不過是為她下令杖責蔣家的之事。倒是消息靈通。

藍衣嘻嘻一笑。「婢子能怎麼回？自是實話實說。再說了，如今府中掌家的，可是少奶奶，大夫人可沒那資格再說話了。」想起董氏臉色青白、灰溜溜走掉的樣子，不厚道地笑出聲，只覺真是大快人心。

佟析秋並未斥責她，吃完午飯後，又讓她去亓三郎的書房，拿些上好的宣紙過來。

藍衣福身退下，佟析秋便在心裡分析起目前的局勢。今兒早上的行事，怕是引起大多數人的不滿。不過也好，這幫人盤踞侯府這般久，想抓住由頭打發可不容易，只能慢慢來。

待藍衣拿來宣紙，佟析秋又派她去請桂嬤嬤過來。待桂嬤嬤來後，便問可有府中下人的名冊？

桂嬤嬤聽罷，點頭道：「有，應該在前院大管事手裡。」

「大管事是誰的人？」

「侯爺的人。鎮國侯府中，只有內宅屬於大夫人管。」

佟析秋點頭，看著她，笑得別有深意。誰說明鈺公主不管事？這府中的一切，怕是沒人比她來得清楚。

於是，她笑著讓桂嬤嬤去前院找管事要名冊，而她則埋頭寫起告示。待寫成，桂嬤嬤也拿著名冊回來了。

佟析秋收下名冊，打開翻看，問了句。「府中下人的身契全在大夫人手中？」

「不是。」桂嬤嬤恭敬回道：「除了大夫人跟董氏的陪嫁乃她們私有，府中的家生子或新買的下人，皆屬於公中。」

佟析秋輕嗯，把剛寫好的告示拿出來。「現在是什麼時辰了？」

「快未時了。」
「對牌是何時收回？」
「未時一刻。」
佟析秋聽了，便下炕吩咐道：「把府中各院下人聚集到管事大院，就說我有要事宣布。」
「是。」桂嬤嬤應下，便出去通知各院管事。
佟析秋帶著藍衣跟綠蕪，正要直接去管事廳時，卻遇見了剛回來的柳俏。
看到佟析秋時，柳俏嚇得小臉刷白，忍著慌意，趕緊衝她福身行禮。「少奶奶。」
「喲，還知道回來呢。」藍衣譏諷。「不知道的，還以為妳是府中主子呢，成日閒逛，敢情侯府成了妳串門走親戚用的地方？」
柳俏聞言，嚇得跪下。「少奶奶，冤枉啊！婢子管理針黹，是去別院問流行的新花樣，絕沒有亂跑！」
佟析秋才懶得管她，瞥了藍衣一眼，吩咐道：「先去管事廳。」
柳俏跪在那裡，見佟析秋未喚她起，便白了臉。這冰天雪地的，若跪個幾刻鐘，怕是要落下病根了。
看著她們挪動腳步，就要走出衡璽苑，柳俏急得輕呼。「少奶奶，婢子沒有亂跑，真是去問花樣啊！」語調聽似嬌弱，卻喊得極大聲。
好在這會兒所有下人被喚去管事廳，不然若被有心人聽到，怕又會拿著這事說嘴，傳她故意苛責下人了。

佟析秋淡淡掃了柳俏一眼，見她仍不自知，便冷然道：「回衡璽苑去。」

柳俏大喜，以為逃過一劫，起身行禮後，轉身進去了。

藍衣看得著急，盯著佟析秋，一個勁兒地打眼色。

接著，佟析秋又吩咐綠蕪。「好生看著，看她去哪裡，屆時就送過去。」

綠蕪點頭。「是。」

見是如此安排，藍衣才放下心，主僕三人便趕去管事大廳。

彼時，管事廳前面的院子裡，已經站滿了府中下人。

看到佟析秋時，一些人開始小聲議論和抱怨。

聽著抱怨聲，佟析秋慢慢走上廳前的臺階，先看向站在最前排的管事，對桂嬤嬤說道：「先收了對牌，再記今日開銷。」

桂嬤嬤應下，藍衣跟綠蕪進廳將桌椅抬出來，記帳和收對牌改在院中進行。

佟析秋高坐階上，下首已經有人冷得跺起腳來。她置若罔聞，拿著帳冊就開始唸。「董家的。」

頭一個就是採買，經歷早上之事，董家的有些緊張，走出來時，恭敬地行了禮。

佟析秋頷首，待她交出對牌後，讓她稟報今日的採買。

董家的聽罷，便將採買之物及其數量與銀錢一一報出。

佟析秋也不打斷，待所有人報完，才看向記帳的桂嬤嬤，笑問：「以往每日都是這樣報的？」

「是。」

佟析秋點頭，隨即道：「那從明日起，各位管事自備一本小冊，記下拿了多少銀子和用掉多少。屆時，我們一天一對。」

眾人聽得一驚，當即有人出聲反對。「少奶奶，這怎麼行？有些人不識字，如何記帳？」

佟析秋也不惱，耐心道：「不會寫字，就畫實物。比如，今日主菜是鴨子，便畫幾隻鴨，燉湯用了幾隻，也可畫實物，只要自己看得懂就行。更何況是一天一對，不會忘的。」

採買跟用料必須每天對帳，採買之數、用量、剩下多少，都要記錄下來。不然，若天天採買，卻不知用量，庫房裡剩多少也不得而知。這樣一來，倒便宜那些從中倒賣獲利的人了。

佟析秋知道，這話一出，就直接折損某些人的利益。為了補償，不待眾人發火，又拿了告示出來。

「今兒早上我說過，有功皆賞，有錯得罰。這張告示上有今早對本奶奶不敬之人，已將懲罰和名字都寫在上面。等會兒我會命人貼在院中顯眼的位置，到時大家都去看一眼，以示警戒。」

接著，佟析秋未理會那群管事的臉色，繼續說道：「當然，上面還有一些獎罰的條例。

比如，每個管事可觀察手底下做事的人，每月評出一個最為勤快的，不但會登告示、口頭表揚，還有銀錢獎勵，最高獎銀二百文。若是一年中有八次上榜，年尾可得二兩銀子嘉獎。」

話落，眾人譁然一片。讓管事評？那跟管事好的，豈不是月月有肉吃？一些有心思的人，開始想著要不要去巴結自家管事了。

那些管事還未從被日日對帳搞得沒油水可撈的憤怒中回神，聽到這一條，讓他們的心情稍稍平復了點。只要有這一條，不愁沒人巴結，還是有油水可撈的。

孰料，佟析秋的話並未說完，只聽她又緩慢說道：「再一條，就是府中人皆可行了監督之事，比如誰有暗中貪墨之嫌、誰又使暗手賄賂、誰偷賣府中公物、誰有採買時買低報高等等，皆可偷偷前來，找我身邊的藍衣、桂嬤嬤或綠蕪告密。記住，只能找這三個人，其他人皆不可信。本奶奶保證不但不洩漏你們的身分，還會重重有賞！

「再來，被告之人，若經查屬實，輕則行杖責，重則免除管事之職。當然，若下了這管事，本奶奶絕不會安排自己的人手補缺，會從各位裡面挑選，由全府下人暗中投票決定。」

話落，眾人又議論紛紛，特別是由府中下人投票決定這一點。若非有極好的人緣，怕是很難選上。

但最重要的一點，就是人人可任！

這個消息太過重大，也太誘惑人，有些待在鎮國侯府十來年，卻連管事都未混上的奴僕，臉上更隱隱浮出激動之色。這些人大多都是沒有背景，從外面買進來的，長年拿著最下等的月例，做的事卻比誰都多，聽見這個新規矩，怎能不激動？

一條條新例頒布下來，有人喜就有人憂，幾乎都是對管事以外的人有利，而管事無利可圖不說，每天還得小心生活在眾多眼睛的監督之下。

桂嬤嬤看管事這邊已經有些騷動，趕緊對佟析秋福身道：「少奶奶，這樣怕是有些不公呢！」

佟析秋挑眉。「有何不公？」

桂嬤嬤故作氣憤地說道：「為何條條都是對管事之下的人有利？我們這些做管事的，既拿不到好處，還得小心，不然稍有不順，就被人告密，還不如做個普通奴才呢。」

「這樣啊。」佟析秋故意沈吟道：「管事若不行貪墨倒賣之事，就不會被下職，該是如何，還是如何，下人依然要聽管事安排。若有不聽的，可記小錯，每月若犯三次以上，就直接扣半數月錢。」

嚇！眾人倒吸口氣。

佟析秋心想，就管理來說，當然不能只讓單方面有利，不然屆時還不亂了套？得兩方箝制，誰也不敢輕舉妄動才行。

「還有，管事的表現，由本奶奶記錄，若表現好，每月挑出三人獎勵五百文。若一年中有五次被獎賞，年底會再得五兩銀子。」這樣一來，可比小貪要來得划算許多。

佟析秋說完，見眾人沈默下來，就問道：「可有不同意的？可舉手表示。」話落，便見有幾人舉手。

佟析秋轉眼看向桂嬤嬤，見她點頭，便纖手一揮。「看來大多數人還是同意的。那麼，就來說最後一條規定吧。」
見那些人頹喪地放下手，佟析秋勾了勾唇，繼續道：「全府的下人，除了評過最優的，未評上最優，也未犯大錯，且整年犯小錯不超過十次的人，年尾時，可得一百文獎勵。」
眾人聞言，又是一陣嗡嗡討論之聲，佟析秋不等他們議論完，便直接起身。「時辰不早了，今兒就到這裡。」
「是，恭送三少奶奶。」
佟析秋頷首，領著桂嬤嬤等人走出管事廳。
路上，桂嬤嬤小聲告訴佟析秋。「舉手的幾人，全是大夫人和董氏的陪嫁，管著要務呢！」
佟析秋笑著嗯了聲。「若有人報密，再跟我說。」
桂嬤嬤心裡有數，也笑道：「老奴曉得了。」
對於佟析秋新頒布的規矩，不到一個時辰，就傳遍了全府上下。
董氏待在雅合居陪著蔣氏，聽到這個消息時，暗中咬了咬牙，蔣氏則冷哼一聲。「倒是好手段。」
這樣一來，管事沒油水可撈，又不得不做好表率。主母監管不到，就由府中幾十雙眼睛盯著。那樣的話，若還想貪，有的是人想拉他們下馬，自己頂上去。
最重要的一點，大房不是盤踞甚久嗎？那就用眾人來推。

最後，佟析秋片葉不沾身，又能輕輕鬆鬆抓住大房的把柄。

這個女人，倒是小看她了。

想到這裡，蔣氏眸光晦暗不明，而董氏則暗暗捏著絹帕，焦急不已。

她沒多少陪嫁，偏偏亓容錦每月只有那點俸祿，請上峰吃飯都不夠，更別說開銷了。侯府公中產業裡，能貪的只有採買，如今蔣家的被打得下不了床，沒了婆婆的人掩護，且要做帳，以後剩在庫房的東西，再想暗中倒賣，不會那麼容易了。

董氏心急了，抬頭看向蔣氏。「婆婆，她會不會……」

蔣氏躺在床上，冷哼一聲。「中午時，妳去找她說了什麼？」

董氏恨恨地絞著手絹，不知該如何回答。哪能說話啊？那賤婢連門都沒讓她進呢。

蔣氏斜眼睨她。「讓妳的人先安分點，別被逮著把柄，萬一被下職，再想安插人進去，就難了。」

如今鎮國侯是鐵了心，不讓她插手管事。男人在氣頭上，只能先避著，待時日長點，他消了氣，不愁哄不回來。

董氏聽她這麼說，無可奈何，只得嘆氣應了。

衡璽苑中，亓三郎聽了佟析秋的新做法，沒什麼意見，只問了句。「如此一來，開銷會不會太大？」

年底要發出這麼多銀錢，分攤下來，每個月少說多花了近二十兩。

佟析秋搖頭，把帳冊遞給他看。

「今兒我略翻了翻，見每天的採買數量多得驚人，沒人做帳，只按月例採買，漏洞太大了。買這麼多，當天吃不完，沒有上報不說，第二天照樣大量採買。如此一來，剩下的東西去了哪裡？或許一次不是很多，可長年下來，怕也不少。就拿雞鴨來說，每次採買，居然各有二十隻之多啊……」

見妻子說得激動，亓三郎淡淡勾了唇。誰說她是個泥腿，不諳管家之道？怕是沒人比她來得精吧！

佟析秋巴拉巴拉說了一大堆，最後總結道：「……其實只要控制好採買，一年省下的銀錢，給這些人做獎勵，還綽綽有餘呢！」

亓三郎挑眉，送上一盞熱茶。「說完了？」

「說完了。」佟析秋點頭，接過他遞來的茶水，抿了一口。

亓三郎見狀，輕輕把她摟進懷裡，愉悅道：「其實，妳不用做得這般認真。哪天父親心情好了，說不定又回到原樣，那妳豈不是白費力氣？」

佟析秋聞言，頓了下，隨即搖搖頭。「不會的。」若全府的人嘗到甜頭，就算日後大房重新管家，不照著做，怕會引起群憤。

亓三郎輕撫她卸去釵環的青絲，見她閉眼舒服地湊在他胸前聞著，便低笑道：「這是做什麼？」

佟析秋調皮地對他眨眨眼。「近來公子身上之香時有時無，惹得妾身想一探究竟哪。」

「胡鬧！」亓三郎笑著拍她的小臀。「該罰！」

佟析秋嘻笑地掙扎，卻被他打橫抱起，向床鋪走去……

好一陣廝纏後，她累得眼睛也睜不開了，亓三郎突然低低笑問了句。「可還有聞到？」

佟析秋連哼唧都嫌費力，上哪兒聞去？雖是如此，仍嘴硬地嘟囔道：「有！」

結果可想而知，又是一頓瘋狂糾纏。

這回結束，佟析秋連哼唧聲都沒了。

晚間，鎮國侯只去雅合居看了蔣氏一眼，便直接歇在清漪苑。

白天的事，他也聽說了，站著讓明鈺公主幫他更衣，說道：「老三家的是個難得的聰慧女子。如此做法，能暗暗壓下不少人的氣焰。」若不想斷手腳，就只能安分，不然，全拔了也不為過。

明鈺公主沒吱聲，她是一點都不稀罕侯府的，轉移話題道：「皇嫂送了帖子來，今年皇兄的壽辰，只讓我們這房跟侯爺同去。」

鎮國侯點頭，梳洗後，便與明鈺公主一起歇下了。

婷雪院裡，董氏抱著一歲多的女兒，看著亓容錦道：「依近日局勢來看，怕不能再行以前之事。婆婆也讓妾身忍忍，別到時自己的人全折損，讓別人占據好位，就不值了。」

亓容錦嘲諷一笑，眼露不滿。「妳到底想說什麼？」

能說什麼？不過是讓他知道如今的情況，少使點銀錢罷了。

董氏暗暗生氣，偏頭哼道：「我是沒有多少嫁妝的，將來還得留些給雪姊兒呢。」

亓容錦聞言，來了氣。「妳當爺能看上那點破落玩意兒？爺早有打算。任她打理得再好，將來也只能是爺的！」

這是何意？董氏轉頭看他，卻聽他冷哼一聲後，便不開口了。曉得此時追問必得不到答案，只得先按下疑惑，不再多言。

翌日，佟析秋去管事廳發放對牌時，大家開始拿出帳冊來對。

佟析秋讓藍衣分門別類列好要對的帳目後，便對來拿對牌的董家的說道：「每天熬的雞湯需用五隻雞，每院每日的吃食是一隻雞配半隻鴨。昨兒採買了四十隻雞鴨，還剩了小半，今兒就先不採買這些，若雞肉不夠吃，屆時我讓大廚房改成鴨肉。且先買些府中缺的東西吧。」

得了話的董家的低下頭，恭敬地說了聲是。

待對完帳，佟析秋拿起以前的帳冊一對，簡直是天差地別。

藍衣也有些咋舌。「還剩這麼多？都去了哪裡？」

佟析秋冷笑，自是被人貪了。也不說破，繼續按規矩發放對牌，待事情都處理完，才帶著婢女回了衡璽苑。

佟析秋進了暖閣，綠蕪照常端來熱湯，給她喝下，暖暖身子。

待喝完湯，幫佟析秋蓋上被子時，綠蕪悄聲在她耳邊道：「柳俏去婷雪院了。」

佟析秋點頭。「可有人來告密？」

「有，告得最多的是董家的和蔣家的，說她們倆每月都會偷拿府中採買的剩餘東西去賣。」

佟析秋輕嗯了聲。「將告密者的名字交由桂嬤嬤記下，發月錢時，多裝一百文進去。」

綠蕪應下。「是。」

吩咐完，佟析秋哼笑，且看她們能老實幾天吧！

第五十四章　賀壽

十二月二十一是洪誠帝的壽辰，滿朝的文武百官只需朝拜道賀，便能休沐。因著今年不是大壽，只舉家歡慶，沒有大辦。

這日，佟析秋早早起身，換上大紅刻絲牡丹宮裝，梳大大的飛仙髻。藍衣瞧瞧，還不滿意，幫她點好宮妝花鈿後，又在髮髻上插了支鳳吐珠的赤金釵。

這般隆重的裝扮，只因他們這房得了洪誠帝特許，命他們進宮一聚。

佟析秋好笑地扶了扶沈得脖子快受不了的頭飾，看著藍衣道：「妳乾脆幫我插成馬蜂窩得了。這般沈，讓我等會兒如何走路？」

孰料，藍衣聽了，竟表情嚴肅地搖頭。「少奶奶尚無誥命，自是怎麼隆重怎麼來。命婦的冠服，可比這頭金釵還重呢。」

佟析秋懶得理會她的貧嘴，只丟了句好好看家後，便帶著綠蕪跟花卉去了清漪苑。待鎮國侯與亓三郎朝拜回來，再一同進宮。

明鈺公主問起她準備的賀禮，佟析秋聽罷，命人拿出一幅畫。「兒媳沒有拿得出手的貴重之物，唯一能見人的，只有這手繡活和畫功了。」

明鈺公主是知她底子的，當即便好奇地讓她打開看看。

佟析秋也不藏著，命綠蕪緩緩展開，原來是一幅帝后相視而坐的畫像。

明鈺公主一看，當即誇讚道：「妳只見了皇兄一面，卻能把他的模樣畫得入木三分，倒是難得。」

畫裡，帝后面上笑容和煦，那種一生相守、一切盡在不言中的感情，讓她忍不住羨慕起來，嘆道：「這幅畫，定能討得皇兄與皇嫂的喜愛。」

佟析秋聽了，抿唇不語。她畫這畫時，把帝后當成只有彼此的尋常夫妻。但事實很殘忍，皇帝的愛情，不可能有唯一。

待明鈺公主欣賞完，她便喚綠蕪將畫軸收好。

此時，亓三郎與鎮國侯也回府了，明鈺公主聽人來報，便揮手下令備車。

待鎮國侯跟亓三郎換好常服，到清漪苑跟她們會合後，一行人才向宮中出發。

鎮國侯府的馬車停在宮門處時，碰到了慶王的車隊。

亓三郎夫妻下車後，便向慶王和慶王妃行禮。

佟析秋是第一次見到慶王，只見他生得膚白俊逸，臉形稜角分明，一雙眼雖好看，但深不見底，看人時又有陰鷙感。

待兩邊的人都見過後，慶王和氣地吩咐謝寧。「妳跟侯府三少奶奶是姊妹，如今見面不易，不如趁著今兒好好聊聊，敘敘姊妹之情。」

「多謝王爺體諒。」謝寧福身，嬌聲謝過，當即移步向佟析秋走來。

佟析秋見她著四品恭人的冠服，遂屈膝行了禮。

謝寧笑容得體，伸出蔥白纖手拉起她。「析秋妹妹，好久不見。」

佟析秋任她拉著纖手，也笑道：「寧側妃。」

「不若妳我同坐一輦，好說說話？」謝寧勾唇相問，月牙眼中，滿是思念之意。

「自然是好。」佟析秋點頭，感慨謝寧的演技又上了一層樓。

兩人上了步輦，待步輦一動，謝寧便放開她的手，挑眉道：「聽說析秋妹妹成了鎮國侯府的掌家人，真是可喜可賀。」

佟析秋勾唇輕笑。「不過是幫別人管家罷了。」

謝寧看著她。「倒是謙虛了，只要有心，想成為妳的也不難。要知道，妳是有靠山的。」

佟析秋抿唇，並不接話，垂下眸子。

謝寧眼中閃過利芒，隨即拍拍她的手。「待空閒時，我稟了王妃，邀妹妹過府一敘可好？」也不給她回嘴的機會，又道：「上回讓人送請柬去，妹妹雖是因病推辭，可我心裡卻難過了好一陣子。這知道的，是曉得妳病了；不知道的，還以為妳看不上我這做側室的姊姊呢！」

佟析秋聞言，把手不著痕跡地抽回來，用絹帕掩嘴輕笑。「倒是不知給寧側妃添了麻煩。那時實在病得厲害，怕過了病氣給人，才不得已推掉的。」

謝寧聽了，心中冷哼，卻沒有再繞著這件事打轉。

姊妹倆繼續說了些心口不一的話。謝寧想引佟析秋說說侯府掌家之事，佟析秋便找話搪塞。幾次下來，根本問不出什麼，謝寧便賭氣，不再說話了。
佟析秋見狀，暗暗吁氣，樂得保持沈默。
一會兒後，幾人下了步輦，步進棲鸞殿。
此時，恒王、敏郡王及明子煜等人都到了，見面免不了互相寒暄，可憐佟析秋是個沒有誥命的婦人，幾乎逢人就得拜。
亓三郎在一旁看得心都疼了，趁著眾人不注意時，趕緊過來，悄聲問了句：「可還好？」
佟析秋搖頭，一點都不好。
今年的壽宴擺在棲鸞殿的正殿，眾人分品級，兩兩相對而坐。佟析秋跟亓三郎的級別最低，坐在後排角落。
開場是歌舞，舞姬裡有才人領頭，舞得正精采時，還不忘向上首拋個媚眼。
趁沒人注意時，佟析秋悄悄抬眸打量皇室一家。四位皇子裡，除了明子煜長得像洪誠帝之外，其他幾位只有臉形或額頭相似，大多繼承了母親的容貌。雖沒見過敏郡王的母親，不過看那雙和煦溫潤的眼睛，想來是以氣質為勝。
她正想著，卻見對面的敏郡王妃向她舉杯示意，也趕緊拿起酒杯，兩人相視一笑。
這一幕，讓慶王跟恒王暗了眼色。尤其是慶王，還陰鷙地瞟謝寧一眼。
謝寧收到他的目光，嚇得抖了捏著絹帕的纖手。

待一曲歌舞罷了，慶王帶頭起身，向上首的洪誠帝拱手跪拜。「今日是父皇壽辰，兒臣祝父皇紫氣東來膺五福，星輝南極耀三臺。福如東海長流水，壽比南山不老松。」

有了男子領頭，佟析秋等女眷也跟著齊齊出列跪拜，高唱祝詞。

看著下首跪著的人，洪誠帝的威嚴表情稍稍緩和，沈笑擺手。「都起來吧。」

眾人叩謝皇恩，起身落坐後，便要送禮了。

先是慶王，他拿出一尊手工玉雕，上面合刻著福祿雙星。

「兒臣知父王不缺稀世珍寶，也選不到好的，只得拿了塊和闐玉，親手刻出心意來，還望父王別嫌兒臣小器。」

「不會，難為你有心了。」洪誠帝笑道，揮手讓身邊的總管太監將禮收下，又命賞一件墨玉珮環給慶王。

慶王見狀，表情明朗了些，謝過退下後，便換慶王妃上前，送了一幅以針線繡成的大越江山圖。

慶王妃恭謹道：「臣媳也不知要拿何種珍奇獻禮，只得找來兩位妹妹，連著三月趕製出這幅大越江山圖，望得父皇之喜。」

洪誠帝看罷，果然龍心大悅，不僅如此，還賞了三柄上好的玉如意給她們。

慶王妃暗喜，領著兩位側妃叩首謝恩。

接下來是恒王，送了一百顆如鴿子蛋大小的東珠，聽說產自南海深處，極為難得。

恒王妃則獻上手抄《金剛經》，兩位側妃送了松鶴延年的刺繡。洪誠帝很給面子地全收了，同樣行賞，但比起慶王等人得到的回禮，卻是稍遜了一點。

其間，德妃幫著打了兩次圓場，容妃又誇耀自己兒子一番。幾句話下來，兩人已是交鋒數次。

輪到敏郡王時，眾人卻沈默了，甚至有人暗中不屑地撇嘴。

敏郡王正經了臉色，大力單膝跪地，雙手抱拳，向洪誠帝稟道：「兒臣無兩位兄長送得貴重，還望父皇等會兒看了賀禮後，不要對兒臣失望才好。」

洪誠帝瞥向他，不鹹不淡地問道：「是何物？你且拿出來讓朕瞧瞧。」

敏郡王垂眸道是，便給敏郡王妃使眼色，令她將一長形雕花木盒拿上來。

眾人看見那普通得不能再普通的盒子，眼中嘲諷更甚。都知敏郡王是個沒錢財與背景的，果然拿不出什麼好東西。

敏郡王低著頭，也不看大家，那作派就跟沒自信的孩童一般。

不知怎地，佟析秋忽然瞇起眼，心頭跳了一下，見敏郡王緩緩抽出盒蓋，裡面是一排排的五色糧種，每色之間用木板相隔。

上首的洪誠帝看得一愣，見敏郡王將盒子交給敏郡王妃捧著，再次抱拳道：「父皇常說治國最重根本，兒臣想來想去，唯有五穀最能表民意。如今國運昌順，百姓豐衣足食，兒臣便藉著父皇的功勞，來表表心意了。」

洪誠帝聞言，遂命身邊的總管太監將那盒五穀取來，看了又看，見裡面的種子顆顆飽滿生光、品質上乘，不免心中激動，道：「你起來吧！這是朕收過最為滿意的賀禮了。朕獎賞你還來不及，如何會失望？」

話落，滿座皆驚。

慶王有些不明五穀的寓意，可恒王跟德妃還有容妃等人卻懂，不約而同地向敏郡王看去，甚至在心裡盤算，是不是低看他了？

佟析秋面色淡淡，看向敏郡王，眼中有了幾分難辨的意味。

孰料，敏郡王不經意地轉眸看來，兩人的目光瞬間對上。佟析秋立時垂了眸，並沒有看見，他溫潤的眼中，竟同樣有著幾分難辨的意味。

敏郡王見狀，隱下眸光，與亓三郎對視點頭後，便回座了。

今年洪誠帝的壽辰，最大的驚喜就是敏郡王的五穀壽禮，和佟析秋送的帝后畫像。

彼時，佟析秋的畫一送出，皇后看那特殊的畫風，立時驚喜地低呼。「明玥說的那位民間大師就是妳？想不到，妳小小年紀竟有如此畫功。那幅送給本宮的雙面繡，難不成也是妳繡的？」

佟析秋起身行禮，在皇后的誇讚聲中，恭敬道：「臣婦以前為生活所迫，逼不得已靠賣繡來養幼弟弱妹。幸好碰到姨母這樣善心的掌櫃，替臣婦保守了這個秘密。」

既被發現，不如大方承認，免得到時有人不經意得了她的繡品或畫作，造謠生事。以前的作品流出就算了，如今嫁為人婦，可不能再壞了聲譽。

上首的洪誠帝看著畫，難得地點點頭，揮手便賞了一盒東珠。

佟析秋一看，嚇得心肝差點跳出來。這是南海東珠啊，比恒王送的還要大顆，而且那一盒少說有百顆之多吧。哎呀，她是不是要發財了？

她正想伸手接過，明鈺公主眸光一閃，隨即起身，嬌俏地笑道：「皇兄，與其賞賜貴物，不如封個誥命吧。可憐了我這兒媳，進宮逢人就得拜，眼看要過年，屆時入宮，見到百官命婦，還不磕暈了去？」

我不怕拜的，我愛錢財啊！公主婆婆，咱們不要誥命，留下這盒東珠吧！

佟析秋兩眼發光，死死盯著裝東珠的盒子，對明鈺公主的話，顯然是不願意的。

洪誠帝見她這副模樣，哈哈大笑，不僅如此，還非常可惡地讓總管太監把盒子完全打開，拿到她眼前晃過後，再拿下去。然後清清嗓子，正經道：「也好，那便封她為五品宜人吧！」

佟析秋聽罷，心中哀號，卻還是極給面子地屈身謝過。「謝皇帝舅舅。」

這聲皇帝舅舅叫得洪誠帝眉頭上挑，知她是在討好他，想要回那盒東珠，偏不上當，直接揮手讓拿著東珠的總管太監退下，徹底斷了她的念想。

佟析秋有些氣悶，只好回了座位。

從頭到尾將她變化看了個清楚明白的亓三郎，偷偷握住她的手，附耳輕語。「那玩意兒是賞賜，值錢歸值錢，卻不能用掉，還得長年供奉，不可弄丟。」

咦?!佟析秋抬眼，表情錯愕。

亓三郎瞧見她的反應，好笑地搖頭，手癢地想捏她一把，偏偏身在大庭廣眾之下，只能忍住。

這下，佟析秋徹底死心。好吧，與其要一堆無用之物，不如換個實用的誥命。

兩人的小動作被對面的敏郡王跟明子煜看見了，一人眸光深沈，一人起了雞皮疙瘩。

席上眾人皆獻了禮，可不羈的明子煜卻未送一物。

又一輪歌舞後，洪誠帝故意板起臉，斥責明子煜。「你兩手空空地來，沒一句賀詞，也無一件賀禮，敢情是來白吃白喝的？」

明子煜聽了，嘻嘻一笑，趕緊起身斟酒，平舉過頭，對洪誠帝大聲唱道：「兒臣祝父皇福壽綿延，壽與天齊，年年有今朝！」

皇后聞言，也忍不住了，嗔道：「你這皮孩子！這就算祝壽了？」

孰料，明子煜卻搖頭。「沒，兒臣還送了一份大禮啊！」

「在哪裡？」洪誠帝沒好氣地瞪他一眼。

「兒臣來了，就是最好的禮啊！」明子煜很厚臉皮地指著自己道。末了，又委屈地做出捧心的模樣。「父皇，您不喜歡嗎？要是不喜歡，兒子還有一顆火紅的心哪！」

「噗！」佟析秋聽了，差點把喝進嘴裡的酒吐出來，捂嘴嗆咳，頓時失了儀態。

亓三郎趕緊幫她順背，狠狠瞪向明子煜。

明子煜卻不知死活地嘻笑道：「表嫂，妳是不是也被感動了？」

佟析秋沒好氣地白他一眼，懶得理會。

上首的洪誠帝搖頭，指著他笑罵。「你這渾小子，何時才能長大？」

「該長大的時候，自然就長大了。」明子煜聳肩坐下，又開始不羈地喝酒吃菜。

一場宴會賓主盡歡，散了。

坐在回府的馬車裡，亓三郎有著幾分醉意，見佟析秋不停用手扶著髮髻，便挪過去，用溫溫的大掌輕按她纖細的脖頸。

「難受得緊？」

佟析秋點頭。整晚頂著這般沈重的髮髻與頭飾，能不難受嗎？

亓三郎把她拉至身前，讓她靠在他的臂彎裡，抬手不輕不重地幫她揉脖子，問道：「可好些了？」

佟析秋嗯了聲，舒服地閉上眼睛，想起敏郡王獻禮之事，遂問：「如果敏郡王要爭那個位置，夫君會出手相幫嗎？」

他們倆是好友，如果好友想爭位，很難做到不管不顧吧？

佟析秋想著，心中生出絲絲緊張，感覺脖子上的動作似頓了頓，便睜眼仰眸看他。

亓三郎輕聲道：「可知我有進宮當過伴讀？」見她點頭，便輕勾薄唇，又道：「當時我陪伴的皇子，就是敏郡王。」

所以呢？佟析秋疑惑。

亓三郎伸出手指，輕刮她的小臉，嚴肅道：「不管我幫與不幫，只要他想去爭那個位置，我都會被劃到他那邊。畢竟我在他身旁伴讀近十年，在別人看來，早已是他的心腹了。」

佟析秋沈默，不由抓緊他的手。她很討厭政治鬥爭，尤其是古時，一個弄不好，就有傾巢之險。

感覺到她的異樣，亓三郎淡然勾笑，安撫她道：「無事。至少如今我仍是皇上身邊的人。」

佟析秋點頭，閉上眼，嘟囔了句：「我累了，待會兒到家，夫君記得喚醒我。」

「好。」

聽她未自稱妾身，亓三郎極為愉悅，見她長長的睫毛覆在如白瓷般的肌膚上，遂愛憐地低頭，輕輕吻了她的髮際。

第五十五章　驗謊

佟析秋是在回衡璽苑後才醒的。

彼時，藍衣正幫她拆下髮飾，見她醒來，便輕喚。「少奶奶醒了？」

佟析秋點頭，問道：「夫君呢？」

「三少爺在淨房。」

佟析秋起身，坐到鏡前，藍衣附耳過來說了幾句，眸光瞬間一深。

「人呢？」

「關著了。」

「嗯，且先關著，明日再說吧。」今日她有些疲憊，暫不想理會這些麻煩事。

藍衣應下，幫佟析秋拆完頭飾，理順青絲。

這時，亓三郎從淨房裡走出來，見她清醒，就勾唇一笑。「醒了？」

佟析秋對鏡送個明媚笑容給他，起身接過婢女們拿來的乾巾子，按著他坐到桌旁，問道：「怎麼不喚醒我？這樣讓公公婆婆看到多不好。」

「無事。」亓三郎伸手按住她為他絞乾頭髮的手。「我自己來就行。天晚了，妳快去洗漱吧，也累一天了。」

佟析秋堅持不讓，直到把水絞乾後，才讓他自行打理，轉身去了淨房。

當天晚上，亓三郎難得沒有糾纏，只輕摟著她，撫摸她的青絲，讓她安安靜靜睡了個飽覺。

翌日一早，佟析秋送走了亓三郎，發放完對牌後，回院喝過熱湯，就去清漪苑請安。辰時末，她回到衡璽苑，累得倒在暖炕上，閉著眼歇了好一會兒，才揮手讓藍衣把柳俏帶進來。

在沒有燒炭的廂房待了一夜，一進暖閣，柳俏就忍不住舒服地打了個輕顫。

佟析秋看著凍得縮成一團的俏人兒，柳俏見了她，趕緊跪下磕頭。「少奶奶恕罪，婢子錯了……」

對於她哆哆嗦嗦喊出的話，佟析秋並未相理，看看站在旁邊的幾個婢女，獨對花卉吩咐道：「沒瞧她正凍得難受嗎？去端個炭盆過來。」

被點名的花卉不由抖了一下，隨即福身出去，不過一盞茶工夫，便端來燒得正旺的炭盆。

佟析秋揚起下巴，示意她把炭盆放在柳俏身旁。

柳俏看著那火紅的炭，身上忽然起了一層雞皮疙瘩。

佟析秋漫不經心地捂著湯婆子，半倚在纏枝花枕上，淡淡問道：「既是讓我恕罪，可知妳犯了什麼錯？」

「婢子不知。」柳俏小聲囁嚅著。

佟析秋挑眉，隨即喚藍衣過來。「柳俏說不知犯了何罪，那妳可知？」

「婢子知道。是不該趁著少奶奶外出，偷進內室。」

佟析秋抬眼看向柳俏。「妳可還有要辯的？」

柳俏急急辯解。「婢子之所以進內室，不過是想拿件少奶奶的舊衣去比量。馬上要年末了，需趕製新衣啊！」

不想，藍衣聞言，立時嗤笑出聲。「妳管著針黹，自然知道少奶奶的尺寸，還用得著取衣去比量？我進來時，分明看到妳在翻找東西。」

「藍衣姊姊何必血口噴人？柳俏真是進來拿舊衣的，還請少奶奶明鑑！」柳俏說罷，頭便朝地上重重一磕。

佟析秋看著她，問出相同的問題。「本奶奶的尺寸，不是由妳抄下記著嗎？」

「前些天，不知怎地，那張紙被婢子給弄丟了……」

見她縮著脖子，小聲囁嚅，佟析秋又問：「妳做了這麼多套衣服，還記不住本奶奶的尺寸？」

「有些地方婢子記得不清楚，這才想進來拿件少奶奶的舊衣去比的。」

柳俏急急找著藉口，佟析秋每問一句，她都能給出最好的答覆。

佟析秋聽了，摩挲著手中的湯婆子，笑得意味不明。「既是前些天丟的，如何偏在昨兒我出門後，妳才想著進屋拿舊衣？」

「婢子……婢子……」

不待她說出理由，佟析秋又緊接著道：「我有沒有說過，除了藍衣外，我不在時，不准任何人踏進內室？妳為何不去找藍衣拿？」

「昨兒藍衣姊姊出了院子，婢子找不到人，才不得已進內室的。」

話倒是接得溜。佟析秋勾唇，盯著低頭不敢看她的柳俏，再問：「她還能出去一天不成？這點工夫都等不了，難不成是做了什麼鑲金銀的貴重之衣？竟這般著急？」

柳俏見狀，不找藉口了，直接磕起頭來。「婢子錯了，求少奶奶饒了婢子吧！」

佟析秋淡然地轉眼，看向藍衣。「昨兒妳去哪兒了？」

藍衣上前幾步，答道：「婢子去外面遛達一圈，順便接受一些人的告密。」看向還在磕頭的柳俏，就撇了嘴。「回來時，想著把這些告密的人記在桂嬤嬤放在這裡的冊子上。不想，婢子才進屋，就看到柳俏鬼鬼祟祟地站在那裡，書案上還有被翻動過的痕跡。婢子問她，她支吾著說不出話，這才起了疑心，將她拿下。」

昨兒個講不出原由，今兒就說得這般溜了？很顯然，昨兒關她時，她在心裡想好藉口了。

佟析秋看向聽到藍衣解釋便不再磕頭的柳俏，只見她哆嗦著抬起滿是淚水的小臉，低呼著：「少奶奶，婢子真是去拿舊衣。昨兒藍衣姊姊問婢子話時，婢子被她臉上的凶樣嚇著了，才說不出話的。」

「胡說！當時妳分明是一臉慌張！」

藍衣氣得想大罵，卻被佟析秋伸手阻止，胸口起伏難平地立在一邊，瞪著柳俏咬牙切齒。

佟析秋只淡淡掃了柳俏一眼，勾起唇，問著站在旁邊的綠蕪。「這些天，有多少人看到柳俏去婷雪院？」

「回少奶奶，從衡璽苑到婷雪院路上，那裡的婆子、掃灑婢女都看過。」

「哦？」佟析秋挑眉，看向柳俏已然發白的小臉，只覺她笨得可以。明知主母頒布了那樣的條例，還有恃無恐，沒有一點戒心。她效忠的主子，根本不會管她的死活，只要她帶去消息而已，隨時可以拋棄她。

「婷雪院的主子比衡璽苑的好？」

「不是！」柳俏白著小臉，繼續磕頭。「婢子不過是跟那邊的清林姊姊討幾個時興的花樣罷了。」

跟董氏的貼身婢女拿花樣？當真是好藉口啊！

佟析秋哼笑著，把湯婆子遞給藍衣，朝她打個眼色，藍衣便將湯婆子放進火盆裡。待湯婆子被燒紅，佟析秋才笑道：「我不喜說謊之人，若想讓本奶奶信妳……」說著，揚起下巴瞥向火盆。「拿起那湯婆子，抱上一盞茶工夫吧！」

一盞茶工夫？柳俏盯著被燒得通紅的湯婆子，不由嚇得緊縮脖子，低頭看看自己的掌心，無法想像那東西會不會烙熟了她的嫩手？想著，便伸出指尖，試著摸向火盆。

藍衣見她磨蹭遲疑，哼笑著，用炭夾挾起湯婆子，朝她扔過去。

「啊——」

柳俏被她突然扔來的湯婆子燙得高聲尖叫，想將湯婆子抖出去，偏偏藍衣不鬆手，直往她手心裡塞著，喝道：「妳不是沒撒謊嗎？那就證明啊！」

柳俏的一雙纖手當即被燙得嗞嗞直響，疼得大哭不止，高聲求饒。「藍衣姊姊饒命，少奶奶饒命！婢子錯了！」

佟析秋沒理她，又對藍衣示意一下。

藍衣點頭，握緊炭夾，更加用力地把湯婆子推進柳俏手裡。

柳俏受不了了，大叫道：「我說！我說！」

藍衣停了手，見她捂著燙得起泡的指尖嗚嗚哭不停，哼道：「早說不就完了。」話落，扔下湯婆子，回到佟析秋身邊。

佟析秋對旁邊嚇白了臉的花卉吩咐道：「再加兩塊炭進去，興許等會兒還用得到。」

花卉抖著身子，同情地看了柳俏一眼，終是去拿裝炭的小簍子，又添兩塊炭進去。

這下，柳俏的魂都沒了，跪在那裡，再不隱瞞地抖聲招了……

佟析秋聽她說完，在心裡直搖頭。

這個董氏，倒是會拿捏人心。尤其是柳俏這般漂亮的人兒，有顆高攀的心，再正常不過。

自從看過亓三郎收拾紅菱後，柳俏便打消對亓三郎的念頭，再加上佟析秋跟亓三郎極為恩愛，讓她更覺沒了機會。

但柳俏長得漂亮，不想年紀一到就被配個小廝，心頭始終有些不甘。

上次，佟析秋讓她送酸果脯去婷雪院，董氏的一句誇，讓她的心思又活絡起來。加之後來清林時不時向她套話、灌迷湯，故意說著亓容錦的好處，對美人兒向來憐惜偏愛，遂生出了想去大房做通房或妾室的想法。

當然，董氏那邊也樂得她這麼想，套話要方便得多。

就拿上回漣漪滑胎的事來說，若不是柳俏相告，兩房東西相隔，哪能那般快便讓蔣氏找過來，發生那場爭執。

後來，因此事牽連，蔣氏被卸下管家權，讓董氏沒了撈油水的機會，加之佟析秋又制定新規矩，占著重要職位的蔣氏、董氏的陪嫁奴僕，總會被一些想向上爬或想得重賞的有心人告密。

因著是匿名，想知道是誰告密並不容易。董氏跟在蔣氏身邊這般久，不可能不知那些倒賣公中之物牟利之事，恐怕她也參與其中。這樣一來，她更急著想知道是哪些人告密了。

為得到告密者的名冊，董氏親口允諾柳俏，若是事成，會找佟析秋要了她，屆時讓她待在婷雪院，先開臉做通房，再慢慢升上去。

以為終於能攀上高枝的柳俏欣喜地應允，卻不知，她的行蹤早早就暴露了。

昨兒佟析秋出門時，那句命藍衣好好看家的話，就是要逮她的陷阱！

佟析秋看著下首哭得好不淒慘的人兒，淡聲問道：「四少奶奶答應妳去那邊做通房？」

柳俏點頭，又囁嚅著。「少奶奶，婢子知道錯了，原諒婢子這一回吧。」話落，又磕了一個響頭。

佟析秋喚來綠蕪。「去將身契盒子拿出來。」

「少奶奶！」柳俏大驚，以為佟析秋要趕她出府。若再被牙婆轉賣，以她的姿色，很可能落入賤地啊！

想到這裡，她蒼白了俏臉，砰砰砰地大力磕起頭來。「求少奶奶饒恕婢子吧，婢子是夫人送給少奶奶的，少奶奶不看僧面，也要看娘家的面啊！」

佟析秋聽見這話，差點沒哼笑出聲。居然將王氏搬出來，看來不留她還真是對了。不過，這種下毒手的事，還是由別人代為出力好了。

於是，佟析秋緩緩挑起眼角，道：「本奶奶何曾說過要罰妳了？」

磕頭的柳俏嚇得一愣，沒說過嗎？那她還叫綠蕪去拿身契？

待綠蕪將盒子拿來，佟析秋取出柳俏的身契，又對花卉道：「帶她回去好好梳洗一番。」說著轉向柳俏。「既然四少奶奶答應要收了妳，本奶奶自是要成人之美。」

柳俏聽了這話，只覺不可思議，幸福會不會來得太快？俏臉紅起來，隨花卉下去了。

佟析秋勾起嘴角，心裡暗笑，王氏挑的人都不長腦子嗎？不過這樣也好，省得她費力氣動手了。

接著，她命藍衣隨她去了內室，拿出一本小冊，在上面寫寫停停一會兒後，起身回了暖閣。

等柳俏換上新裝，再次進屋後，佟析秋瞄她一眼，見那被磕紅的額頭被花卉細心抹了厚粉，就滿意地點點頭。「走吧，去婷雪院。」

「多謝少奶奶。」柳俏紅著臉，給佟析秋行了一禮。

佟析秋輕嗯。「之後如何，且看妳自己的造化了。」說完，便下了暖炕，讓綠蕪給她披上大氅後，領著她們出了暖閣。

另一邊，婷雪院裡，董氏聽著婢女來報，有些詫異的同時，心頭升起一些不安。她出屋相迎，看到佟析秋身邊打扮一新的柳俏時，心頭的不安又大了點，遂揚起笑迎上去。「不知什麼風將嫂嫂給吹來了？如今掌管侯府這般重的擔子，還能有閒情串門子，當真讓弟妹羨慕得緊呢！」

佟析秋聽了，滿含深意地道：「倒也算不得重，如今全府下人互相監督，我只要聽聽事兒就行了。」看董氏僵了臉，與她互相見禮後，便相攜著進屋。

比之上回，董氏熱情不少，還未落坐，就命婢女快快上茶。

佟析秋與她平坐於暖炕上，品完茶後，用絹帕掩嘴，說起正事。「今兒，我是來給四弟妹道喜的。」

「道喜？」

見董氏疑惑，佟析秋深深看她一眼，轉頭喚了聲。「柳俏，還不趕緊來拜見妳的新主子？」

話落，便見裝扮一新的柳俏款步出來，對董氏屈膝行禮。「四少奶奶。」

董氏臉色難看，心頭驚顫，看著佟析秋的眼中，升起前所未有的怒火。

「嫂嫂這是何意？為什麼硬塞婢女給我？還是嫂嫂如今連個下人都養不活了？」

屈身行禮未起的柳俏聽了，立時白了臉。

佟析秋也不惱，只玩著絹帕，淡笑一聲。「柳俏說，四弟妹已經答應讓她來做四弟的通房了。」

「胡說，本奶奶何時答應過？本奶奶怎麼不知道?!」董氏氣極，暴怒指著下首屈著身子的柳俏道：「嫂嫂竟連這等有二心的婢女的話都信？我又不是傻了，如何會同意別院女子來做自己夫君的通房？我手底下多的是乖巧可人的伶俐婢女呢！」

佟析秋挑眉，恍然大悟，故意沈下臉喝斥柳俏。「妳不是說，四少奶奶讓妳拿告密名冊給她，就可以做通房了嗎？如今名冊讓妳看了，卻是膽子大到連欺騙兩位主子！」又轉頭喚道：「藍衣！」

「婢子在！」

「將她綁了，屆時送去牙行發賣！」

「少奶奶恕罪，婢子所言句句屬實啊！」不待藍衣動手，柳俏嚇得跪下，指著董氏大喊。「四少奶奶，妳如何連自己說過的話都忘了？妳明明有答應婢子啊！妳說，只要婢子拿到名冊，就找我們少奶奶要了婢子。」

董氏氣得臉色青白，亦指著她的鼻子大罵。「妳這賤婢如何血口噴人？好啊！」故作恍然地怒道：「我說妳最近如何老往婷雪院跑，敢情是打著攀高枝的主意啊！好毒的深計，竟把髒水潑到了本奶奶頭上！」

「婢子沒有！」柳俏一邊哭喊，一邊朝佟析秋跪爬而去。「少奶奶，婢子沒有說謊，婢子句句屬實啊！」

佟析秋見她這樣，在心裡可憐地搖搖頭。這人如何蠢成這樣？這種時候，不該是向她求饒嗎？

很明顯，董氏不可能要了柳俏，她倒好，居然想讓她幫忙作證。唉，有看過哪個主子會為了一個有異心的婢女，去跟妯娌翻臉？

佟析秋暗嘆了口氣，對藍衣使個眼色。

藍衣點頭，上去將她按倒在地。

柳俏嚇得驚叫連連，尖利聲音簡直要衝破屋頂。

佟析秋蹙眉，見藍衣迅速將她的嘴堵了拖下去，才轉身對董氏道歉。「我也是個糊塗的，居然信了她的鬼話。好在四弟妹及時揭穿，讓我鬆了口氣。不然，真要造成我們兩房的誤會了。」

董氏咬牙，強扯出笑，道：「無事，只要澄清誤會就好。」

「是啊。」佟析秋低嘆，嘀咕一句。「還是明兒再發賣好了，今兒晚上得動點手腳才行。」

她的聲音很輕，董氏只聽見幾個字，加上得知柳俏看了告密名冊，眼神便閃了閃，低了眸，暗自思忖起來。

佟析秋見狀，嘴角輕勾，又與董氏閒聊幾句後，便起身告辭離去。

董氏把佟析秋主僕送出門，見她們走遠，就喚來貼身婢女清林，對她耳語幾句。

清林應聲退下，董氏端坐於暖炕上，臉色難看至極。她的費心經營，差點就讓一個蠢貨給毀了！

佟析秋步出婷雪院時，藍衣跟了過來。

「弄好了？」

藍衣嘻笑地點頭，伸手扶著佟析秋。「少奶奶是如何想到這法子的？屆時四少奶奶看了那個，會氣得不輕吧。」

佟析秋抿嘴輕笑，吩咐綠蕪。「先去跟那些告密者通通氣，就說不管聽到大房那邊傳出什麼流言，都不用怕，全是假的。」

綠蕪應道：「婢子曉得了。」

佟析秋輕嗯，這才領著她們，漫步回了衡璽苑。

待回了院子，桂嬤嬤迎出來看到佟析秋，便焦急地問：「少奶奶這是去哪兒了？」

「怎麼了？」佟析秋疑惑道。

桂嬤嬤直接拉著她往清漪苑走，一邊趕、一邊說：「內務府來人，說是要給少奶奶量身做冠服。如今離年尾沒剩幾天了，有些趕，讓妳快點去呢！」

佟析秋恍然，這才想起，昨兒她得了五品宜人的誥命，是以不再多問，任桂嬤嬤拉著，加快了步伐。

待一行人趕到清漪苑，連禮都未行，明鈺公主便急急將她拉到女官跟前，面上帶笑地說：「尚宮，這便是我那兒媳，勞妳好生量量，儘量將冠服做得合身些。」

「公主放心，定會讓三少奶奶滿意。」

明鈺公主點頭，讓佟析秋站直身子，平舉雙臂，讓女官量身。

待女官量好記下，行了賞，將她打發走後，佟析秋便留在清漪苑，與明鈺公主一起用了午膳。

飯後，明鈺公主說起尾牙送禮之事。特別是對侯府旁支的親戚，更要講究禮數。

說到這裡，她難得嚴肅了臉。「想來大房那邊的人等著看妳出醜，並未說起這件事。等會兒我讓人理出侯府旁支的名冊給妳，親戚眾多，送禮得送得合乎身分，才能彰顯出心意。

「還有，現在該是做糕餅的時候了。無論這些人富貴或貧窮，每年都會收到幾盒侯府特製的糕餅。待我將名冊記錄好後，妳再按著各人的身分安排。

「另外，明兒就是臘月二十三，最遲得在三十這天上午把禮送到。至於住得極遠的，不能超過正月十五。可是記住了？」

佟析秋聽得認真，點頭道：「下午我就命人開始蒸糕餅。至於其他的，屆時我再依著婆婆給的名冊來辦，可成？」

明鈺公主頷首。待兩人商量完後，佟析秋便趕緊去找桂嬤嬤，讓她快快安排下面的人手做事。

桂嬤嬤走時，對她說道：「聽說今兒蔣家的下地了，想來不出兩天，就要回廚房了。」

佟析秋聞言，眼色一深。在這個節骨眼上，可不能有人來搗亂！想了想，便喚藍衣前來，吩咐兩句。

藍衣點頭退下，轉身出去。

接著，佟析秋又將事情的順序在腦中過一遍，便開始忙活了。

第五十六章　名冊

小年這天，佟析秋忙得團團轉。

昨兒下午，明鈺公主便將旁支名冊理好，派人送來給她，大廚房也開始蒸起糕點。

今兒一早發放對牌時，佟析秋取出昨晚理出的所需物品單子，全部交給採買去買。

為怕董家的使暗手，她又派了兩個曾告過密的婆子與她一起去，說是讓她們幫著打打下手。

這邊安排完，佟析秋便去清漪苑，給明鈺公主和休沐的鎮國侯請安，才回了衡璽苑。

亓三郎從早上就見她忙得腳不沾地，極為不滿，且十分心疼。尤其是昨兒晚上，那些旁支名冊與採買清單，竟讓她整理到大半夜。

本以為好不容易休沐，夫妻倆能好好親熱親熱，結果等到半夜，才見佟析秋拖著疲憊的身子上床，居然連衣服都未換下，直接倒在他懷裡睡了過去。

這會兒見佟析秋有了空閒，他趕緊拉她進懷，寒著臉道：「等會兒我去與父親說，誰願意當這個家，就讓誰當去。再這樣下去，妳的身子可要吃不消了。」

佟析秋窩在他的懷裡，笑出了聲。「我哪有這般嬌弱了？不過是年前忙些，待過完年，就會輕鬆許多。」

亓三郎不贊同地輕撫她纖細的腰肢，只覺成婚近半年來，她沒長多點肉不說，如今又要掌管內宅，事務繁重，身子如何受得住？

正當他眼露不滿，心疼地開口時，綠蕪恰好端了暖湯上來，當即伸手接過，要親自餵她喝湯。

佟析秋紅了臉，藍衣她們還在呢。本想拒絕，但亓三郎堅持，只好無奈一嘆，張了嘴，喝下他餵來的湯。

可兩、三口過後，她便紅了臉，不願再讓他餵了。

亓三郎疑惑地抬眸，佟析秋則笑著接過他手中的湯匙，眨眼道：「換我來餵夫君了。咱們輪流餵，可好？」

她倒是敢做！亓三郎挑眉低笑，樂意至極，張著薄薄嘴唇，立即吞下她餵的湯。

就這樣，兩人你餵兩口，我餵兩口，這般旁若無人地親熱著，令還在屋內伺候的藍衣跟綠蕪尷尬地紅了臉。

最後還是藍衣受不了，給綠蕪使個眼色後，兩人才悄聲退出暖閣。

藍衣看了看才大亮不久的天色，只覺這兩人再這樣下去，很有可能會如上次一樣，大白天的就乾柴烈火，遂跟綠蕪耳語了幾句。

綠蕪紅臉點頭，寸步不離地守在暖閣門口。

而暖閣裡的兩人雖然親密，但亓三郎知佟析秋累極，只點到為止，餵完湯後，便將她按在身邊躺下，命她閉眼歇一會兒，自己則拿起書看，享受與她相處的靜謐時光。

佟析秋這一歇，再起來時，已經是正午了。

其間，桂嬤嬤從大廚房跑來，本想問問糕點用哪種雕花，不想，不滿的亓三郎直接把這活兒推給了明鈺公主，怕桂嬤嬤不肯去，還添了句。「昨晚累著秋兒，讓她多歇會兒。」

這話一出，桂嬤嬤立時明白過來，趕緊退下，去清漪苑找明鈺公主。

明鈺公主聽了她的稟報，為能早日抱孫，當即接下這活兒，親自去庫房挑選花樣模子。

另一邊，藍衣吩咐綠蕪守門後，就出了衡璽苑。

她回來後，待佟析秋吃過飯，才輕聲稟道：「昨兒晚上就被人扒了衣裳，還用重刑拷問。婢子去著牙婆來帶人時，已經奄奄一息。又問了守門的婆子，說是暗夜裡有幾個粗使婆子來過，誘她去喝了頓酒。」

佟析秋點頭，看管得這麼鬆，讓她們派人溜進來拷問柳俏，當然是她一手安排好的。隨即不動聲色地暗笑一番，那冊子，應該夠董氏好一頓猜了。

婷雪院裡，董氏拿著那本看著有些新的小冊子，皺起了眉頭。不是看不懂，是壓根兒猜不出誰是誰，只見冊上寫著——

一號告密人，狀告蔣家的跟董家的合夥倒賣公中財物。

二號告密人，狀告蔣家的貪污，吞了主子的燕窩。

三號告密人……

這些告密人不但全由號碼來編排，且狀告之人大多是她跟蔣氏的陪嫁。

看到這些，董氏氣得咬牙切齒。「沒問出來？」

清林搖頭。「問不出來，那些婆子去時，人已被弄啞了。婆子問她可識字，她點頭，可指著上面的內容問她時，卻不停擺手搖頭，顯然是不知道的。」

董氏合起冊子，哼笑了聲。「那冊子是怎麼來的？」

「婆子們進去拷問，免不了有暗罰的事，說是打得極狠，從她的肚兜裡扒出來的。」

藏得這般深，可見害怕被發現。董氏沈吟，想了想。「人還在府裡嗎？」

「已經被牙婆帶走了。」

「買下來，暗中再審。」

清林應聲下去，董氏便瞇起眼睛，看著冊上舉報的人數，想不到府中居然有這般多異心之人，看來得儘快找出這些賤蹄子才行。

想到這裡，她喚了另一個婢女。「去府中散點消息，就說本奶奶已經得知誰是匿名的告密者，會一個個把她們給揪出來。接著，派人暗中觀察，看誰有異色，待記下後，報與我知。」

「是！」

待婢女全部散去，董氏才狠狠地把那名冊摔在炕上，發洩心中的怒氣。

當天下午，天空開始飄起鵝毛大雪，門房來報，說是有旁支派人送節禮來了。

佟析秋趕緊喚人收下，又拿名冊看了其家世背景，按著身分還了禮。

還禮時，佟析秋又命人繞去芽菜鋪子，提回二十斤豆芽，一來可與琉璃棚產的青菜輪著吃，二來也能為侯府節省不少開銷。

當天晚上，闔家在雅合居歡聚，佟析秋看到了已十多天未見的蔣氏。聽說她一直在養傷，如今瞧著，氣色倒是好了不少。

飯桌上，鎮國侯免了兩房兒媳的規矩，讓她們坐下，一起吃飯。

飯後到偏廳閒坐消食時，蔣氏笑著跟佟析秋說了兩句話。不僅如此，還一個勁兒誇她新立的規矩好，大家互相監督，省了不少力。

說到這裡，蔣氏突然轉了話頭，對鎮國侯笑道：「如今離除夕只剩幾天了，往年這時，妾身已命人給族裡送年禮了。如今聽說老三家的才開始讓人置辦，可是來得及？」

佟析秋起身，告罪道：「因著才掌家，不太熟悉高門往來，還好有婆婆在一旁提醒，倒是來得及。今日下午，析秋已著人將做好的糕點和年禮給住得近點的族人送去。遠一點的，析秋會多貼點錢，讓車夫趕路，應該不會耽擱的。」

蔣氏聽了，似笑非笑道：「每到年節，大雪紛飛，若堵了路，可不是說不耽擱，就能不耽擱的。」

「既如此，為何妳交出管家權時不說明白？」明鈺公主冷笑著插嘴。「若非本宮發現不對勁，派人及時補救，妳們這些拿著侯府顏面來看笑話的人，又有何資格說話？」

哼，想以此讓佟析秋犯下大錯，惹鎮國侯不喜，以此重奪掌家權？也不看看她會不會讓她們如願！

佟析秋見狀，不動聲色地坐回去。

這下，蔣氏的臉色難看了，轉眼望向鎮國侯，見他已經不悅地蹙眉，遂趕緊扯出笑容，辯解道：「彼時妾身也是因著某些事，才把這事給忘了。」說著，眼露委屈，故作歉意道：「妾身是一時犯渾，被氣得失了理智。」

「既是當時氣得失了理智，還能忘記這麼多天？」明鈺公主步步緊逼，見她僵了臉色，又哼道：「還是說，如今妳依然氣著？」

話落，她招手讓佟析秋上前，拉著佟析秋的手，也不看鎮國侯，冷冷道：「只當人人都愛這破玩意兒呢，本宮的公主府比之不知要和樂多少。這般辛苦為別人掌家，還得不到好，不如撒手，誰掌得好，就讓誰掌去！」

下首的亓容錦聽見這話，心裡一跳，向二房的人瞟了一眼，隨即垂眸，輕吁口氣。

蔣氏則咬牙切齒，只覺她們是得了便宜還賣乖，故意以退為進，想讓鎮國侯感到愧疚。

鎮國侯見狀，淡淡睨了蔣氏一眼，眸中的不喜顯而易見。

蔣氏慌得想再辯，卻聽鎮國侯冷聲對她道：「如今府中還算平和，且老三家的也不是沒有掌中饋的能力。妳管家多年，想來也累了，該放手給她們去磨練磨練。」

蔣氏聞言，臉色臉看至極，看著鎮國侯的眼裡除了不可置信，還有著點點委屈。

鎮國侯對她這樣的眸光已經麻木無感，直接吩咐佟析秋。「照妳安排的來，只要不耽誤時辰就行。」

「是。」佟析秋屈膝行禮。

此時，明鈺公主見沒別的事了，便帶著亓三郎夫妻離開雅合居。

待二房的人走後，蔣氏氣極，恨不得扭碎了手中的絹帕。

沒一會兒，紅綃進屋，對她輕聲說道：「大夫人，蔣家的中風了。」

「什麼?!」蔣氏大驚。「前兒不是說已經可以下地，再過兩天就能當差了嗎？」

見主子發怒，紅綃趕緊點頭道：「前兒蔣家的託人帶話給婢子，確實是這麼說的。可誰承想，她下地出門遛達時，不慎踩著地上的滑冰摔了跤，且摔在沒人的地方，被發現時，人早已凍僵了。之後她轉醒，卻沒法說話，她男人跟兒子就找外面的大夫來看，說是中風，怕是不中用了。」

蔣氏聽完，眼色沈了下去。這樣一來，再想安排人插手侯府中饋，怕是不容易了。那小賤人說過，若缺管事，會從府中下人裡直接挑選。

想到這裡，她氣極恨極，大力揮手，將桌上茶盞全掃落在地……

因蔣家的中風，桂嬤嬤又要侍奉公主、又要看管廚房，實在有些忙不過來，是以佟析秋得到消息後，便寫了一張告示貼出來。

告示上表明，年滿二十歲、待在府裡十年以上的婢女、婆子，若自認勤勞積極，能勝任管事一職者，在今天內皆可到藍衣或桂嬤嬤那裡報名。所有人選會在二十五日列舉出來，由府中丫頭、婆子共同匿名票選。其間禁止行賄賂收買，一經舉報，即使當選也要立刻下位，讓給下一位得票高者，還永不能再參選管事之職。

藍衣站在貼告示的地方，將告示內容大聲讀了幾遍，讓人互相轉告。當天下午，來報名之人便絡繹不絕。

亓三郎下朝回院，看到佟析秋還在記錄報名之人時，便笑道：「妳這般大張旗鼓，跟皇上選拔人才似的。」

佟析秋得意地挑眉。「可不就是挑人才？若沒有好的人緣，可沒那麼容易當選呢。有好人緣，說明她上任後會有很多人跟她站在同一邊。我用這個辦法讓她上任，她當然要感激我，為我效力。若她想起異心，也不用太過擔憂，還有對手在旁虎視眈眈。這種既可以收買人心，又能讓其不能隨意弄權的法子，簡直兩全其美。」

亓三郎聞言，深深看著她，只覺她實在聰明得緊。那麼，之前被丟在鄉下的那兩年，以她的手藝和才智，如何會讓自己大姊賣了死契？

在雙河鎮時，有人說她是在佟析冬死後才改變的，以前的佟析秋十分膽小。

可是，再怎麼改變，會變得完全不像嗎？這麼聰明的腦子，加上那雙巧手，是改變就能換來的？

亓三郎想了一會兒，便收回思緒，見她正好奇地盯著他，遂以拳抵唇，咳了一下。

「我去淨房。」

佟析秋點頭，放下筆，看著他消失的身影，有些詫異。

他剛剛居然在她面前走神？認識這般久，還是頭一回見他如此，難不成有心事？想著，遂起身跟去淨房，幫他寬衣沐浴。

晚上，待兩人纏磨一番後，佟析秋才喘著粗氣，問出心中疑惑。「夫君可有心事？」

「無。」亓三郎的大掌不老實地在她身上遊走，惹得她嬌笑不已。

拍掉那隻不老實的大掌，佟析秋又問：「既然如此，為何下午回來時直盯著妾身看？妾身有這般美嗎？」

亓三郎沈吟，顯然沒想到她會問起這事。他並不想去追問她的變化，也不想過問佟析冬死後，她發生了什麼？

或者，她們根本不是同一個人？可不是同一個人，那她又是誰？

想到這裡，亓三郎心頭突然揪緊，看她的眼神越發霸道，脫口道：「秋兒，咱們生個孩子可好？」

不管她是何人，都必須是他的妻子，和他孩子的娘！

佟析秋聽了，有些驚訝地張嘴，沒想到他會說出這話。隨後一想，他都二十了，在古代已是大齡青年，這個年歲的男子，孩子都能打醬油了，他心裡著急，也很正常。

可生孩子這事，也不是她說生就能生的。

佟析秋笑了下，嫵媚地伸手勾住他的頸。「難不成，這些日子以來，我們不是在做生孩子的事？」

亓三郎眼睛一亮，見她紅著臉送上菱唇，當即反客為主，用手托住她的頭，薄唇貼著她的菱唇，狠狠吮吻起來。

待到雙方都喘不過氣來，便聽他低啞的沈笑，聲音魅惑至極地道：「妳說得對，我們正在做生孩子的事。」話落，迅速一翻，把她壓在身下。

耳鬢廝磨，情到濃時，亓三郎情不自禁，喘息著，在佟析秋耳邊一遍遍低喃她的名字。

「秋兒，秋兒……」

佟析秋緊纏著他，這一刻，她心如擂鼓，甜蜜至極，卻莫名生出一絲驚恐……

臘月二十五，佟析秋命藍衣取了個大大的木盒子，將參選管事的人名寫好、標了號，貼在告示牆上。

接著，她讓綠蕪搬來長形案桌放在管事大院，將粗紙裁成小片放在桌上，然後讓府中所有下人齊聚，排好隊走到綠蕪面前，拿了紙，進屋寫下欲支持人選的號碼。

待所有人投完，再從盒中取出紙條，以記正字為數，所得票數最高者當選。

佟析秋抱著湯婆子坐在高階上，為求公正，從下人裡找了兩個識字之人報數，藍衣跟桂嬤嬤則搬來板子，拿著製衣的粉筆，準備記下。待報數之人每喊一個數字，桂嬤嬤跟藍衣就在對應的名字後面畫上一筆。

整個過程在大庭廣眾下進行，無藏私之嫌，經過半個時辰的投票與報數後，最後是統計總和。

來競爭的下人，個個焦急不已，眼睛死死盯著板上的數字，生怕漏看，連眼睛也不肯眨一下。

待藍衣她們數完後，便拿起記錄好的本子，送給佟析秋看。

待佟析秋看過點頭，就讓桂嬤嬤將獲勝的前三名唸出來，第一名的是掌管花房的趙家的。

佟析秋看著她，命她上前，見她很恭敬地行了禮，便點頭，又問桂嬤嬤，第二跟第三名中，誰沒有管事之職？得知有後，便讓其中一位婆子接管趙家的花房之事。

雖沒得到大廚房的管事之職，可也混了個管事當，那婆子相當感激佟析秋，當即跪下，直呼著。「謝謝三少奶奶！」

佟析秋讓趙家的將管理花房的腰牌交給婆子後，再把大廚房的管事牌子交給她。

「好好當職。」

「是，老奴定不負少奶奶期望。」

佟析秋挑眉，輕點下巴，算是接受了她的投靠。見事已辦妥，又道：「臘月二十九會發紅包，各位管事記得上報優秀婢女與婆子。因新例未過一月，屆時除了獎勵，內宅所有婢女跟婆子皆會得一百文，慰勞這幾日的辛苦。」

此話一落，眾人立刻七嘴八舌地討論起來。待佟析秋移步出院時，便對她屈膝一禮，喊道：「多謝三少奶奶！」

佟析秋輕嗯，側著身子，目光掃過十幾個動作稍慢之人，見她們臉上一片青白交錯，便勾唇輕笑起來。

今日之事，夠給她們敲個警鐘了！不管她們是誰的陪嫁，若還想待在鎮國侯府，只能乖乖聽話。

當日下午，佟析秋將年禮全部發放完，安排人送走後，明鈺公主便命人來喚她。

佟析秋到了清漪苑，見明鈺公主笑得神秘兮兮，讓貼身婢女將一只琉璃罐子抱過來。

佟析秋看向罐子，見裡面裝滿紅色汁液，暗暗訝異，這是血嗎？

不待她發問，明鈺公主直接拉住她的手，說道：「宮中剛派人送來的，還新鮮著呢。妳拿去給卿兒喝，對身子有好處。」

佟析秋哦了聲，命跟來的花卉收下。

明鈺公主見她沒有異議，讓她陪著說了幾句話後，就趕她回衡璽苑了。

佟析秋走出清漪苑，想著自家婆婆臉上過於燦爛的笑，沒來由地，竟打了個冷顫。

下午，亓三郎下朝回府，難得在前院待到天黑才回。

他掀簾進暖閣時，就見佟析秋正坐在暖炕上，為他做鞋。淡淡勾了下唇，抬步過去時，瞧見炕桌上的東西，頓了一下。

他不動聲色地坐到佟析秋身邊。「天黑了還在做針線？不怕傷了眼睛？」

佟析秋聞言，抬起頭，對他溫婉一笑。「還剩最後幾針，放著也是掛心，乾脆做完。」

亓三郎挪挪身子，又靠近她一些，瞟著桌上的罐子，狀似漫不經心地開口道：「桌上那玩意兒從哪兒來的？」

佟析秋疑惑地嗯了聲，循著他的目光看去，恍然笑道：「是婆婆給的，說是宮中送來。讓你生著喝，說是對身子好。」

「哦？」亓三郎挑眉，淡淡點頭，拿起針線簍子裡的一截布頭把玩。「開飯吧，等會兒還有要事得做。」

見佟析秋疑惑，他一本正經，頷首又道：「此事太過重要，定要完成才行。」

佟析秋聽罷，以為他有要緊差事，便趕緊下炕，去外間喚人擺飯。

見她出去，亓三郎瞇起眼，又盯著那琉璃罐子，只覺礙眼至極。

晚飯後，佟析秋從淨房出來，見亓三郎著了裡衣靠在床頭，就奇怪地問：「你不是有要事得做？」

「嗯。」

那為何還靠在床上？佟析秋滿臉疑惑，坐下用乾巾子絞著長髮。見他伸手招她過去，便踱步到他身邊，將巾子遞給他，舒服地半靠在他懷裡，任他為她服務。

亓三郎見她仰著臉，笑得好不愜意，擦著她的髮絲，問了句。「妳對我的表現不滿意？」

有嗎？佟析秋搖頭。「沒有，很滿意。」尤其是現在，幫她溫柔地絞乾頭髮時，最滿意！

亓三郎伸出一隻大掌，慢慢將絞得半乾的青絲打散，一下一下輕輕梳理著，另一隻手則輕撫她圓潤的肩頭，挑眉道：「可我看到的，是妳不滿意。」

佟析秋疑惑地抬眼看他，卻見他對她邪魅地揚起薄薄唇角。這個再熟悉不過的動作，讓佟析秋心中一跳，趕緊討好地撒嬌道：「妾身身子還瘦著呢！」

「嗯。」亓三郎點頭。「既然瘦了，乾脆再努力些。」不待她反應過來，一個翻身，就將她壓在身下，挑眉道：「夫人不是覺得為夫能力不夠嗎？」

佟析秋抽了嘴角，忍著惱怒，眨著水眸反駁。「妾身何曾說過這話？」

「那桌上的鹿血代表什麼？」

「那是鹿血?!」

「不然呢？」亓三郎再次挑眉。

佟析秋心裡哀號了，見他的大掌已經解開她的裡衣帶子，嚇得急急大叫。「等……等會兒，那是誤會，我沒有說……唔……」

亓三郎不給她辯駁的機會，封住她的菱唇，拉下了幔帳……

被強行糾纏一夜的佟析秋，累得無論如何也抬不起眼皮了，心中恨道，明日定要將那罐害她受刑的玩意兒扔掉！

第五十七章　金屋藏嬌

隔天，佟析秋半躺在暖炕上，手中撥著算盤，正清算莊子跟芽菜行裡的帳目。一邊算、一邊用手扶著腰，心中將亓三郎罵個半死。

要不是他昨晚需索無度，今兒她也不會睡過頭，害她沒來得及到管事廳發放對牌，去清漪苑請安時，還瞧見明鈺公主那曖昧至極的目光，最後實在挺不住，便找個身子累的藉口開溜。孰料走時，明鈺公主又給了個她懂的眼神，差點沒讓她抓狂。

將芽菜鋪子裡的兩本帳算完，扣除成本跟店中夥計的工錢。短短兩個多月，竟賺了千兩之多。

接著，佟析秋拿起店裡夥計的名冊翻看，喚藍衣去庫房裡取些紅紙來，又吩咐院中丫頭們閒下來時，把紅紙糊成紅包狀。再叫來綠蕪和前院的管事拿著銀票出府，換些銅板回來，鎖進庫房。

這天下午，明子煜來了侯府。佟析秋見到他，便把分成之事說給他聽。

孰料，他卻大掌一揮，說要先吃飯，還點名要吃湯鍋。

佟析秋無法，只得下去安排。

待飯食過後，佟析秋讓人上茶，讓兩個男人在暖閣裡坐著。接著，她走進內室，將帳冊拿出來，遞給明子煜。「這兩個月來，芽菜鋪子一共賺了二千一百兩，扣除成本及夥計的工錢與紅包，還剩一千九百一十兩。按著分成，三成利，就是五百七十三兩。等會兒賢王爺回府時，拿銀票給你可成？」

明子煜剝了顆炒栗子扔進嘴裡，伸出黑了指尖的白玉長手，把帳冊直接扔在炕桌上，懶懶道：「表嫂算著就好。那五百來兩先放著吧，本王不急。」

難不成是嫌少？佟析秋疑惑地看向亓三郎，卻見他輕搖了下頭。

明子煜吃完炒栗子，喝口茶水去掉嘴裡的殘渣，拿了濕巾子擦手，才道：「表嫂別生了疑心，本王還不缺這五百兩銀子。年節將至，想來各府皆需要鮮菜，正是掙錢的時候，不如先放著，每年淡季再算帳如何？」

佟析秋聽他這麼說，只好順著他的意應下，將帳冊收進內室。再出來時，卻聽他向亓三郎報怨，說什麼過幾日要進宮陪伴帝后過年，還被下了死令，勒令他今年一定要成親云云。

看到佟析秋，明子煜轉了話頭，直接指著亓三郎控訴道：「表嫂，妳說，為何表哥能二十歲才成親，本王就非得現在選妃？本王過完年也不過十八而已，太不公平了！」

佟析秋聽了，白他一眼，沒好氣地道：「要不，你也訂個親，然後死了老丈人，屆時陪著守孝三年，再死個祖父，又守一年。這樣一來，你不也有四年工夫？那時正好二十有二，不就比你表哥還晚兩年？」

這話擺明是瞎說的，不想明子煜聽了，卻樂得拍手道：「妙啊！本王怎麼沒想到這一點？還是表嫂厲害，難怪能收了我這冷面表哥。」嘻笑的同時，臉上又現出那等猥瑣表情。那欠揍的模樣，讓佟析秋看得牙癢。

亓三郎見妻子的嘴角在抽了，一臉無語，顯然覺得明子煜又犯病了，便起了身，大掌直接提起某人的後領，把人拎下炕。

「說完了？那就快滾！」

「哎呀，表哥，你別這麼無情嘛……啊，等等，我還有份大禮要給表嫂呢！」本是想打趣一句，奈何冷面匠如此不通人情，眼看就要被推出門口，明子煜只好出聲叫道。

佟析秋聽見有禮物，眼睛不由亮了起來。

亓三郎看她那模樣，還有什麼不明白的？哼了聲，鬆了抓住明子煜的大掌。

明子煜得了自由，趕緊理理身上的四爪金龍刻絲直裰，抱怨著亓三郎的粗魯，卻換來對方不耐煩的冷哼。「究竟是何禮？」

明子煜閉了嘴，重新坐上暖炕後，才跟佟析秋說道：「如今宮中年節，想來會要大量鮮菜，表嫂的豆芽不也屬於其中一種？雖然宮中沒有明令採買過，可後宮跟世家哪有不通氣的？有女兒在宮中的人家，早就暗中送過了，父皇嚐了，覺得不錯。本王便想著，不如幫妳牽線，說服宮中採買。若是成功，也算一筆不小的買賣。」

佟析秋聽完，心裡小小興奮了下。做宮中買賣不僅利多，關鍵是會出名啊！

想到這裡，她壓下興奮，又問：「可芽菜只能炒或是做湯鍋，會不會有點上不了檯面？」御膳房可是高級地方，清炒一盤豆芽菜上桌，也太寒酸了。

明子煜撓頭看她。「那表嫂還有什麼新菜式？」

佟析秋歪頭想了想，忽然神秘一笑。「我倒是聽過一道好菜，也是用豆芽所製，但極費功夫和耐心，不太好做。」

「什麼菜？」

「金屋藏嬌！」

亓三郎與明子煜聽了，對視一眼。那是什麼？

佟析秋聳肩。「若我能做出來，再寫做法給你吧。」也許還可憑這道菜打響名聲呢。

亓三郎看著她冒光的眼，暗暗搖頭。看來，他在她心裡，還是比不上銀子啊！

明子煜被弄得心癢難耐，忍不住急問：「能不能先說個大概，讓我心裡有個底？」

佟析秋搖頭，對他福個身後，便掀簾進了內室。

明子煜想追，卻被亓三郎再次扯住領子。「你該走了！」

待送走鬧騰不已的明子煜，亓三郎掀簾進內室，見自己的小妻子正雙眼發光地伏案寫字，忍不住又搖頭。走過去，抽掉她手中的筆，在她未來得及抗議時，將她攔腰抱起。

佟析秋見狀，立時吞下所有將出口的不滿，滿臉委屈，可憐地看著他。

亓三郎邪笑地挑眉，問道：「我可有銀子親？」

見佟析秋一個勁兒點著小腦袋，他沈沈一笑。「既如此，便歇下吧！」

佟析秋。「……」

第二天，待佟析秋發完對牌，便命花卉去芽菜鋪子提了幾斤豆芽回來。又命人取來上好的鹹火腿，剁成細細的肉餡。

接著，她讓綠蕪跟藍衣幫著挑出最粗胖的豆芽，去頭去尾，每根的粗細必須相同。

最後，待所有材料備齊，佟析秋與婢女們拿起針，挑著火腿餡兒，一點一點往豆芽裡塞。

這個極細之活，讓藍衣瞠目結舌。「天啊！這菜還能這麼做？」

佟析秋瞥她一眼，慢慢把肉餡塞進豆芽。連著十來根下來，只有三根是完整可用的。因是頭回做，即便有婢女幫忙，動作也是極慢，以至於下午時，佟析秋連對牌都沒去收，直接讓桂嬤嬤代勞。忙了一日，終於在晚飯前，穿夠了擺盤的數。

下午，明子煜早早就來了侯府，奈何亓三郎未歸，他不能隨便進後宅，只能待在前院等。

孰料，好不容易等著當職歸來的亓三郎，偏他不如他的意，在前院坐到天黑，才領他進後院。

彼時，佟析秋正待在小廚房裡，聽婢女來報他們已經進院，便命人將擺好的金屋藏嬌放入籠屜裡大蒸。因不能蒸煮太久，佟析秋怕下人們抓不準，便親自守在那裡看著。

亓三郎與明子煜進屋坐下，沒看到佟析秋，便問了來上茶的藍衣，待得知她在小廚房後，亓三郎還未起身呢，明子煜就忍不住跳下炕，一溜煙跑了出去。

「我去看看究竟是道怎樣的菜，居然弄得這般神秘！」

亓三郎不滿地瞪了掀簾出去的背影一眼，跟著邁步，向外面行去。

另一邊，佟析秋數好時間，讓人開了屜籠，白煙飄起，水蒸氣冒出來，小廚房裡一片霧茫茫。

剛進廚房的明子煜，在白煙中緊皺了眉，很是不耐地喚道：「小表嫂，妳做的是何菜？為何弄得滿屋子都是水氣？」

佟析秋充耳不聞，手上墊著厚布，將那兩盤菜端出來。隨即取來食盒，將其中一盤晶瑩剔透的金屋藏嬌放進去，對身邊的婢女吩咐道：「立刻送去清漪苑。記得跟婆婆說一聲，須趁熱嚐，涼掉就不好吃了。」

「是。」婢女趕緊福身告退，提著食盒，小心地繞過擋在前面的明子煜，快步行了出去。

接著，佟析秋命人趕緊擺桌子上菜，見明子煜不知何時已移到身邊，正拿著寬袖擋臉，隔著水氣看她。

「可好了？讓我瞧瞧！」

佟析秋並未理會他，快速將籠屜裡的盤子端出，轉身向外面走去。

明子煜見狀，氣得在後面大叫。「本王可是違背君子遠庖廚這話尋進來的，表嫂會不會太過小器了？」

彼時佟析秋出來，正好撞見迎來的亓三郎，遂挑眉看他，似在問他為何沒進去？

亓三郎亦跟著挑眉，低眸看著她手中那盤冒著熱氣的金屋藏嬌，勾起唇，好似在說，爺才沒那麼笨，這不瞧個正著了？

佟析秋沒好氣地白他一眼，直接繞過他，向偏廳走去。

佟析秋一走，明子煜就從廚房追出來，見亓三郎站在那裡，便訝異問道：「表哥，你可有看到那菜？」

「呵！」亓三郎微笑，面上的得意不言而喻。

明子煜痛心疾首，指著他道：「一如既往的奸巧！」

話落，見他變了臉，嚇得拔腿就跑，嚷嚷著向偏廳奔去。

進了偏廳，酒菜已經上桌，明子煜盯著那盤金屋藏嬌，見只是剔透的豆芽裡裏著紅色肉餡，便張嘴看著佟析秋，愣愣道：「這就是所謂的金屋藏嬌？」

佟析秋不慌不忙地點頭。「若你能用豆芽擺成龍狀，也可取個水晶龍的吉祥名字。想添幾色味道，也隨了你。」正好寓意皇家的象徵。

佟析秋將最上頭的豆芽挾給亓三郎。「夫君嚐嚐味道如何？」這玩意兒，她只是聽說過，今日倒是頭回動手做。

亓三郎看看放在碟中的芽菜火腿，不動聲色地挾了一點放入口中。芽菜清脆，火腿鹹香，倒是中和得恰到好處，遂點點頭。「還不錯，算得上高雅。」

明子煜聽他這麼說，也趕緊伸筷吃了一口，略略品嚐後，點頭道：「嗯，雖不是極難得的美味，倒也尚可。」

「這本就是一道考驗功夫的菜品！」佟析秋輕哼，這樣做，不過是為了登大雅之堂罷了。

「有了金屋藏嬌的先例，想來以御膳房的本事，想出新菜式還不容易？」

「那倒是。」明子煜又挾了一筷子豆芽，贊同道：「等會兒表嫂就將這菜的做法寫出來吧，明日我就著人做好送進宮給母后嚐嚐。想來，要接宮中這筆生意，問題應該不大。如今離年節沒剩幾天了，還需加緊為好。」

「知道了。」

商量妥後，幾人便安安靜靜地用膳。

吃完飯，佟析秋便將金屋藏嬌的做法寫出來，交給明子煜。

明子煜走後不久，桂嬤嬤拿著一盒明鈺公主賞的參茸過來，說是明鈺公主極愛這道菜，想問菜名叫什麼，是何做法？

佟析秋只好重寫一份做法，不敢稱它金屋藏嬌，只說了另一個名字，叫芽菜火腿。

待桂嬤嬤走後，亓三郎瞧著她那小心模樣，以拳抵唇咳了聲。「妳怕母親不喜這名字？」

佟析秋點頭。「名字也是隨意取的，要是惹得母親不願意吃，就不好了。」

亓三郎把她拉到身前。「不會，母親還算通情達理。」又似漫不經心地道：「離過年沒剩兩天了，聽說家學已經放假，不如將弟、妹接來府中一起過節？」

佟析秋迅速抬眼，眼裡有著濃濃的渴望。「可以嗎？公公會答應嗎？」

「無妨。」亓三郎輕撥她的秀髮。「大不了，屆時去大房吃完飯，再回我們自己院中同樂一番。只是，這樣一來，怕是會委屈了他們。」

「不會委屈。」佟析秋搖頭。只要她們三姊弟能團聚在一起，她就很開心了，想來佟析春跟佟硯青的想法亦跟她一樣。

前段時日太忙，已經許久沒去瞧瞧弟妹。這些天準備過年的事，她心裡多多少少也盤算過，想接他們來侯府過節，只是不敢說罷了。

想著，她又抬眼問他。「你上朝上到幾時？」

「明日下午後就休沐了，直到初六，再與百官一同上朝。臘月二十九，我陪妳一起去接弟弟、妹妹。」說著，便在她頭上印下一吻。

這麼鬆？洪誠帝會不會對他太好了？亓三郎可是御前侍衛！

見她走神，亓三郎緊摟她的腰。「與其走神，不如做點有用之事？」

佟析秋瞥他一眼，只覺這廝真是太不要臉皮，前日鹿血之事，她還未相忘呢。遂不耐地拍掉他的手，嘀咕了句。「我累了！」

「無妨，我來就好，夫人好好享受便可。」亓三郎說罷，大掌已伸進她的裡衣裡。

佟析秋嘴角抽搐，一雙纖手防上卻防不了下，抵擋未果，只得作罷，任他去了。

這晚，她的確是躺著未動，可享受麼……

佟析秋在心裡狠狠罵了某人一頓。

第五十八章 警告

臘月二十九一早，佟析秋便命藍衣去庫房領了半筐銅錢，帶著一盒糊好的紅包袋，在亓三郎的陪同下，去了芽菜鋪子。

今兒是年節前最後一天上工的日子，前些天林貴來送帳冊時，她便說過，這天會發紅包。

其間還有一事。昨兒上午，明子煜將宮中的採買契約送來，佟析秋看了，見上面按的竟是他的私印，便知他是怕有人從中作梗，暗暗護著。對於這一點，她相當感激。

當天下午，宮中就有人來取豆芽，佟析秋也故意讓人放些風聲，暗中傳出金屋藏嬌的做法，卻故意隱瞞了要上蒸籠和控制時間的秘訣。這樣，一來可增加神秘感，二來也好提高芽菜的地位，連宮中都來採買之物，定是極難得的美味。

馬車到芽菜鋪子後，直接從後門進了院子。

林貴早早便得了消息，立在院門前，待他們下車後，便快步迎上來。「三少爺，三少奶奶。」

亓三郎淡嗯一聲點頭，牽著佟析秋，一行人進了廳堂。

待落坐後，佟析秋便吩咐藍衣將紅包袋拿出來。「尚未裝齊，等會兒就麻煩你了。」

「是，老奴明白。」林貴看著他們帶來的半筐銅錢，笑道：「少奶奶仁心，想來店中夥計定是感恩，比以前還賣力做活。」平日有分成，過年還有紅包，若是不賣力被人頂掉，哪能再找到這麼好的工作？

佟析秋笑著點頭，從袖中拿出一個紅包，遞與藍衣，讓她交給林貴。

「一切都歸功於林掌櫃管得好。這紅包裡是二十兩的銀票，是犒賞你們一家的。」

林貴聽罷，趕緊跪下接過。「老奴謝三少奶奶的抬愛。」

「好好做活，將來說不定後代子孫有人能出仕呢。」佟析秋漫不經心地說道。

林貴驚得瞪眼，立即磕了個響頭，哆嗦著喊道：「少奶奶放心，老奴定會忠心把鋪子管好的！」

佟析秋頷首，揮手讓他起身，又交代幾句後，便跟著亓三郎上車離去。

待馬車出了店門，自始至終未曾開口的亓三郎，淡聲問她。「妳想給林貴一家免了奴身？」

佟析秋搖頭。「不算是，但孫字輩可不為奴。」對家生子來說，後代能獲得自由，便是莫大恩賜。有了自由之身，才有機會跟普通人一樣向上爬。以小恩賜換大忠心，倒也值得。

亓三郎點頭，默不作聲，將她的纖手拉過，輕輕摩挲起來。

接著，馬車行至南寧正街，綠蕪上前敲門，讓人開門，行到二門處時，還未下車，外面早已響起佟硯青和佟析春的聲音。

佟析秋掀簾看去，只覺幾個月不見，硯青的個子已竄到她的胸口，而佟析春的臉色也紅潤不少，整個人的氣質也變了許多。

佟析春跟佟硯青有禮地等著佟析秋他們下車後，才走上前，一人福身、一人作揖，齊道：「二姊，姊夫。」

佟析秋拉了佟析春的手，對跟在她身後的貼身婢女道：「去把三姑娘跟小少爺的衣服整理出來。」轉頭拍拍佟析春的手。「今年跟著二姊去侯府過年。」

「真的嗎？」佟硯青聞言，仰頭向亓三郎看去。

佟析春則有些不確定地問佟析秋。「這樣行嗎？」鎮國侯府可不止二姊他們這一房啊。

佟析秋搖頭。「無妨。只在我院裡待著，屆時我們三姊弟再一起吃團圓飯。」

原來如此，佟析春點頭。而佟硯青不知是否因為上學讀書的關係，整個人有禮許多，也不似以前那般嘮叨，只輕拍手掌道：「妙極！這樣一來，我們一家三口又能團聚了。」

於是，幾人進內宅喝了盞茶，等箱籠收拾好，便分坐兩輛馬車，去了鎮國侯府。

待到侯府，佟析秋將佟析春安排在衡璽苑的偏院，而佟硯青則住在亓三郎前院書房旁邊。

是以，這幾日若有工夫，三姊弟便可成日聚在一起閒話家常了。

用完午飯後，佟析秋待佟硯青跟佟析春各自回去歇息後，讓桂嬤嬤去找前院管事開了庫房，將日前備好的銅板領出來。

接著，她派藍衣跟綠蕪去每房每院的管事處，記下優秀的婢女或婆子，並告知眾人，下午交對牌時，所有婆子跟婢女都到管事廳前集合，屆時當場發放獎賞。

下午，內宅的下人一直在討論紅包之事。到了未時，佟析秋便命粗使婆子抬著那筐滿滿的銅錢，一路招搖著向管事廳而去。

待交對牌的時辰一到，下人們陸陸續續過來，不到兩刻鐘，人便到齊了。

彼時佟析秋收了對牌，坐在高階上，命藍衣唸出被評優的婢女和婆子，又讓綠蕪當眾數了二百文的銅板，裝進紅包袋裡。

拿到紅包的婆子跟婢女，都覺得不可思議。平日裡能得賞錢的機會，無非是跑跑腿時，至於大賞，也只有貼身伺候主子的人才有，何時能輪到她們這些三等或四等奴才了？

一時間，獲得賞錢的人，走時都會對佟析秋恭敬行禮，口中呼道：「謝謝三少奶奶賞賜。」

待發完被評優的紅包後，佟析秋又喚桂嬤嬤上前，拿出一本冊子遞給她。

桂嬤嬤打開看過後，便高聲對院中道：「管事被評優的有三人，一位是管理廚房的趙家的，一位是管花房的李家的，再一位是管理守園粗使婆子的吳家的。這三人，可各領五百文當獎賞。」

被唸到的幾人快步出來，對佟析秋恭敬地行禮。「多謝三少奶奶。」

佟析秋揮手讓她們先去領錢，轉首又朝那群管事道：「除了董家的，其餘人皆可去領二百文的紅包。」

眾人一愣，齊齊向董家的看去。

平日裡就數她能刮的油水最多，誰不羨慕她那個位置？一些告過密的人，心裡生出興奮之意，以為這回她要被下職了。那樣的話，是不是又要重選管事？

其他管事則同情地望董家的一眼，向發錢之處走去了。獨留董家的站在原地，臉色青白交錯，難看至極。

董家的抬眼向佟析秋看去，見佟析秋並不閃躲，亦回視著她。想了想，便大步走出來，忍著怒氣，對佟析秋福身問道：「少奶奶是不是對老奴有什麼偏見？」

「何以見得？」

「若沒有偏見，為何人人都能得到獎賞，獨獨老奴例外？」

對於她不滿的眼神，佟析秋只勾唇一笑，讓桂嬤嬤將剛才那本冊子交還給她。

佟析秋翻開冊子，這才說道：「自本奶奶掌家開始，府中被密告最多之人，除了蔣家的，就是妳了。

「當然，蔣家的已經中風，本奶奶不好過分追究。之前妳倒賣公中財產，雖不是現在所犯，但本奶奶已找到買家，並暗中確認過。之所以沒下了妳的管事之職，是因為妳在我頒布新例後，還算老實。」

見董家的白了臉色，佟析秋勾唇，又道：「如今，不過給妳一個警醒。若以後不再犯事，該給妳的，來年一樣會給。可是明白？」

現在不動她，只是不想大過年的跟董氏爭執，不想讓府中之人覺得她一上來，便跟其他掌家主母一樣，專挑對手的人揑錯。

如今大方原諒董家的，給個小懲戒，也算順道警告大房，別再想著動歪心思。她連買家都查到，並問出口供，再亂來，可真就沒有插腳的餘地了。

董家的聽了這話，青白著臉，識趣地點頭。「老奴知道了。」

佟析秋頷首輕嗯。待賞錢發完，便起身說道：「這筐銅板，有小半是從這兩個月的採買裡省下的開銷。」

見眾人議論，佟析秋讓她們安靜，又道：「可見平日裡府中的開銷漏洞之大。往年大家同是做事，卻拿著不同月例，更有甚者，有人暗中中飽私囊，賺個腦滿腸肥。我之所以頒了新制，是篤定不會虧損，且能讓大家得利。以後，大家也要擦亮眼睛才行，這裡面可有你們的一份，如何能任他人獨享？」

「是！」下首眾人聽罷，皆記在心裡。很明顯，這話是讓她們互相監督，若有包庇之舉，怕是一文錢也拿不到。

佟析秋見大多數人都聽進她的話，便點頭，揮手讓大家散了。

佟析秋回到衡璽苑，見亓三郎正跟佟硯青和佟析春說話，便掀簾笑問：「在說什麼？我能否也聽聽？」

「二姊還當我們是小孩呢！」佟硯青轉頭對她咧嘴，露出缺牙的笑容。

佟析秋挑眉，本來就是小孩嘛！

她近身上前，見暖炕上放著幾個托盤，便拿起一條綬帶細看，覺得這些衣飾有幾分眼熟。

亓三郎見她疑惑，便道：「是內務府送來的冠服，明日進宮賀年時穿。」

佟析秋點頭。「倒是夠快。」才幾天就做出來了。

佟硯青輕輕扳著另一個托盤裡的冠帽，對佟析秋咂舌道：「我的天啊，這玩意兒可不輕，二姊的脖子受得了嗎？」

聽見他脫口而出的土腔，佟析秋好笑地點了他額頭一下。「別胡說。我只是五品，那一品或二品的命婦，她們的冠帽更是沈重呢。」

「那是榮耀。」亓三郎淡淡駁道。即便脖子累斷，命婦們也甘之如飴。

佟析秋讓藍衣跟綠蕪將冠服搬進內室，不屑地撇撇嘴。「我倒是喜一世清閒。」

「二姊跟我一樣呢！」佟硯青立刻接話。「最好泛舟寄情山水之間。光是想想，就覺妙不可言。」

佟析秋聞言，好笑地點著他搖晃的腦袋。「待你及冠再說吧！」

「那豈不是還有十多年？」

「用十年等待換十年寄情山水，你願是不願？」佟析秋挑眉問道。這娃子還真是心急，小小年紀，哪能現在就任他去闖？

佟硯青聽了，有些失落，低眸思忖良久，輕嘆道：「好吧。不過二姊也應與我立約。不然到時我滿二十歲了，妳又說三十，那我豈不虧得慌？」

佟析秋呵呵笑。「要不，咱們三擊掌？」

「不不不，此乃俠客做法，用在二姊身上不合適。」

見他的頭搖得跟撥浪鼓似的，佟析秋只好順了他的意。「那要如何？」

佟硯青背著手，在暖閣裡踱兩步，才道：「二姊這般精明，如今又做生意，還是訂下契約為好。」

佟析秋剛要點頭，忽然覺得不對。擊掌是俠客豪情之舉，她卻只適合寫契約？

「好哇，你這小子，拿你二姊尋開心是不？這是在說我乃小人難養？」

「誤會，誤會！」見佟析秋捋起袖子，佟硯青嚇得跳到亓三郎身後。「姊夫，你快管管，二姊要發瘋……啊——」

不待他說完，亓三郎轉身把人拎起，直接送到佟析秋面前。

看著笑得不懷好意的佟析秋，佟硯青拚命掙扎，大叫道：「你們聯手欺負我，我不服！」

他使著脾氣說出的話，惹得眾人大笑不已。

——未完，待續，請看文創風495《貴妻拐進門》3

水上風光　溫情無限／翦曉

2017年1月出版

船娘好威

穿越也要各憑運氣！
一個小孤女、一艘破船、一個受了傷的禍水相公……
就算再厲害的穿越女也大嘆難為，
幸好辦法是人想出來的，且看她小小船娘大顯神威！

文創風 483 1

允瓔本以為以船為家，遊歷江河之中，是多逍遙自在的美事，
殊不知一朝穿越成船家女兒，才發現根本沒那麼容易——
原主邵英娘的父母雙雙遇賊丟了性命，留給她的唯一家當是破船一艘，
鎮日為生計奔波、被土財主欺凌的日子真是苦不堪言，
偏偏她一名小小船娘又拖著個受了腳傷的「藍顏禍水」……

文創風 484 2

別以為她初來乍到，又只有破船一艘就難以施展拳腳，
她那「暫時相公」雖然有傷在身，卻也是個有擔當的主，
不論是擺渡、打魚、合夥開貨行，小倆口「婦唱夫隨」真可謂合作無間，
還憑著一條小船、一口小灶開了間水上麵館，好廚藝在身，經營得有聲有色，
哪怕水上生活過得清苦，但總有盼頭在，還怕賺不到第一桶金？

文創風 485 3

瞧這烏承橋白淨斯文，笑起來還十分「妖豔」，根本不似一般船家漢，
一舉手一投足更是優雅從容，分明是某富貴人家的公子哥兒，
如此謎一般的男子竟會與她這小小船娘成親，未免離奇，
孰料真相尚未水落石出，她竟也難敵這藍顏禍水的魅力，
不但被他的笑容電得一塌糊塗，體貼言行更是大大加分，
看在他這麼有潛力的分上，只能把他留下，培養成古代新好男人了！

文創風 486 4

隨著麵館、貨行生意蒸蒸日上，烏承橋不為人知的往事也逐漸浮出水面，
原來他竟是喬家大公子，因撞見喬家醜事，才遭誣陷、逐出家門！
過去關於喬大公子的流言蜚語，允瓔不甚在意，也不想了解，
她只知道，她的相公是個扛得起事、撐得起家的男子漢，
既然他決定一步一步奪回喬家家產，不讓其落入小人的手裡，
她自然要為相公分憂解勞，助上一臂之力，當個好娘子啊！

文創風 487 5 完

過去的喬大公子，鮮衣怒馬、流連花叢，日子過得渾渾噩噩；
如今的烏承橋不惜起早貪黑、走南闖北，只為奪回父親辛苦建立的家業，
若不是因為與允瓔相遇，不會換來這番痛定思痛的覺悟，
這樁婚姻也早已從當初的無可奈何，變為如今的真情實意，他更明白——
自從踏上她家的船，他的家就只有一個，她在哪兒，哪兒就是他的家，
今後無論依舊貧寒，抑或東山再起，他烏承橋的妻，只能是她！

2017年1月出版

蘭開富貴

文創風 481～482

彼時，她名利雙收，卻孤家寡人；
此刻，她缺衣少食，卻有了一群新的家人。
這一世，她用手中畫筆，
為自己、為心愛的人畫出不一樣的絢爛人生。

妙筆生花，絲絲入扣／玉人歌

張蘭蘭自認從不是幸運兒，但老天對她也未免太差了吧！
先是遇到被劈腿、結果人財兩失這種破爛事，
為了忘卻傷痛她拚命工作，總算在國際畫展大放異彩，
卻又碰上工程意外，一摔就穿成了古代窮村莊的農婦。
最誇張的是，她一口氣多了丈夫和孩子，還有媳婦跟孫女！
從前一個人逍遙自在，如今有一大家子要照顧，
張蘭蘭真心覺得壓力如山大啊！
幸好這現成的老公人帥又可靠，一群便宜兒女也乖巧懂事，
只是一家八口這麼多張嘴等著吃，全靠丈夫一人外出做木工，
和幾畝薄田的收成，不想辦法開源，日子是要怎麼過下去？
虧得張蘭蘭一手絕活，幾張栩栩如生的牡丹繡樣賣了天價，
繡出的花樣更在京城貴女圈颳起了瘋搶旋風。
一切看似順風順水，
卻有人眼紅白花花的銀子，算計起他們劉家了……

2016年12月出版

商女發威

文創風 477～480

歷經那不堪回首的磨難與滄桑後，
自她重生的那一刻起，便在心中起誓，
這一世，她的命運，只能由自己掌控！

曖曖情思 暖心動人／清風逐月

重生後的蕭晗，回到了抉擇命運的前一日，
有了上一世的經驗，這次，她絕不會再傻傻地任人擺弄！
原本和哥哥一起設局，打算好好整治那些惡人，
沒想到，哥哥竟找來了師兄葉衡當幫手……
家醜不外揚，此刻她的糗事全攤在他面前，真是羞死人了！
幸虧葉師兄心地好，不但幫她解決了難題，還處處施以援手，
更絕口不提她意圖與人「私奔」一事，化解了她的尷尬。
為了答謝他一次又一次不求回報的幫助，
她決定下廚做幾道拿手好菜，好生款待他，
但他居然膽大妄為地當著哥哥的面，調戲起她來了 ?!
被他輕舔過的手指殘留著熱度，久久不散，她不禁慌了……
看來想要還上他的恩情，恐怕不是吃頓飯那麼容易的。

文創風

494

貴妻拐進門 2

國家圖書館出版品預行編目資料

貴妻拐進門 / 半巧著. --
初版. -- 臺北市 : 狗屋, 2017.02
冊 ; 公分. --（文創風）
ISBN 978-986-328-691-2（第2冊：平裝）. --

857.7　　105023765

著作者	半巧
編輯	安愉
校對	黃薇霓　林安祺
發行所	狗屋出版社有限公司
地址	台北市104中山區龍江路71巷15號1樓
電話	02-2776-5889～0
發行字號	局版台業字845號
法律顧問	蕭雄淋律師
總經銷	知遠文化事業有限公司
電話	02-2664-8800
初版	2017年2月
國際書碼	ISBN-13　978-986-328-691-2

本著作物由北京黑岩信息技术有限公司授權出版

定價250元

狗屋劃撥帳號：19001626

網址：love.doghouse.com.tw　E-mail：love@doghouse.com.tw